문명의 　　　바깥으로

문명의 바깥으로
나희덕 시론집

초판 1쇄 발행 / 2023년 4월 28일
초판 3쇄 발행 / 2023년 6월 22일

지은이 / 나희덕
펴낸이 / 강일우
책임편집 / 이진혁·정편집실
조판 / 황숙화
펴낸곳 / (주)창비
등록 / 1986년 8월 5일 제85호
주소 / 10881 경기도 파주시 회동길 184
전화 / 031-955-3333
팩시밀리 / 영업 031-955-3399 편집 031-955-3400
홈페이지 / www.changbi.com
전자우편 / lit@changbi.com

ⓒ 나희덕 2023
ISBN 978-89-364-6362-5 03810

문명의　바깥으로

나희덕
시론집

창비
Changbi Publishers

시의 문턱, 또는 매듭

지난 몇해 동안 팬데믹을 통과하면서 이 세계를 어떻게 받아들이고 설명해야 할지 혼란스럽고 답답한 나날을 보냈다. 마스크를 벗고 일상을 되찾아가고는 있지만, 여전히 삶의 감각과 방향성을 잃어버린 느낌이 가시지 않는다. 조르조 아감벤(Giorgio Agamben)은 팬데믹 기간에 쓴 책『저항할 권리』(박문정 옮김, 효형출판 2022)에서 "우리 앞에 놓인 첫번째 과제는 순수하고 거의 방언에 가깝고, 다른 말로는 시적이며, 우리를 사고하게 만드는 언어를 되찾는 것"(106면)이라고 했다. 이 벌거벗은 인간과 부조리한 세계를 밝힐 수 있는 마지막 성냥은 약품과 백신이 아니라 시와 철학의 언어라는 것이다. 이 말처럼, 시적 언어란 세상에 대한 절박한 호소와 경고에 가깝다는 생각이 든다.

내가 쓴 시와 시론이 성냥팔이 소녀가 필사적으로 그어대던 성냥의 불꽃처럼 이 시대의 어둠을 조금이나마 밝힐 수 있다면, 하는 다급함이나 간절함이 있었다. 그 간절함이 실제로 읽는 이에게 얼마나 전달되고 공감을 얻을 수 있을지는 모르겠지만, 흩어져 있던 시 읽기의 궤적을 한자리에 정리하고 보니 이 글들을 관통하는 문제의식은 어렴풋하게 잡히는 듯하다.

창비의 이진혁 편집자가 원래 제안한 시론집 제목은 '문명의 바깥에서'
였다. 시에 관한 이 소박한 글들이 감당하기에 '문명'과 '바깥'이라는 단
어가 너무 크고 버겁다는 생각이 들었다. 그러나 1부의 주제론과 2부, 3부
의 시인론을 아우르는 키워드로 이 두 단어가 시론집의 바탕을 이루고 있
다는 편집자의 의견을 결국 받아들였다. 다만 오늘날 문명의 바깥, 자본주
의의 바깥이란 과연 가능한 것일까 싶어서 제목을 '문명의 바깥으로'라고
정했다. 자본주의 문명 속에서 우리의 삶과 의식은 한시도 자유롭지 못하
지만 그래도 문명의 바깥을 향해 눈을 두고 나아가자는 다짐에서다. 우리
사회의 행로도 시의 향방도 '-에서'와 '-으로' 사이 어디쯤에서 늘 진동
하고 있을 것이다.

시론집 『보랏빛은 어디에서 오는가』(창비 2003)를 펴낸 지 20년이 지났
다. 세상이 달라진 만큼 내가 쓰는 시도, 시에 대한 생각도 적지 않은 변화
를 겪었다. 원고를 정리하는 동안 내 삶에서 시의 맥박이 뛰기 시작한 지
점으로 몇번이고 돌아가곤 했던 것도 그 변화 과정을 스스로 되짚어보기
위해서였다. 시론집이라고 했지만 나 자신의 시적 존재론이나 방법론을
개진한 책은 아니다. 다른 시인들의 시를 거울과 등불 삼아 읽으며 내 시
의 좌표를 그려보거나 나아가야 할 방향을 가늠할 수 있었다. 그런 점에
서 이 책은 지극히 개인적인 공부와 우정의 기록에 가깝다.
1부의 글은 자본주의의 말기적 증상과 심각한 생태위기 속에서 시
는 어떤 역할을 할 수 있을까를 질문하며 쓴 주제론들이다. 자본세
(Capitalocene)에 시인들이 어떤 문제의식을 지니고 저항하고 있는지, 인
간과 비인간이 어떻게 관계 맺으며 공생적 삶을 이어갈 수 있는지, 2000
년대 이후 서정시는 어떻게 변화하고 있는지를 최근의 한국시를 통해 읽
어내려고 했다. 근대문명에서 생태문명으로의 전환이 요구되는 시점에서
한국시의 심장은 뜨겁게 살아 펄떡거리고 있다.

2부에는 문학적 스승과 동료가 되어준 시인들에 대한 시인론을 모았다. 은사인 정현종 선생님을 비롯해 강은교, 강인한, 고진하, 기형도, 박영근, 최영숙, 제자인 조온윤과 박규현에 이르기까지 세대도 경향도 각기 다른 시인들이다. 주로 시인의 문학과 삶을 사숙(私淑)하거나 죽음을 애도(哀悼)하기 위해 쓴 이 글들에는 어쩔 수 없는 편애가 들어 있다. 비평가적 자의식을 거의 갖지 않고 살아온 나에게 시인을 선별하는 객관적 기준이 있을 리 없고, 그건 내 몫이 아니라는 생각이다. 그저 배움의 빚을 갚는 마음으로 정성을 다해 읽고, 대화를 나누듯 써나갔다. 김종철 선생님은 평론가이지만 그 정신의 지향이 누구보다도 시인에 가까우셨기에 2부에 함께 실었다. 선생님과 『녹색평론』 덕분에 문명에 대한 비판적 생각과 시인으로서의 소명감을 잃어버리지 않을 수 있었다. 그리고 기형도, 박영근, 최영숙 시인이 있다. 유난히 일찍 세상을 떠난 그 순하고 슬픈 눈동자들을 떠올리니 마음이 먹먹해진다. 이 애도의 글을 영전에 바친다.

3부에서 논의한 백석, 윤동주, 김수영, 김종삼 등은 습작기부터 내 시의 밑그림을 그리게 해준 첫 스승들이다. 수십번을 읽어도 매번 다른 발견과 생각에 이르게 한다는 점에서 고전이라는 이름에 값하는 시인들이다. 김종삼의 「라산스카」 시편에 대한 비평처럼 시 텍스트를 자세히 따져 읽은 경우도 있고, 개인과 공동체, 일상과 역사, 본다는 것과 쓴다는 것, 윤리와 미학, 리얼리즘과 모더니즘 등 중요한 시적 주제들을 풀어가기 위해 시인을 매개로 삼은 경우도 있다. 이들을 향했던 질문과 사유는 결국 내게로 돌아와 가난한 시의 발등을 비추거나 지친 삶의 어깨를 붙잡아주었다.

이렇게 멀거나 가까운 시의 성좌들을 바라보며 밤길을 더듬더듬 걸어왔다. 시를 쓸수록 시를 읽을수록 시에 대해 말하는 일이 조심스럽고 어려워진다. 다른 시인의 시에 대해 말한 것이 내 시의 발목을 잡는 때도 많다. 그럼에도 불구하고 이렇게 많은 말들을 남겼다니…… 이 패총(貝塚)

같은 글들을 떠나보내며 부끄러움이 앞서지만, 이 책이 또 하나의 문턱 또는 매듭이 되어 한두걸음 나아갈 수 있기를 바랄 뿐이다. 문명의 바깥으로, 시의 바깥으로.

2023년 4월
나희덕

차례

제1부

자본세에 시인들의 몸은 어떻게 저항하는가

미완의 쏠루세는 미친 정원사처럼, 인류세의 쓰레기, 자본세의 절멸주의를
그러모아 자르고 조각내고 켜켜로 쌓아, 여전히 가능한 과거들과 현재들
그리고 미래들을 위해 훨씬 더 뜨거운 퇴비 더미를 만들어야 한다.[1]

지구는 불타오르며 녹아내리고 있다

'인류세'(Anthropocene)는 현재의 '홀로세'(Holocene)를 잇는 지질시
대를 가리키는 개념으로, 인류가 지구를 공멸시킬 주범이라는 위기의식
을 담으며 다양한 분야에서 새로운 쟁점을 만들어내고 있다. 그런데 이
글의 제목에 '인류세' 대신 '자본세'라는 용어를 쓴 이유를 먼저 설명할
필요가 있다. '자본세'(Capitalocene)라는 용어는 생태맑스주의자인 제
이슨 무어(Jason Moore)나 안드레아스 말름(Andreas Malm) 등이 인류
세 논의의 문제점을 비판하기 위해 사용하기 시작했다. 도나 해러웨이
(Donna Haraway)도 인류세 개념으로는 당면한 문명적 위기를 제대로 설
명하거나 극복할 수 없다고 보았다. 인류세라는 말에는 지구를 파괴한 것
도 인간이지만, 그것을 해결할 주체 역시 인간이라는 인간중심주의가 여
전히 남아 있기 때문이다.

---

1 도나 해러웨이 『트러블과 함께하기』, 최유미 옮김, 마농지 2021, 103면.

인류세 담론이 지구의 생태위기를 해결하기 위해 내놓는 대책들도 기존의 시스템 이론으로부터 크게 자유로워 보이지 않는다. 위기관리라는 명분으로 더 큰 문제를 만들어낼 가능성이 있고, 정치적 이해관계나 자본의 논리에 의해 개량화되거나 관료화될 위험도 적지 않다.[2] 그런데다 인류라는 막연하고 보편적인 가해자를 상정함으로써 어떤 경제적 계층이나 정치적 입장과도 대립하지 않으며, 자본가들의 책임을 은폐하고 모든 사람의 책임인 양 문제를 희석한다.

이 글을 쓰는 동안에도 호주에서는 산불이 계속되었다. 6개월 가까이 지속된 산불로 12억 5천마리가 넘는 야생동물이 폐사되었고, 수많은 생명체가 멸종위기에 놓이게 되었다. 호주 산불은 단순한 자연재해가 아니다. 2013년부터 10년간 장기집권했던 호주의 우파 정당과 보수 미디어들은 신자유주의를 신봉하며 자본가들의 이해관계를 대변해왔다. 줄곧 석탄 수출국 1위를 지켜온 호주는 화석연료 중심의 경제정책을 강화하기 위해 마구잡이식 삼림 채벌을 용인해주었고, 대화재는 그 필연적 결과라고 할 수 있다.

이런 사정은 한 나라에 국한된 문제가 아니다. 근대화에 토대를 둔 재해와 재난의 위험은 산업화가 전지구적으로 전개되면서 체계적으로 강화될 수밖에 없고, "기술적 선택의 능력이 커짐에 따라 그 결과의 계산 불가능성도 커"[3]졌다. 게다가 지난 몇년간 지속된 코로나19 바이러스의 위

---

2 클라이브 해밀턴은 『인류세』(정서진 옮김, 이상북스 2018)에서 지구 시스템 과학의 입장에서 에코모더니즘, 포스트휴머니즘, 신유물론, 사회민주주의 등을 차례로 비판하며 새로운 인간중심주의를 주장한다. 그러나 그는 인류세를 극복해야 하는 인간의 책임과 새로운 윤리를 막연하게 강조할 뿐, 그것이 어떤 장치나 방법을 통해 가능한지는 구체적으로 제시하지 못한다. 또한 "인류세의 위협에 대한 유일한 대응방식은 집단적인 방식, 즉 정치를 통하는 것"(249면)이라는 발언처럼, 정치권력이나 주류 세력에 의존적이라는 점에서 현상 유지에 기여할 공산이 커 보인다.
3 울리히 벡 『위험사회』, 홍성태 옮김, 새물결 1997, 57면.

험을 생각해보라. 먼 나라의 산불이 아니라 언제든 나와 가족이 전염병에 감염될 수 있다는 공포에 온 세계가 사로잡혔다. 이러한 팬데믹 상황이 발생한 것은 자연에 대한 과도한 개발과 파괴로 인해 야생의 영역이 무너졌기 때문이다. 오늘날 자연재해와 사회적 재난은 무관할 수 없고 국지적 양상을 띠지도 않는다. 글로벌 자본주의체제가 지속되는 한, 화석연료에 의존한 성장사회를 멈추지 않는 한, 부유한 계층이 기득권과 탐욕을 내려놓지 않는 한, 환경파괴와 노동착취는 가속화될 수밖에 없다.

'인류세' 논의를 주도해온 과학자 브뤼노 라투르(Bruno Latour)는 지구의 급박한 위기상황을 '연료가 바닥난 비행기, 구멍이 난 배, 불타고 있는 집'[4]에 비유했다. 이 총체적 재난은 "빈곤은 위계적이지만, 스모그는 민주적"[5]이라는 울리히 벡(Ulrich Beck)의 말처럼, 특정한 나라나 계층에 한정되지 않고 누구나 겪을 수밖에 없다. 그러나 재난의 책임과 영향은 결코 공평하지 않으며, 가장 피해를 많이 입는 것은 경제적·사회적 약자들이다. "위험분배의 역사는 부와 마찬가지로 위험이 계급 유형에 밀착되어 있다는 것"을 보여주지만, 그 방향은 서로 반대다. "부는 상층에 축적되지만, 위험은 하층에 축적된다."[6]

이처럼 생태문제는 정치체제나 경제구조와 밀접하게 연관되어 있다. '생명정치' 또는 '정치생태(학)'라는 말이 시대적 키워드로 회자되는 이유도 여기에 있다. 1991년에 창간된 이래 생태 사상과 운동을 지속적으로 펼쳐온 『녹색평론』의 글들을 일별해보면 생태적 전환을 모색하는 범위나 접점, 문제의식 등이 계속 확대되어온 것을 확인하게 된다. 김종철의 『근대문명에서 생태문명으로』에서도 에콜로지가 농업, 민주주의, 자본주의,

---

4 브뤼노 라투르·폴린 줄리에 대담 「지층과 자연: 왜 인류세(Anthropocene)인가?」, 『오큘로』 7호(2018), 86면 참조.
5 울리히 벡, 앞의 책 77면.
6 같은 책 75면.

시민권력 등의 문제와 전방위적으로 연결되어 있음을 볼 수 있다. 머리말에서 저자는 이렇게 썼다.

> 아무리 순환적 삶의 질서의 회복과 흙의 문화의 중요성을 강조한다 하더라도, 현실적으로 그러한 사회로 방향전환을 하자면, 우리의 집단적 삶의 운명을 최종적으로 결정하는 의사결정 과정, 즉 '정치'가 합리적으로 돌아가야 한다는 전제조건이 충족되지 않으면 안 된다. 그런 의미에서, 일찍이 호세 무히카 우루과이 전 대통령이 "지금 인류사회가 직면한 진짜 위기는 환경위기가 아니라 정치의 위기이다"라고 했던 말은 매우 의미심장한 발언이라고 하지 않을 수 없다.[7]

십대의 환경운동가 그레타 툰베리(Greta Thunberg)는 2019년 9월 뉴욕에서 열린 유엔 기후행동정상회의에 참석한 각국의 지도자들을 향해 "당신들은 헛된 말로 저의 꿈과 어린 시절을 빼앗았습니다"라고 강력하게 항의했다. 꿈을 저당 잡힌 채 미래의 생존을 걱정해야 하는 다음 세대를 보며 시를 쓰는 일이 과연 툰베리의 호소만큼 절박한 울림과 호소력을 지닐 수 있을까 되묻게 된다. 전지구적 생태위기와 자본주의의 말기적 증상 앞에서 시인은 어떤 공포와 불안과 슬픔과 분노와 우울에 갇혀 있는가. 그 정동(情動)은 시인들의 몸-언어를 통해 어떻게 발현되는가. 이러한 질문에서 시작해 자본세를 살아가는 시인들의 몸이 어떻게 저항하는지를 살펴보려고 한다.

2000년대 이후 한국시는 지배적 감각체계를 바꾸고 새로운 윤리를 모색하는 전환기를 통과하고 있다. 특히 생태정치가 세계의 위기와 삶의 고통을 발화하는 공통지점으로 등장하고, 다양한 정동의 양태와 언술방식

---

7 김종철 『근대문명에서 생태문명으로』, 녹색평론사 2019, 7~8면.

으로 분화한 점은 주목할 만한 일이다. 그 스펙트럼은 매우 넓지만, 이 글에서는 백무산, 허수경, 김혜순의 최근 시를 중심으로 논의하고자 한다. 이 세 시인들은 리얼리즘과 모더니즘의 대립구조 속에서는 다른 경향을 지닌 것처럼 보이지만, 생명과 죽음, 노동과 계급, 문명과 자본주의, 전쟁과 폭력 등에 대한 지속적 탐구와 시적 실천을 해왔다는 점에서 친연성을 지닌다. '자본세'의 디스토피아를 예민하게 감지하는 그들의 몸은 언어라는 가장 무력한, 그러나 바로 그런 이유에서 가장 강력한 무기로 맞서 싸우고 있다. 이 싸움이 주체 중심의 증언과 선언이든, 타자 지향의 질문과 대화이든, 타자-되기의 연행과 제의이든, 그 모두를 '저항'[8]이라고 부르지 않을 이유가 내게는 없다.

나는 그 폐허를 원형대로 건져내야만 한다

백무산의 시는 일종의 폐허의식에서 출발한다. 「패닉」(『폐허를 인양하다』, 창비 2015)에서 '나'는 한밤중 산길에서 밤하늘을 올려다본다. "만져질 듯한 별들이 패닉처럼/하얗게 쏟아지는 우주//그 풍경이 내게 스며들자/나는 드러난다/내가 폐허라는 사실이". 이 시에서 자연이나 우주의 풍경은 폐허를 인식하게 하는 거울이 되어준 셈이다. 그 순간 '나'는 다짐한다, "그 폐허를 원형대로 건져내야만 한다"고. 마치 인류세의 지질층을 보여주려고 그린란드 빙하 지역의 퇴적물을 탐사한 과학자들처럼 시인은 패

---

8 '저항'의 의미를 푸코와 아감벤의 생명정치 논의와 연관시킬 수도 있겠다. "푸코와 아감벤의 논의는 규범과 법의 규정에서 방향을 달리하지만 생명권력이 지배하는 체제 안에서 가능한 투쟁전략은 어떻게 가능할 것인가라는 공통적인 질문을 던진다. 생명권력에 통제·관리·배제되는 삶에서 '육체'는 가장 급진적인 저항의 전위이자 장소가 되어야 한다는 것이다." 이정현 「생명정치와 디스토피아 문학」, 『어문론집』 73집 (2018), 242면.

닉에 빠진 세계의 폐허를 언어로 인양해내려고 한다.

하지만 폐허를 인양하는 일은 불가능에 가깝다. 「인양」에서처럼 "가라 앉은 것은 건져 올리지 못한다 그것은 항해를 계속하고 있기 때문이다 캄캄한 수심 아래 무거운 정적 속으로 배는 멈추지 않고 항해를 계속하고 있"기 때문이다. 이 '배'가 위험을 적재하고 어둠 속을 항해하는 현대문명의 상징이라는 것은 쉽게 짐작할 수 있다. 『폐허를 인양하다』가 2015년에 출간된 사실을 감안하면, 이 '배'는 구체적으로 '세월호'를 연상시키기도 한다. 2009년 용산참사, 2014년 세월호참사, 2018년 노동자 김용균의 죽음에 이르기까지 국가의 폭력과 무책임에 의해 일어나고 방치된 사회적 재난은 '지금 여기'의 삶이 폐허임을 말해준다. 사회적 재난들뿐 아니라 각 개인의 내면이나 관계들 또한 날로 고립되고 황폐해지기는 마찬가지다.

이성혁은 이러한 상황에서 시인들이 쓸 수도 없고 쓰지 않을 수도 없는 딜레마를 해결할 수 있는 미학적 방식으로 '증언의 시학'을 채택하고 있음에 주목한다. 그는 증언시의 특성으로 '사태의 전면화와 정치적 의미의 폭로'를 들고, "경악스러운 사태를 더욱 선명하게 드러내거나 충격적으로 드러내기 위해서는, 그리고 그 사태에 따르는 시인의 사유나 정동을 효과적으로 전달하기 위해서는 기교가 필요"하지만, "그 꾸밈이나 기교는 심미화가 목적이 아니라 사실을 더욱 잘 증언하기 위"해서라고 설명한다. 백무산의 시가 주로 증언과 선언의 언술방식을 취하고 있는 것도 절박한 현실의 사태를 생생하게 전달하고 그 정치적 의미를 선명하게 부각하기 위해서일 것이다.[9]

사태의 핵심을 향해 직진해 들어가는 사유와 명료한 언어들은 백무산의 초기 시부터 줄곧 유지되어온 특성이지만, 현실인식에 있어서는 적

---

9 이성혁 「최근 한국시에 나타난 증언시의 시학: '사회적 재난'에 대한 한국시의 대응 양상들」, 『시적인 것과 정치적인 것』, 예옥 2020, 179면.

지 않은 변화를 보여준다. 1980년대 나온 첫 시집 『만국의 노동자여』(청사 1988)에서 "피가 도는 밥을 먹으리라/펄펄 살아 튀는 밥을 먹으리라/먹은 대로 깨끗이 목숨 위해 쓰이고/먹은 대로 깨끗이 힘이 되는 밥"(「노동의 밥」)이라고 했던 시인은 더이상 노동의 밥이 깨끗하지도 살아 있지도 않다고 여기는 듯하다. 그는 한 대담[10]에서 "현대 노동은 결코 신성하거나 인간적이지 않"으며 그 자체가 반생태적이고 반인간적인 노동윤리에 의해 가치화된 것이라고 말한다. 특히 "소비자본주의에서는 소비도 노동의 범주에 포함된다"라거나 "미래의 노동은 노동을 극복하는 노동이어야 할 것"이라는 대목에서 노동에 대한 그의 성찰이 계급적 당파성을 넘어 생태적 사유를 통해 한결 풍부해졌음을 알 수 있다.

> 몸이여
> 참 미안하다
> 나를 먹이려고 땀과 아픔을 바치고
> 굴욕과 죄도 달게 삼켰지 목구멍뿐 아니라
> 사랑도 변변찮아 네 뜨거운 출구도 늘 쓸쓸하게 두었지
> 그래도 넌 비열한 곳에 가서 줄을 서려고 안달하진 않았지
> 그래서 비겁했고 오래 괴로웠던 내
> 몸이여
> 이제야 처음으로 지친
> 널 안아본다
>
> ── 백무산 「몸이여」 부분[11]

---

10 백무산·이기인 대담 「미래의 노동, 미래의 노동시」, 『열린시학』 2008년 봄호, 37~47면 참조.
11 백무산 『그 모든 가장자리』, 창비 2012.

이 시가 실려 있는 『그 모든 가장자리』(창비 2012)에서 시인은 '노동'뿐 아니라 '몸'에 대한 새로운 발견에 이른다. '몸'을 청자로 삼은 이 시에서 '나'는 몸을 향해 '미안하다'며 처음으로 지친 몸을 안아본다. 몸에 각인된 허기와 고단한 노동의 시절을 떠올리며 '나'는 더이상 제 몸의 주인이 아님을 깨닫는다. 인용의 7행과 8행에서 '내'와 '몸'을 분행한 것도 몸의 독립성을 잘 보여주는 대목이다. "인간만의 특별한 신체를 만든 건/노동의 역사 때문이라는 자연변증법보다" 이제 그가 더 신뢰하는 것은 "인간의 몸은 춤추는 동안 만들어진 신체"라는 사실이다(「춤추는 인간」). 이 시에서 춤은 어떤 목적을 위한 도구적 행위가 아니라 생명의 힘과 아름다움을 자연스럽게 발산하는 자기목적적 행위다. 그리고 몸은 노동을 위해 바쳐진 제물이 아니라 살아 있는 감각과 행위의 터전으로 인식된다.

몸에 대한 발견과 각성은 다른 생명체에 대한 경이와 소통으로 확장된다. 「잃어버린 새」에서 '나'는 새를 잡아보며 새의 몸이 따뜻하다는 것에 놀란다. "두려움에 떠는 새의 심장을 만져"보기도 한다. "그 야성의 심장에 손이 닿자 나의 온몸이 경련처럼 떨린다". 그 경이 속에서 '나'와 '새'는 오래, 깊이, 서로의 눈을 들여다본다. 자연과의 교감은 "내 몸 안에서 잃어버린 새를 찾을 수 있을까" 되물으며 야생의 기억을 떠올리게 하는데, 지구라는 별의 시원을 더듬어가는 모습은 다음 시에도 잘 나타난다.

> 잠에서 깨어나 창을 열면 이곳이 별이라는 생각
> 벌거벗은 인간이구나 하는 생각으로 눈을 뜨기를
> 그래서 나는 습관처럼 인간의 가장자리 사회의 가장자리
> 그 모든 가장자리를 그리워한다네
> 한 십만년을 소급해서 살고 싶다네
> ― 백무산 「그 모든 가장자리를」 부분[12]

'나'는 오히려 "우리 사는 곳에 태풍이 몰아치고 해일이 뒤집고/불덩이 화산이 솟고 사막과 빙하가 있어" "고맙다"고 한다. "내가 사는 곳이 별이란 사실을 언제나 잊지 않게/지구의 가장자리가 얼어붙고 들끓고 있다는 사실에 안도하"고, "도심에 광야를 펼쳐놓은 비바람 천둥에도" 두근거린다. 여기서 시인이 그리워하고 꿈꾸는 '가장자리'란 "아직 별똥별이 떨어지고 아무것도 길들여지지 않은" 야생의 시공간이다(같은 시). 하지만 그런 '인간의 바깥'은 어디에서도 쉽게 찾아볼 수 없다. 자본과 문명이 다 점령해버렸기 때문이다. "밖을 다 지우고 밖을 다 안으로 구겨넣고/밖이 증발하니 밖을 잃은 혁명은 구더기가 다 파먹었"(「인간의 바깥」)기 때문이다.

그렇게 세계를 독점하고 탕진해버린 세력들을 향해, 문명의 "저 눈알을 후벼파는 조명을" 향해, 시인은 단호한 명령문으로 말한다. "밖을 볼 수 없다 밖을 내버려두라 침묵을 내버려두라/고요를 내버려두라 흘러가는 것을 내버려두라"고(같은 시). 마치 "살아 있는 모든 것에 시간을 부려놓고 수레처럼 빠져나가지만/시간의 주름 하나 잡히지 않는"(「물의 시간」) '물'의 몸처럼. 여기서 '내버려둔다는 것'은 단순한 방치나 정지가 아니다. 장자(莊子)가 말한 '무위(無爲)'처럼, 모든 것이 자연의 본성에 따라 흘러가도록 서로 존중하고 기다려주는 '자유'의 행위다. 문명의 맹목적인 질주와 탐욕을 내려놓고 고요와 침묵, 부재와 죽음의 자리를 세상 한편에 남겨두라는 주문이기도 하다. 그런 생태적 전환 없이는 "내가 더 태어나야 할 곳"이자 "나의 잠재적인 신체"(「인간의 바깥」)로서의 '바깥'은 더이상 기대할 수 없다.

하지만 『그 모든 가장자리』가 출간된 이후에도 한국사회는 세월호를 비롯한 대형참사가 이어지고 경제적 양극화가 심화되면서 더 깊은 나락으로 곤두박질쳤다. 백무산은 이 참혹한 현실을 전달하기 위해 "시가 무

---

12 같은 책.

모해지더라도 나로서는 어쩔 수 없는 일"이라며 "시를 기회주의자로 만들고 싶지 않았다"(『폐허를 인양하다』 '시인의 말')라고 썼다. 실제로 『폐허를 인양하다』에는 사회적 재난에 대한 메시지들이 다급하게 타전되고 있다. 한국사회의 실재를 보여주는 이 시집 속의 '폐허'는 이성혁의 표현처럼 "인지자본주의 시대에서 세계의 상황뿐만 아니라 주체성의 상태 역시 지칭"[13]한다. 따라서 "일상생활의 잠재적 장 속에 정치적인 것을 관통시키면서 강도 높은 정동을 촉발하고 우리의 행동 능력을 확장시"[14]키기 위해 시인의 목소리는 증언과 선언을 강화하는 방향으로 나아갈 수밖에 없었을 것이다.

이름 없는 섬들에 살던 많은 짐승들이 죽어가는 세월이에요

　백무산의 시적 화자가 증언과 선언을 선호한다면, 허수경의 시적 화자는 질문과 대화를 선호한다. 허수경의 시는 일반화된 진리나 주장을 전달하기보다는 타자의 상황을 살피고, 안부를 묻고, 타자에 대한 기원과 고백을 개인적인 방식으로 수행한다. 의문형과 청유형 종결어미가 자주 등장하고, 편지 형식이나 대화체가 많은 것도 청자 중심의 태도를 잘 보여준다. 그 청자는 눈앞에 있는 존재뿐 아니라 아주 먼 시간과 공간에서 지금 여기로 호명된 존재들도 있다.

　　발신자: 고대의 여름
　　수신자: 현대의 겨울

---

13 이성혁 「인지자본주의의 정동정치와 시의 정치적 위상」, 『외국문학연구』 71호(2018), 158면.
14 같은 글 165면.

안녕,

다시 가보지 못할 폐허여

경적을 울려대며 사방팔방에서 밀려 나오던 낡은 차들이여

소리소리 지르며 혁대를 팔던 소년들이여

양의 피가 바닥에 흐르던 시장이여

초와 비누 대추야자와 강황 가루를 팔던 거리여

날아가던 총알에 아이의 심장이 거꾸러져도

아무도 그 심장을 거두지 않던 오후여

— 허수경 「카프카 날씨 2」 부분[15]

허수경은 두번째 시집을 낸 직후 독일로 건너가 고고학을 공부했고, 근동 지방 발굴 작업에도 참여했다. 오래된 지층을 탐사하며 문명의 기원을 밝히는 작업이 그에게는 세계 곳곳에서 일어난 전쟁과 폭력을 목격하는 계기가 되기도 했다. '고대의 여름'을 발신자로 삼아 '현대의 겨울'에게 보내는 편지 형식의 이 시에서 현대는 "다시 가보지 못할 폐허"로 명명된다. 그런데 폐허의 이미지를 3인칭으로 묘사하는 것이 아니라, 2인칭으로 일일이 호명한다는 점에 유의할 필요가 있다. 각 시행이 '-여'라는 호격 조사로 끝을 맺는 것은 시인이 객관적 관찰자가 아니라 정동적 주체로서 참여하고 있음을 뜻한다. 평범한 거리와 시장의 모습이 펼쳐지던 2연에서 돌연 "날아가던 총알에 아이의 심장이 거꾸러"진다. "아무도 그 심장을 거두지 않던 오후"를 향해 익명의 화자는 탄식한다. 전쟁의 참상은 3연에서 더 구체화되는데, "얼굴에 먼지와 피를 뒤집어쓰고/총 쏘기를 멈추지 않던 노인"과 "붉은 양귀비꽃이 뒤덮인 드넓은 들판"과 "무너진 담벼락 사

---

15 허수경 『누구도 기억하지 않는 역에서』, 문학과지성사 2016.

이로 터지던 지뢰"와 "종으로 팔려가서 영영 돌아오지 않던 소녀들"이 차
례로 호명된다. 이 호명의 대상에는 사람도 있고, 사물도 있고, 자연도 있
다. 그것들 사이에는 어떤 차이나 위계도 존재하지 않는다. 그리고 시적
주체인 '나'는 단 한번도 등장하지 않는다. 다만 김소월의 「초혼(招魂)」처
럼 그 돌아올 수 없는 타자들을 부르며 지극한 애도를 표하고 있다.

  허수경은 전쟁을 직접 경험한 세대가 아니지만, 첫 시집 『슬픔만 한 거
름이 어디 있으랴』(실천문학사 1988)부터 마지막 시집 『누구도 기억하지 않
는 역에서』에 이르기까지 전쟁과 문명에 대해 지속적인 문제 제기를 해왔
다. 첫 시집에 실린 '원폭수첩'과 '조선식 회상' 연작은 일제강점기 피폭
희생자의 육성을 전달하거나 전쟁과 분단에 얽힌 가족사를 들려주었다.
한국의 식민지 역사에서 촉발된 반전(反戰)의식은 독일에 체류하며 펴낸
시집들에서 코즈모폴리턴적인 관점과 시야를 얻게 된다. 그 시들에서 시
인의 시선이 머무는 대상은 주로 전쟁에 의해 희생되거나 고통받는 사회
적·인종적·젠더적 약자들이다. 이런 타자들에 대한 섬세한 공감력은 인
간뿐 아니라 모든 생명체들에게 닿아 있다.

　　이름 없는 섬들에 살던 많은 짐승들이 죽어가는 세월이에요

　　이름 없는 것들이지요?

　　말을 못 알아들으니 죽여도 좋다고 말하던
　　어느 백인 장교의 명령 같지 않나요
　　이름 없는 세월을 나는 이렇게 정의해요

　　아님, 말 못하는 것들이라 영혼이 없다고 말하던
　　근대 입구의 세월 속에

당신, 아직도 울고 있나요?

── 허수경 「빌어먹을, 차가운 심장」 부분¹⁶

이 시는 모든 "이름 없는 것들"에 대한 애도뿐 아니라, 그들을 죽게 만든 폭력의 주체를 환기한다. 이 "빌어먹을, 차가운 심장"을 가진 가해자는 "말을 못 알아들으니 죽여도 좋다고 말하던/어느 백인 장교"이자, 자연을 향해 "말 못하는 것들이라 영혼이 없다고 말하던" 근대적 주체들이다. '이름'과 '말'로 대변되는 근대적 이성의 이름으로 다른 인종이나 자연의 종들에게 폭력을 자행해온 주체들을 향해 시인은 말한다. "거대정치의 이름으로 사람을 죽이는 사람이여, 말이 그대를 불러 평화하기를, 그리고 그 평화 앞에서 사람이라는 인종이 제 종(種)을 얼마든지 언제든지 살해할 수 있는 종이라는 것을 기억하기를. 어떤 의미에서 인간이라는 종은 '살기/살아남기'의 당위를 자연 앞에서 상실했는지도 모르겠다. 그러나 이런 비관적인 세계 전망의 끝에 도사리고 있는 나지막한 희망, 그 희망을 그대에게 보낸다."¹⁷ 전쟁과 살육의 역사 속에서 시인이 건네는 나지막한 희망이란 무엇인가. 시집 전체에서 그것은 '어머니' '달' '물' '동그라미' 등의 이미지로 변주된다.

아이들을 향해 달려가는
저 푸른 마스크를 쓴 이는 누구의 어머니인가,
저 어머니들의 얼굴에 찍혀 있는 청동의 총,
저 아이를 끌고 가는 피곤한 얼굴의 사람들은

---

16 허수경 『빌어먹을, 차가운 심장』, 문학동네 2011.
17 허수경 『청동의 시간 감자의 시간』 뒤표지 글, 문학과지성사 2005.

아이들의 어머니인가

원숭이 고기를 끓여 아이에게 주는 푸른 마스크의

어머니에게 제발 아이들의 안부 좀 전해주어요

아이들이 자라는 그 청동의 시간도, 그 뜨거운 군인이 될 시간도

— 허수경 「물 좀 가져다주어요」 부분[18]

　‘청동의 시간’과 ‘감자의 시간’은 죽음과 생명이라는 대립구도를 보여주는 듯하지만, 시인은 그 경계를 해체한다. “아이들이 자라는 그 청동의 시간”은 “차가운 시간 속 뜨겁게 자라는 군인들”의 시간이지만, 한편으로는 “땅속에서 감자는/아직 감자의 시간을” 살고 “땅속에서 땅사과가 아직도 열리는” 시간이기도 하다. 이 시에 세번이나 반복되는 ‘아직’이라는 부사어에는 시인이 간신히 붙들고 있는 희망이 깃들어 있다. 그리고 “아이들을 향해 달려가는” 어머니, “원숭이 고기를 끓여 아이에게 주는” 어머니가 쓴 ‘푸른 마스크’는 뜨거운 태양에 맞서 싸우는 생명의 징표라고 할 수 있다.

　진술보다 이미지가 두드러진 허수경의 시에서 색채의 상징성은 중요한 요소다. 이혜원은 허수경 시에 나타난 전쟁 표상을 분석하면서 “검은 군인” “검은 노래” “검은 비닐” 등에 나타난 ‘검은색’의 폭력성은 개성을 은폐함으로써 강화되며 “개인과 무관하게 행사되는 무지막지한 집단적 폭력의 가능성을 함축”[19]한다고 보았다. 검은색과 대비되는 흰색, 푸른색, 연둣빛 등은 생명을 상징한다. 이처럼 선명한 색채의 대비는 “전쟁과 관련하여 선과 악, 약자와 강자, 삶과 죽음, 여성성과 남성성의 대립적 개념

---

18 같은 책.

19 이혜원 「허수경 시에 나타난 전쟁 표상과 생명의식」, 『문학과환경』 18권 1호(2019), 145면.

을 부각시키는 경향"[20]을 대변한다. 전쟁을 일으키는 것은 남성이지만, 여성은 그 피해를 감당하면서 일상을 지키고 생명을 살리는 존재라는 인식이 여기에는 깔려 있다.

> 나는 눈먼 사제의 딸, 이렇게 죽인 소를 사지요, 잘 다져서 볶지요, 고춧가루 마늘에다 은밀한 산그늘에서 가지고 온 고사리를 넣고 끓이지요, 세계를 국솥에 두고 끓이지요 먼 나라에서 온 악기쟁이들을 불러다놓고 끓이지요, 햇빛에 달빛에 별빛에 바람 오는 자리들을 깊숙이 세계의 한켠에다 집어두지요,
>
> ──허수경 「흰 부엌에서 끓고 있던 붉은 국을 좀 보아요」 부분[21]

'나'는 대지모신(大地母神)처럼, 또는 "눈먼 사제의 딸"처럼, "흰 부엌"에서 "세계를 국솥에 두고 끓이"고 있다. "이 국 끓이는 여사제(女司祭)야말로 시인 허수경의 자화상"[22]이라는 성민엽의 말은 첫 시집에서 "가난한 선술집의 주모"[23]를 떠올리던 송기원의 말의 변주처럼 들리기도 한다. '시인의 말'에서 "이 시집에 묶인 시들을 반(反)전쟁시라고 부르고 싶다"고 한 『청동의 시간 감자의 시간』에는 그 분명한 의도 때문인지 전쟁/평화, 남성성/여성성의 이분법적 구도가 다소 단순하게 자리잡고 있다. 그런 점을 의식해서인지 시인은 단정적 진술을 피하고 시적 메시지를 의문문의 여운 속에 남겨두거나 청자에 대한 대화적 태도를 잃지 않는다.

『누구도 기억하지 않는 역에서』는 시인이 발굴지나 전쟁터에서 돌아와 다양한 타자들과 만나는 일상적 풍경을 보여준다. 그러면서 문명의 폭력

---

20 같은 글 152면.
21 허수경 『청동의 시간 감자의 시간』.
22 성민엽 「고고학적 상상력과 시」, 『청동의 시간 감자의 시간』 해설, 147면.
23 송기원 「저주와 은총의 사랑」, 『슬픔만 한 거름이 어디 있으랴』 해설, 134면.

성에 대한 첨예한 인식은 생명에 대한 사랑과 생태적 감각을 회복하면서 다층적이고 풍부해진다. 「푸른 들판에서 살고 있는 푸른 작은 벌레」에서 바지에 묻어온 벌레를 털어내며 '나'는 "벌레여 이 바지까지 온 네 삶은 외로웠나/이렇게 말하는 건 나, 중심적임을 안다네,"라며 인간중심주의적 태도를 반성한다. 그러나 시인은 이미 "벌레가 나를 벌레적으로 생각하며 푸르러지는 오후"에 도착해 있다. 인간과 자연의 생태적 관계를 잘 보여주는 「내 손을 잡아줄래요?」의 화자는 쥐도 인간도 아니다. "나와 쥐는 이제 기억의 공동체"라고 말하는 '나'는 익명화된 존재로서 "내 손을 잡아줄래요?"라며 빈손을 건넨다. '쥐의 당신'과 '나의 당신'이 만나 말없이 서로의 손을 잡는 것만이 세계와 불우와 슬픔을 견디는 방법이라는 듯이.

나에겐 노래로 씻고 가야 할 돼지가 있다

김혜순의 시에서는 주체의 목소리와 타자의 목소리가 구분할 수 없을 정도로 겹쳐지거나 밀착된다. 화자가 타자에게 시적 주체성을 양도하거나 다른 존재가 되는 실존적 기투를 감행하기 때문이다. 이렇게 시적 주체에게 고유한 얼굴이 주어져 있지 않다는 점은 김혜순의 시를 읽을 때 어려움을 느끼게 하기도 한다. 그런데 이런 어려움은 독자가 전통 서정시의 단일한 자아 또는 화자의 목소리를 상정하고, 정서적 동일화나 잠언적 메시지를 기대하는 데서 생겨난 것인지 모른다. 그의 시를 읽는 방법은 요동치는 시의 몸속으로 들어가 함께 난장을 벌이며 그 언어적 카니발에 참여하는 것이다. 그렇게 주체와 타자가 한데 섞여 만들어내는 다성적 언술방식은 '여성적 글쓰기'라는 말로도 표현되어왔다.

시 속의 내가 말하지 않고 어머니가 말한다는 것은, 자기 정체성의 영원한 불일치 속에 있는 화자가 말한다는 것이다. 타자와의 몸 섞임 없이는 아무것도 말할 수 없는 어머니가 말한다는 것이다. (…) 그러기에 어머니의 언어는 연기(演技)의 언어, 연희(演戲)의 언어다. 어머니는 고착된 자아가 내지르는 언어를 알지 못한다. 저 어두운 곳에서 포효하는 고립된 자아의 무서운 진리의 목소리를 알지 못한다.[24]

여성시의 화자는 자아를 사유하는 주체로 인식하지 못하는, 단지 몸으로 느끼고 행동하는 감성적 주체, 행위자다. 그러나 시간도, 공간도 자유롭게 건너뛰는 신체 기반적 수행 주체다. 이쪽과 저쪽을 동시에 살아내는 주체 망각의 분열 주체다. 그러나 그 주체가 기르는 이미지 속에 공동체의 죽음과 생명을 운반하는 소명과 의지가 숨어서 숨 쉬고 있다.[25]

시인의 말처럼 여성적 글쓰기란 '나'를 지우고 '내 속의 어머니'로 하여금 말하게 하는 언술방식이다. 그런 점에서 여성의 언어는 "연기(演技)의 언어, 연희(演戲)의 언어"다. 이때 시적 주체는 고착되거나 고립된 자아가 아니라 타자와 몸을 섞으며 시공간을 넘나드는 '신체 기반적 수행 주체'이자 '주체 망각의 분열 주체'다. 또한 진리를 표방하는 '사유적 주체'가 아니라, 몸으로 느끼고 행동하는 '감성적 주체'다. 따라서 "공동체의 죽음과 생명을 운반하는 소명과 의지"가 표출되는 통로나 방식도 주체 중심의 전통적 서정시와는 다르다. 조르조 아감벤(Giorgio Agamben)은 시쓰기가 반드시 '탈주체화'와 같은 무언가를 동반하며, 시인들이란 '끊임없이 미치광이가 될 위험'과 자신들이 무슨 말을 하는지도 모르는 위험을 '무릅쓰는'[26] 존재들이라고 했다. 김혜순의 시쓰기 역시 빙의 체험처럼

---

24 김혜순 『여성이 글을 쓴다는 것은』, 문학동네 2002, 84~85면.
25 김혜순 『여성, 시하다』, 문학과지성사 2017, 35면.
26 조르조 아감벤 『아우슈비츠의 남은 자들』, 정문영 옮김, 새물결 2012, 171면.

타자-되기의 과정을 보여준다는 점에서 주술적이고 제의적인 성격을 지니고 있다.

　　홈치지도 않았는데 죽어야 한다
　　죽이지도 않았는데 죽어야 한다
　　재판도 없이
　　매질도 없이
　　구덩이로 파묻혀 들어가야 한다

　　(…)
　　나에겐 노래로 씻고 가야 할 돼지가 있다
　　노래여 오늘 하루 12시간만 이 몸에 붙어 있어다오

　　시퍼런 장정처럼 튼튼한 돼지 떼가 구덩이 속으로 던져진다
　　무덤 속에서 운다
　　네 발도 아니고 두 발로 서서 운다
　　머리에 흙을 쓰고 운다
　　내가 못 견디는 건 아픈 게 아니에요!
　　부끄러운 거예요!
　　무덤 속에서 복부에 육수 찬다 가스도 찬다
　　무덤 속에서 배가 터진다
　　무덤 속에서 추한 찌개처럼 끓는다
　　핏물이 무덤 밖으로 흐른다
　　비오는 밤 비린 돼지 도깨비불이 번쩍번쩍한다
　　터진 창자가 무덤을 뚫고 봉분 위로 솟구친다
　　부활이다! 창자는 살아 있다! 뱀처럼 살아 있다!

피어라 돼지!

날아라 돼지!

— 김혜순 「피어라 돼지」 부분[27]

『피어라 돼지』의 1부 '돼지라서 괜찮아'는 열다섯편의 시로 이루어진 한편의 장시로도 볼 수 있다. 2011년 무렵 구제역의 악몽 속에서 300만마리가 넘는 돼지들이 잔인하게 살처분되거나 생매장되었다. 시인은 그 희생된 돼지들에 '대해' 말하는 것이 아니라, 돼지들이 '되어' 말한다. 아니, 그것은 언어 이전의 울음이고, 비명이고, 한숨이다. 아무 잘못도 없이 전염병의 위험인자가 된다는 이유만으로 죽임을 당한 수많은 생명체들[28]의 비명이 구덩이 속에서 썩어가는 창자처럼 낭자하게 들려온다. 돼지들의 고통을 온몸으로 느끼고 그 공포와 수치를 자신의 것으로 받아들이지 않고서야 어찌 이런 시를 쓸 수 있었을까. 시인은 말한다, "나에겐 노래로 씻고 가야 할 돼지가 있다"라고. 그리고 간절히 청한다, "노래여 오늘 하루 12시간만 이 몸에 붙어 있어다오"라고. 그러니까 이 시는 열두시간 동안 숨 가쁘게 진행되는 씻김굿이다. 이 노래와 제의는 무덤 속에서 썩어간 돼지들의 영혼을 진혼하고 부활시키는 데 바쳐진다. "피어라 돼지!/날아라 돼지!"는 그 원혼들을 깨우는 주문인 셈이다. 이렇게 시인은 자신의 입으로 스스로 말하는 자가 아니라 언어를 갖지 못한 다른 존재들에게 자신

---

27 김혜순『피어라 돼지』, 문학과지성사 2016.

28 우리나라에서 과거 20년간 구제역으로 약 400만마리, 조류독감으로 약 9415만마리, 아프리카 돼지열병으로 약 15만마리 등 대략 1억마리의 가축이 전염병 확산을 막는다는 명목으로 살처분되었다. 실제로 구제역은 치사율이 무척 낮은 질병임에도 불구하고 '구제역 청정국' 지위나 '수출 불이익을 줄이기 위한' 자본의 논리에 의해 무참한 살육이 벌어졌다. (「'돼지열병' 살처분 불과 15만? 20년간 1억 가축 파묻었다」, 한국경제 2019.10.22.)

의 입을 빌려주는 자이다.

이 고통스러운 '돼지-되기'의 과정을 통해 우리는 인간이 문명 속에 처한 상황이 구덩이에 던져지는 돼지들과 다를 바 없다는 사실을 받아들이게 된다. 이는 박준상이 말한 것처럼 "적지 않은 근대 문인이 부르주아지에게 아부하기 위해 애지중지하면서 쓰다듬어왔던 문학적 주체성이라는 겉치레와 근본적으로 다르지 않은 위선 또는 허위"를 벗어던지는 행위이며, 그런 의미에서 "일종의 '유물론적' 전망 위에—설사 시인이 의도하지 않았다 할지라도, 또는 의도하지 않았기 때문에 역설적으로—일종의 '정치적' 전망 위에 놓여 있다"[29]라고 말할 수 있다. 시인은 "나는 돼지/노출증 환자 돼지//나는 내 오물을 나의 독자들에게 나눈다"(「요리의 순서」)라고 말함으로써 시란 고상한 이념이나 낭만적 환상을 주입하는 도구가 아니라 인간이 싸지른 온갖 '오물'을 공유하는 매개체임을 천명한다.

김혜순은 1980년대부터 한국 여성시의 전위로서 젠더적 글쓰기의 새로운 길을 열어온 시인이다. 그런데 2000년대 이후 그가 펴낸 시집들을 보면서는 '인간이란 무엇인가'에 대한 강력한 질문과 회의를 자주 발견하게 된다. 그래서 『피어라 돼지』에서 돼지-되기를, 『날개 환상통』(문학과지성사 2019)에서 새-되기를 감행함으로써 남성/여성의 이분법뿐 아니라 인간/비인간의 경계마저 해체하고 있는 그의 시들을 과연 젠더적 관점만으로 제대로 읽어낼 수 있을까[30] 하는 생각이 들기도 한다.

---

29 박준상 「문학의 미종말(未終末)」, 『현대유럽철학연구』 42호(2016), 87~88면.

30 양경언은 2000년대 시에서 '성차가 약화'되거나 '탈인간화'가 두드러지는 현상을 다루면서 "젠더 프레임을 경유하여 최근 시를 읽는 일의 다양한 가능성"을 논의한다. 이를 위해 "시적 주체가 젠더 규범을 허무는(undoing) 지점을 발생시킴으로써 기존의 '인간' 범주를 의문에 부치는 시편들과, 젠더와 섹슈얼리티를 삶의 존속과 생존을 위해 수행되는 개념으로 전환하여 입체적인 '나'를 구사함으로써 '삶다운 삶'을 추구하는 시편들"을 분석한다. (양경언 「최근 시에 나타난 젠더 '하기'(doing)와 '허물기'(undoing)에 대하여」, 『안녕을 묻는 방식』, 창비 2019, 93면)

이에 대해 박슬기는 "이제 우리는 김혜순의 시에서 여성성 혹은 여성시라는 낙인을 떼어내야 한다. 그것이 단일자로서의 보편에 대항하는 모든 주변의 것들, 타자성의 시학의 다른 이름이었다고 하더라도 말이다. 여성시라고 부를 때, 그 담론은 여성을 주체화한다"[31]라고 주장한다. '여성성(여성시)'이라 규정하는 순간 여성을 주체화할 위험이 있고, 그것은 은폐된 타자들에 대한 또다른 대상화가 될 수 있기 때문이다. 김혜순의 시뿐 아니라 최근 여성시에는 젠더를 넘어선 다양한 시적 주체들이 나타나고 있다. 이제 여성성과 타자성에 대해서도 여성/남성, 인간/비인간의 경계를 넘어선 새로운 사유의 지점이 필요하다.

미친 정원사처럼 뜨거운 퇴비 더미를 만들어야 한다

첫머리에 인용한 도나 해러웨이의 말로 돌아가보자. 그럼 파국을 향해 치닫는 위험사회 속에서 난민과도 같이 살아가는 우리에게 남겨진 과제는 무엇일까. 비유적으로 말하자면, 그것은 "인류세의 쓰레기, 자본세의 절멸주의를 그러모아" "뜨거운 퇴비 더미"를 만드는 일이다. 이는 앞서 살펴본 시인들처럼 몸적 주체로서 이 세계에서 버려지고 고통받고 죽임당하는 존재들의 목소리에 귀를 기울이고, 그 목소리들을 다양한 방식으로(증언과 선언/질문과 대화/연행와 제의 등) 드러내는 일이기도 하다. 그런 점에서 세 시인이 공통적으로 '병들고 불구가 된 흙'에 주목하는 것은 우연한 현상이 아니다.

---

31 박슬기 「김혜순이라는 거울, 살아 있는 언어들의 핼러윈」, 『누보 바로크』, 민음사 2017, 83면.

녹색은 기적이다
부유하는 먼지와
불구가 된 흙과
폐기된 배설물과
추방된 독극물과
배제된 토사물을 먹고
허공 신전의 푸른 기둥을 올렸다

— 백무산 「땅을 딛고 일어날 뿐」 부분[32]

에이디 2002년 팔월 새벽 여섯 시 삽으로 정방형으로 땅을 자른다, 비씨 2000년경 토기 파편들, 돼지뼈, 염소뼈가 나오고 진흙으로 만든 개가 나오고 바퀴가 나오고 드디어는 한 모퉁이만 남은 다진 바닥이 나온다 발굴은 중단되고 청소가 시작된다 (…) 일 미터를 지나왔는데 내가 파낸 세월은 한 오백 년, 내가 서 있는 곳은 비씨 2500년, 압둘라가 아침밥을 먹으러 간 사이 난, 참치 캔을 딴다, 누군가 이 참치 캔을 한 오백 년 뒤에 발굴하면 이 뒤엉킨 시간의 순서를 어떻게 잡을 것인가, 이 시간언덕을 어떻게 해독할 것인가

— 허수경 「시간언덕」 부분[33]

오물은 오늘 밤 온몸으로 오물이 차오르는 걸 그냥 내버려두었다
수령의 오물들이 고고의 성을 무한하게 내질렀다

(…)

---

32 백무산 『그 모든 가장자리』.
33 허수경 『청동의 시간 감자의 시간』.

동물과 식물과 사물들과 친구들의 테두리가 다 터져버리다니
집을 땅속에 묻어야 하나 땅을 땅속에 묻어야 하나

눈을 떠도 감아도 수은 빛 환한 오물이
보이지도 않는 방사능 같은 오물이

— 김혜순「오물이 자살했다」부분[34]

백무산은 "부유하는 먼지와/불구가 된 흙과/폐기된 배설물과/추방된 독극물과/배제된 토사물"을 먹고도 나무들이 허공에 "푸른 기둥을 올"리는 것을 '기적'이라 부른다. 인류세의 토양이 오염되었더라도 그는 자연에 남아 있는 생명력을 발견하고 녹색의 기적을 꿈꾼다. 허수경은 정방형으로 자른 한조각의 땅속에서 '토기 파편들, 돼지뼈, 염소뼈, 바퀴, 곡식알' 등을 발굴해낸다. 그리고 "참치 캔"을 따며 자신이 속한 인류세의 흔적이 후대에 어떻게 발굴될 것인지를 헤아린다. 김혜순은 "수렁의 오물들"이 내지르는 비명을 들으며 문명의 찌꺼기인 "금속의 영혼" "수은 빛 환한 오물" "방사능 같은 오물"이 지천에 차오르는 걸 견디고 있다. 그러면서 "동물과 식물과 사물들과 친구들의 테두리가 다 터져버리"는 경험을 한다. 이렇게 시인들은 먼지와 흙과 배설물과 독극물과 토사물과 유물과 오물로 뜨거운 퇴비 더미를 만들어낸다, 미친 정원사처럼.

해러웨이는 '인류세'의 대안적 용어로 '쑬루세'[35]를 창안했다. 그가 보

---

34 김혜순『피어라 돼지』.

35 '쑬루세'(Chthulucene)는 땅 아래 숨어 있는 힘에 주목한 개념으로, 역동적으로 지속되는 공-지하적(sym-chthonic)인 힘과 다양한 지구 차원의 촉수권력들이 모여 재구성하는 시간성과 공간성을 가리킨다. 거기에 얽혀 있는 집합적 존재들에는 인간 이상의 것, 인간 아닌 것, 비인간적인 것, 부식토로서의 인간 등이 모두 포함된다. (도나 해러웨이「인류세, 자본세, 대농장세, 툴루세: 친족 만들기」, 김상민 옮김,『문화과학』

기에 지금 지구는 피난처도 없이 난민(인간이든 아니든)으로 가득 차 있고, 더이상 전면적인 혁명이나 문제해결이 불가능하다. 다만 "쑬루세의 죽어야 할 운명을 타고난 크리터로서 잘 살고 잘 죽기를 위한 하나의 방법은, 피난처들을 재구성할, 부분적이고 강건한 생물학적-문화적-정치적-기술적 회복과 재구성을 가능하게 할 힘들에 참여하는 것"[36]이라고 말했다. 이와 함께 그는 자연/인공, 남성/여성, 인간/동물, 백인/흑인 등 다양한 이분법적 사고에 저항하면서 '친척 만들기'(making kin)를 제안했다. 그가 말하는 '친척'이란 조상이나 계보로 묶인 관계가 아니라, 탄생에 의한 연결이 없는 친척이나 탈가족화된 돌봄에 의해 형성된 집합적 개념이다. "자식이 아니라 친척을 만들라"[37]라는 그의 슬로건은 인구감소를 걱정하는 이들에겐 다소 당혹스러운 주장이겠지만, 그는 친척을 만들고 혁신하는 것이 윤리적으로나 정치적으로 더 단단한 바탕 위에 있다고 믿는다.

『트러블과 함께하기』에서 해러웨이는 자본세의 파괴가 극심한 지구 곳곳에서 그 회복을 위해 노력하는 창의적 공동체들을 '퇴비 공동체'[38]라고 불렀다. 이 공동체는 기술이나 혁명 같은 유토피아적 구원을 추구하기보다는, 불완전하지만 복수종의 환경정의를 위해 실천하고자 한다. 근대가 파괴한 인간과 자연의 관계를 회복하고 피난처를 복구하기 위해서는 현실적인 실천이 필요하겠지만, 문학을 통해 새로운 '삶의 예술(기술)'을 열어가는 것도 그 일환이 될 수 있다. 자신의 몸이 모든 생명체와 연결되어 있다는 것, 인간은 그 인드라망의 주인이 아니라 그물코에 불과하다는 것, 이런 생태적 전제들을 시인들은 잘 체득하고 있다. 따라서 만물과 '살'

2019년 봄호, 168면 참조)

36 도나 해러웨이 『트러블과 함께하기』 175면.

37 같은 책 176면.

38 같은 책 18면.

을 공유함으로써 그들과 함께하는 '시쓰기'는 일종의 '친척 만들기' '퇴비 만들기'라고 할 수 있다. 심보선의 말을 빌리면, "시란 시인의 고뇌에서 탄생하여 나아가는 수직적인 이행이 아니라, 하나의 몸에서 또다른 몸으로 나아가는 평면적 확장"[39]이다. 그 수평적 이행과 새로운 공동체의 탄생을 위해 모든 형태의 이분법과 위계를 부정하고 낯선 타자들과 함께하는 것, 이러한 저항과 창조는 생태적인 동시에 정치적일 수밖에 없다.

---

39 심보선 「'천사-되기'에서 '무식한 시인-되기'로: 평론가, 시인, 문맹자의 문학적 정치들」, 『창작과비평』 2011년 여름호, 268~69면.

흙의 시학

풍요와 휴식에서 인류세의 퇴적물로

사원소론과 대지의 상상력

엠페도클레스를 비롯한 고대 철학자들은 만물의 원리를 탐구하며 흙, 공기, 불, 물을 기본원소로 꼽았다. 철학자에 따라 강조점이 다르긴 하지만 사원소의 상호작용을 통해 사물이 생성되고 세계가 변화한다고 본 것은 공통적이었다. 예를 들어 아낙시메네스는 공기를 만물의 원리로 보면서 공기가 희박해지면 불이 되고, 공기가 응축하면 흙과 물 같은 물질이 된다고 했다. 아리스토텔레스도 사원소론을 바탕으로 온(溫)과 냉(冷), 건(乾)과 습(濕)의 대조적인 감각 성질에 따라 우주론을 체계화했다.

현대에 와서 사원소를 바탕으로 시학과 상상력 이론을 펼친 것은 가스통 바슐라르(Gaston Bachelard)였다. 그는 사원소를 '상상력의 호르몬'이라고 불렀다. 『불의 정신분석』『물과 꿈』『공기와 꿈』『촛불의 미학』『대지 그리고 의지의 몽상』『대지 그리고 휴식의 몽상』 등은 사원소를 질료로 삼아 물질적 상상력을 탐구한 저작들이다. 과학철학자였던 바슐라르가 상상력 이론과 시학에 관심을 갖게 된 것은 강의실에서 만난 한 학생의 질문을 받으면서였다. 그는 그 질문에 답하면서 자신이 연구해온 분야가 살균된 세계였음을 깨닫고, 미생물이 들끓는 생명의 세계 쪽으로 발길을 돌렸다. 그것은 바로 시와 상상력의 세계였다.

과학 교육에서 철학 교육으로 옮겨왔건만, 나는 완전히 행복하지는 못했습니다. 그래서 나는 그 불만족의 이유를 곰곰이 생각해 보았지요. 어느 날 디종에서 한 학생이 '나의 살균된 세계'(mon univers pasteurisé)를 상기시켜 주었습니다. 그건 하나의 계시였어요. 사람은 살균된 세계 속에서는 행복할 수 없는 법이지요. 그 세계에 생명을 이끌어들이기 위해서는 미생물, 세균들을 들끓게 해야 했습니다. 상상력을 회복시키고, 시를 발견해야 했던 거지요.[1]

이성 중심의 서구 문명과 과학적 세계관에 맞서 그는 이미지와 상상력의 중요성과 가치를 옹호하며 다채로운 몽상을 펼쳐 보였다. 특히 '흙'을 몽상의 질료로 삼은 『대지 그리고 의지의 몽상』과 『대지 그리고 휴식의 몽상』은 '의지'를 통해 물질의 적대성(외향화)을, '휴식'을 통해 물질의 내밀성(내향화)을 보여주는 '흙의 시학'이다. '흙'은 "자신에게 맡겨진 사물들을 감추고 또한 드러내는 데 아주 적절한 원소"[2]라고 한 르코스모폴리트(Le Cosmopolite)의 말처럼 양가성을 지닌 질료라고 할 수 있다. 바슐라르가 두 권의 책으로 따로 집필하기는 했지만, 흙을 둘러싼 상상력에 있어서 외향성과 내향성, 또는 능동성과 수동성은 따로 분리되어 있는 것이 아니다. 오히려 모든 이미지는 그 양극 사이를 오가며 변증적으로 전개된다. 『대지 그리고 휴식의 몽상』에서 바슐라르가 분석한 집, 배(腹), 동

---

1 송태현 『상상력의 위대한 모험가들』, 살림 2005, 16면에서 재인용.
2 가스통 바슐라르 『대지 그리고 휴식의 몽상』, 정영란 옮김, 문학동네 2002, 7면에서 재인용.

굴, 미궁, 뱀, 뿌리, 포도나무 등의 문학 이미지들도 대지의 역동성과 내밀성을 동시에 보여주고 있다.

바슐라르의 후계자이자 비판자인 질베르 뒤랑(Gilbert Durand)은 사원소 외에도 '눈[雪]'이라는 물질을 예로 들면서 사원소론만으로는 인간이 지각하는 물질적 실재를 온전히 망라하지 못한다고 지적했다. 인류학자였던 질베르 뒤랑은 마니교의 십원소(빛, 부드러운 기운, 바람, 물, 불, 연기, 화마火魔, 폭풍, 흙탕물, 어둠)나 중국의 오원소(오행: 수水, 화火, 목木, 금金, 토土)를 거론하면서 사원소론이 서구 중심주의의 산물일 수 있다고 보았다.[3]

그래서 그는 사원소론에 기반한 이미지와 상징체계를 해체하고, 시뿐 아니라 예술, 종교, 인류학에 나타난 이미지들을 아울러 『상상계의 인류학적 구조들』(진형준 옮김, 문학동네 2007)을 완성했다. 이 책은 이미지를 낮의 체제와 밤의 체제로 구분하고, 이를 분열형태구조, 신비구조, 종합구조로 설명한다.

'흙'에 대한 부분은 밤의 체제 1부인 '하강과 잔(盞)'에 주로 나온다. 본문 앞에 『도덕경』의 구절 "골짜기의 신은 죽지 않는다. 우리는 그것을 신비스러운 암컷이라고 부른다"가 인용되어 있는 것이 인상적이다. 그러면서 동양의 '곡신(谷神)'과 서양의 다양한 여신들이 나란히 호명되고 있는데, "아스타르테, 이시스, 데아 시리아, 마야, 마리카, 마그나 마테르, 아나이티스, 아프로디테, 키벨레, 레아, 게, 데메테르, 미리암, 찰치우틀리쿠에, 서왕모" 등이 그 이름들이다. 제임스 러블록(James Lovelock)이 제시한 가이아 이론의 '가이아' 역시 그리스 신화에 등장하는 여신의 이름이다. "때로는 우리를 땅으로 이끌거나 때로는 물가로 이끌면서 언제나 돌아감과 회한을 불러일으키는 상징"인 '위대한 어머니'는 대지의 다른 이름이

---

3 송태현, 앞의 책 55면 참조.

기도 하다.

질베르 뒤랑은 매장과 관련된 제의와 장소로서 무덤이나 동굴과 관련된 신화와 예술을 분석하면서 바슐라르의 논의를 확장한다. 여기서 대지와 밤의 여신은 낮의 체제가 지니지 못한 '휴식과 깊이'를 지니고 있다. 이처럼 다양한 문명권의 시와 제의, 신화와 원형에 대한 분석을 통해 인류의 동일성과 보편성을 해명하려고 한 뒤랑은 상상계를 체계화하는 모순적 작업을 감행했다. 그리고 인간의 보편적 특성을 생물학에서 찾고 대립적으로만 여겨졌던 과학과 시학을 통합했다는 점에서 바슐라르의 이원론을 극복했다고 볼 수 있다.

그런데 가스통 바슐라르와 질베르 뒤랑을 포함해 카를 구스타프 융(Carl Gustav Jung), 새뮤얼 콜리지(Samuel Coleridge), 장폴 사르트르(Jean-Paul Sartre) 등의 상상력 이론을 지금의 상황과 관점에서 읽어보면 인간중심주의적 보편주의에 머물러 있다는 생각이 든다. 물론 이들은 개념과 이성 중심의 서구 문명에 대해 이미지와 상상력의 가치를 옹호하고 복원했다는 점에서 기여한 바가 크다. 하지만 디지털 기술문명이나 자본주의사회가 말기적 증상을 드러내는 오늘날 고전적인 상상력 이론이 얼마나 유효한 분석의 도구가 될 수 있는지, 그리고 그 속에 내재한 플라톤주의가 어떻게 극복될 수 있을 것인지는 의문이다.

더욱이 가속화되는 환경오염과 기후위기 시대에 '인간문화'의 원형을 밝히는 일 못지않게 '자연문화'의 일부로서 인간의 위치와 역할을 성찰하는 일은 매우 긴급한 과제라고 여겨진다. 오늘날 물, 불, 공기, 흙, 모두가 자연의 순환적 질서와 상징적 의미를 급속히 잃어가고 있다. 이제 흙은 더이상 '어머니 대지'의 풍요로움을 나타내는 상징이 될 수 없고, 휴식과 깊이의 몽상을 가능하게 하는 질료도 되지 못한다. '흙의 시학'은 이제 흙을 전지구적 문명의 위기를 대변하는 '물질'로 바라보고 생태적 회복을 모색하는 데 관심을 기울여야 한다.

21세기의 흙과 생명의 감각

그렇다면 21세기의 흙은 무엇으로 구성되어 있는가. 2016년 『사이언스』(Science)에는 얼 엘리스(Erle Ellis)를 비롯한 연구진이 그린란드 빙하지역의 퇴적물 단면을 시각화하고 그 성분을 분석한 논문이 실렸다. 그 퇴적물에는 "기후변화로 빙하가 녹으면서 이끼 등 유기 조직물이 빙하 위를 덮고 그 아래 흙, 유기물과 뒤섞인 플라스틱 찌꺼기, 콘크리트 잔해, 혼합시멘트, 핵물질, 살충제, 금속 성분, 바다로 유입된 비료 반응성 질소(N_2), 온실가스 농축 효과의 부산물 등"[4]이 포함되어 있었다. 지구온난화로 일어난 지질층의 변화를 보여주는 이 퇴적물은 인류세 시대의 기후위기에 대한 강력한 경고라고 할 만하다.

그런가 하면 지질학자 데이비드 몽고메리(David R. Montgomery)는 흙의 침식이 생태계와 인간사회에 미치는 영향에 대해 깊은 우려를 나타냈다. 몽고메리에 따르면 농경이 시작된 이래 인간의 문명은 흙을 잃어가고 고갈시킨 대가로 성장해왔다. "해마다 전 세계에서 사라지는 흙은 240억 톤"[5]에 이르는데, 사람들은 그 침식 속도가 느리기 때문에 잘 알아차리지 못한다. 그러나 흙의 생성보다 침식이 훨씬 빠른 속도로 진행되고 있고, 지구의 얇은 토양맨틀(soil mantle)이 지금의 속도로 침식된다면 몇 세기에 걸쳐 축적된 흙이 10년도 안 되어 사라질 수 있다고 한다. 그야말로 인간이 하루하루 '지구의 살갗'[6]을 벗겨내고 있는 것이다.

토양 침식의 주요 원인으로는 숲의 훼손, 플랜테이션 농업의 경작방식

---

4 이광석 「'인류세' 논의를 둘러싼 쟁점과 테크노: 생태학적 전망」, 『문화과학』 2019년 봄호, 28면.
5 데이비드 몽고메리 『흙』, 이수영 옮김, 삼천리 2010, 12면.
6 같은 책 39면.

과 농기계, 석유에 의존한 화학비료와 살충제의 사용 등을 들 수 있다. 경작할 수 있는 땅은 갈수록 줄어들고 석유도 고갈되어가는 현실에서 이런 식의 산업농이 언제까지 지속될 수 있으리라고는 그 누구도 장담할 수 없다. 몽고메리는 그 대안으로 농업방식의 전환과 함께 토지 윤리, 슬로푸드, 지역 농산물 먹기 운동 등을 제안한다. 그런데 이러한 방법론 못지않게 그가 강조하고 있는 것은 흙에 대한 인식의 전환이다.『흙』의 원제는 *Dirt*인데, 여기엔 우리가 흙을 'dirt'처럼 더럽고 하찮은 것 또는 쓰레기로 여겨온 것은 아닌가 하는 반문이 포함되어 있다. 이 책은 다음과 같이 끝난다.

> 오늘날 흙을 보존하려는 노력들은 고대사회가 그랬듯이 너무 미약하거나 너무 늦은 것일까? 또 우리는 농지의 흙을 보존하면서도 더욱 더 집약적으로 이용하는 방법을 다시 배우게 될 것인가? 우리 문명의 수명을 연장하려면 흙을 산업 공정의 투입물로 보지 말고 물질적 부를 만들어 내는 살아 있는 토대로서 존중하도록 농업을 재편성해야 한다. 이상하게 들릴 수도 있겠지만 문명의 생존은 흙을 투자 대상이나 상품이 아니라 소중한 유산으로, 하찮고 더럽지 않은 어떤 것으로 대하는 데 달려 있다.[7]

현대인은 땅을 투기 대상이나 상품으로 소유하려고 들지만, 그 땅을 이루고 있는 흙에 대해서는 더럽고 비위생적인 물질로 여기는 이중적 태도를 지니고 있다. 그리고 우리의 생존이 흙에 얼마나 기대고 있고 흙 속에 얼마나 다양한 유기체들이 깃들어 살고 있는지에 대해서는 관심을 기울이지 않는다. 흙은 식물과 동물, 미생물들이 공존하며 생명의 순환적 질서를 만들어내는 터전이자, 썩은 물질을 정화하고 새로운 양분을 만들어내

---

7 같은 책 346면.

는 필터 역할을 해왔다. 몇 센티미터의 비옥한 흙이 만들어지는 데는 천년이 넘는 세월이 필요하다고 한다. 하지만 흙에 깃들어 있는 생명의 역사와 생물 다양성을 살아 있는 감각으로 느끼기에는 우리가 뒤집어쓰고 있는 문명과 자본의 외투가 두껍기만 하다. 그런 무감각 속에서도 시인들은 흙의 변화에 유난히 민감하게 반응하고, 그 감각적 깊이와 새로움을 탐구한다.

> 한 숟가락 흙 속에
> 미생물이 1억 5천만 마리래!
> 왜 아니겠는가, 흙 한 술,
> 삼천대천세계가 거기인 것을!
>
> 알겠네 내가 더러 개미도 밟으며 흙길을 갈 때
> 발바닥에 기막히게 오는 그 탄력이 실은
> 수십억 마리 미생물이 밀어올리는
> 바로 그 힘이었다는 걸!
>
> ── 정현종 「한 숟가락 흙 속에」 전문[8]

시인은 아스팔트가 아니라 흙길을 맨발로 밟으며 발바닥에 실려 오는 흙의 탄력성에 감탄한다. 그 생명력은 한 숟가락의 흙 속에 들어 있는 1억 5천만마리의 미생물이 밀어 올리는 힘이다. 눈에 보이지 않는 미생물의 존재를 인식하는 순간 "흙 한 술"은 "삼천대천세계"로 확장된다. 21세기의 흙이 플라스틱과 콘크리트와 핵물질과 화학성분이 퇴적된 채 병들어간다 할지라도, 이렇게 남아 있는 흙의 생명력을 노래하는 일은 여전히

---

8 정현종 『정현종 시전집』 2, 문학과지성사 1999.

시인에게 주어진 권리이자 책무라고 할 수 있다. 또다른 시에서 정현종 시인은 이렇게 탄식하기도 한다.

가을 햇볕에 공기에
익는 벼에
눈부신 것 천지인데,
그런데,
아, 들판이 적막하다 —
메뚜기가 없다!

오 이 불길한 고요 —
생명의 황금 고리가 끊어졌느니······

— 정현종 「들판이 적막하다」 전문[9]

이 시를 읽으니, 화학비료나 살충제에 의해 1082종의 메뚜기 중 25퍼센트 이상이 멸종될 것이라는 연구 결과가 떠오른다. 흙이 오염되면서 메뚜기뿐 아니라 들판에 깃들어 살아가는 수많은 생물 종들이 사라져가고 있다. 맑은 가을날 들판을 지나며 시인은 문득 "불길한 고요"를 느낀다. 예전에 지천으로 보이던 메뚜기가 '없다'는 사실의 자각은 "생명의 황금 고리가 끊어졌"다는 인식으로 나아간다. 앞의 시에서 흙의 생명력에 감탄하는 모습과 이 시에서 파괴된 생태계에 대해 탄식하는 모습은 서로 다른 것이 아니다. 그만큼 시인의 감각이 생명에 예민하게 반응하고 작은 현상을 통해 전체적 연결고리를 읽어내고 있다는 증표일 것이다.

이처럼 현대 시인은 대지의 남아 있는 생명력과 유기적 질서를 노래하

---

9 같은 책.

는 동시에, 오염되고 파괴된 자연에 대한 고통스러운 증언자이자 고발자 역할을 해왔다. 이제 시인은 '흙'을 전지구적 생태 위기를 대변하는 '물질'로 바라보고 그 회복을 모색하는 데 관심을 기울여야 한다. 현대에 이르러 흙은 인간의 삶과 너무나 멀어졌고 비천한 존재로 여겨지지만, 일찍이 인간이 흙에서 왔다는 사실을 부정할 수는 없다. 오늘날 인간의 불행이나 소외는 우리 존재가 흙에서 왔으며 자연의 일부라는 사실을 망각하는 데서 비롯되었는지 모른다. 성서에서 하느님이 흙으로 인간을 빚었다는 것, 그리고 사람을 뜻하는 라틴어 'Homo'(호모)가 살아 있는 흙을 뜻하는 'Humus'(후무스)에서 왔다는 것을 떠올려보자.

저는 사람은 본래 흙으로 만들어졌다고 하는 말이 조금도 과장이 아니라고 생각하는데요. 그렇다면 흙의 마음이 우리의 마음속에 들어 있는 것도 틀림없다고 봅니다. 어떤 책에서, 어느 땐가 몹시 불안하고 마음이 편치 않았을 때 우연히 흙을 만지작거렸더니 어느새 마음이 평온해지는 경험이 이야기되고 있는 것을 읽은 적이 있는데, 이런 일은 실제로 사람의 존재가 흙에 뿌리박고 있다는 사실을 떠나서는 설명이 안 될 겁니다. 우리는 시가 제공하는 감동을 제대로 수용하려면 우리 자신이 흙이나 자연 또는 우주와 떨어져 있는 존재가 아니라는 자각에 철저해야 할 것으로 생각합니다.[10]

김종철은 이러한 생태적 깨달음이 살아 있는 감수성으로 작용할 때만 진정한 것이 된다고 강조한다. 환경문제가 심각해졌다는 사실을 머리로만 아는 것이 아니라 정말 마음으로 느끼고 감수성의 변화로까지 이어져야 이 사태를 극복할 수 있는 의식과 행동의 변화도 생긴다는 것이다. 생

---

10 김종철 「인간, 흙, 상상력」, 『시적 인간과 생태적 인간』, 삼인 2018, 97면.

태적 감수성의 회복을 위해서는 시적 상상력과 사유가 그 어느 때보다 필요하다고 그는 말한다. "시적 사유의 본질에는 어떠한 인공적인 조작물로도 대체할 수 없는 세계의 근원적인 아름다움과 풍요로움에 대한 본능적 인식이 내재해 있다"[11]고 믿기 때문이다. 그런 점에서 '시적 인간'과 '생태적 인간'은 동의어에 가깝다.

흙의 생명력에서 인류세의 퇴적물로

내가 시인으로서 살아온 여정 속에서도 '흙'은 핵심적인 물질이고 화두였다. 등단작 「뿌리에게」(『뿌리에게』, 창작과비평사 1991)에서부터 '흙'이 화자로 등장한다. 대학교 2학년 학기 초였던가. 늦겨울 학교 뒷산에 올라갔다가 김을 내뿜으며 녹기 시작하는 흙의 생명력에 감전되어 이 시를 순식간에 써내려갔다. 내 속의 흙이 얼음에서 풀려나며 말하는 소리를 받아 적은 것이다. "깊은 곳에서 네가 나의 뿌리였을 때/나는 막 갈구어진 연한 흙이어서/너를 잘 기억할 수 있다/네 숨결 처음 대이던 그 자리에 더운 김이 오르고/밝은 피 뽑아 네게 흘려보내며 즐거움에 떨던/아 나의 사랑을"로 시작하는 시를. 그때만 해도 대지의 충만한 사랑과 생명력이 내 속에 남아 있었다.

하지만 세월이 흐르면서 내 시 속의 '흙'은 점점 말라가고 푸석해지고 더이상 생명을 키워낼 수 없도록 척박해져갔다. 그 불모성은 훼손되어가는 자연의 실제적인 상태를 반영한 것이기도 하고, 세상에 부딪치고 상처 입으면서 만들어진 내면적 상태이기도 하다. 「뿌리로부터」(『말들이 돌아오는 시간』, 문학과지성사 2014)에서는 나를 지탱해주던 대지적 기반으로부터 벗

---

11 같은 책 7면.

어나 더 희박한 허공으로 탈주하려는 의지가 드러난다. 뿌리를 향하던 마음이 뿌리로부터 벗어나 더 위태로운 실존의 모험을 감행하는 것이 새로운 시의 자리를 찾는 길이라 여겼던 듯하다. "한때 나는 뿌리의 신도였지만/이제는 뿌리보다 줄기를 믿는 편이다"로 시작하는 이 시에서 나는 이미 '연한 흙'이 아니라 뿌리에서 가장 멀리 도망치며 "허공에서 길을 잃어버린 지 오래된 사람"이 되고 말았다.

그런데 지난 삼십여년 동안 나의 시는 과연 흙의 마음에서 멀어진 것일까. 다시 생각해보니, 그 불모화의 과정은 지구의 흙이 온통 파헤쳐지고 착취당하고 온갖 오염물질들로 끙끙 앓아온 과정과 고스란히 겹쳐진다. 나의 내면과 시가 병든 흙과 함께 앓아왔던 것 같다. 세계가 깊이 병들어가는데 변함없이 아름다운 자연을 노래하는 서정시를 쓴다는 것이 오히려 더 기이하지 않은가. 흙의 생명력에서 시작된 나의 시세계는 오늘에 이르러 인류세의 퇴적물을 고통스럽게 직시하고 있다.

예를 들어 「플라스틱 산호초」(『시와편견』 2022년 여름호)는 마르텐 반덴 아인드(Maarten vanden Eynde)의 설치작품 「플라스틱 산호초」(2008~2013년)를 모티프로 삼아 토양과 해양을 두루 오염시킨 '플라스틱'이라는 물질에 주목한 시다. "아주 가볍고 단단하고 질기고 반짝이고 게다가 값이 싼" 이 새로운 물질에 열광했던 인류는 이제 플라스틱 없이는 살 수 없는 '플라스틱 중독자' 또는 '플라스틱-인간'이 되어버렸다. 점점 뜨거워지는 바다와 대기 속에서 많은 생명체가 위험에 처해 있고, 깊은 바닷속의 산호초에도 백화현상이 광범위하게 나타나고 있다.

이 시는 땅과 바다의 오염을 고발하는 데 그치지 않고, 산호초의 죽음을 애도하거나 세상에 알리는 예술가들의 작업을 후반부에 언급한다. 지금도 세계 곳곳에서 "누군가는 바다 쓰레기를 녹여 플라스틱 산호초를 만들고/누군가는 모여 앉아 실로 산호초를 짜고 있고/누군가는 플라스틱 만다라를 그리고 있"다. 시적 화자의 탄식처럼 "결국 플라스틱 지층으로

발굴될 우리의 세기, 제기랄 썩지도 않고 불멸할" 것이지만, 그래도 파국
을 막기 위한 예술적 수행성이나 실천을 포기할 수는 없다.

    아주 가볍고 단단하고 질기고 반짝이고 게다가 값이 싼
    새로운 물질에 인류는 열광했지

    눈비에도 새지 않고 썩지도 않는 이 화합물에
    녹을지언정 쉽게 부서지지 않는

    땅속에바다속에공기속에벽속에박힌인터넷케이블
    물을보내고저장하고걸러내는PVC관
    나일론염화비닐아크릴폴리머섬유플리스섬유자일로나이트
    폴리에스테르폴리우레탄폴리에틸렌폴리스티렌폼폴리카보네이트

    우리는 모두 플라스틱 중독자

    앤디 워홀은 플라스틱을 사랑한다고 플라스틱이 되고 싶다고 했지
    다양한 폴리머들로 온몸을 감싼 채 걸어가는
    우리는 플라스틱-인간

    깊은 바닷속의 산호초도 미세 플라스틱을 삼키고
    창백해져가고 있어 죽어가고 있어

    산호초를 애도하기 위해
    누군가는 바다 쓰레기를 녹여 플라스틱 산호초를 만들고
    누군가는 모여 앉아 실로 산호초를 짜고 있고

누군가는 플라스틱 만다라를 그리고 있지
바다에서 벌어지고 있는 어떤 죽음을 알리기 위해

어쩌면 바다를 애도하기 위해 산호초들이
흰 옷을 입고 있는지도 몰라

점점 뜨거워지는 바닷속에서
산호초는 백색 플라스틱 화합물이 되어가고
점점 뜨거워지는 대기 속에서
인간은 색색의 플라스틱 화합물이 되어가고

결국 플라스틱 지층으로 발굴될 우리의 세기, 제기랄 썩지도 않고 불멸할
— 나희덕 「플라스틱 산호초」 전문[12]

2000년대 이후 한국시에 나타난 변화를 떠올려보아도 그렇다. 자연이라는 매트릭스에 안주하거나 자연과의 낭만적 동일화를 넘어, 파괴되고 오염된 세계의 실상을 직시하고 증언하는 시들이 계속 쓰이고 있다. 그 시들은 상실의 고통 속에서 부르는 비가(悲歌)이자, 죽거나 희생된 존재들을 애도하는 만가(輓歌)다. 대지의 여신 데메테르가 하데스에게 딸을 빼앗기고 스스로 불모의 땅이 되어 불렀던 슬픔의 노래다. 시는 순하고 부드러운 흙에서 태어났으나 더러워지고 병들어가는 흙 속에서도 끝내 그 자리에 남아 있을 것이다. 흙의 마음이 곧 시의 마음이기에.

---

12 『문학과편견』 2022년 여름호.

인간-동물의 관계론적 사유와 시적 감수성

2010년대 한국시와 동물 담론

최근 동물에 대한 관심이 높아지고 동물 담론이나 동물권 논의가 활발해진 데는 몇가지 배경이 있는 듯하다. 우선 코로나19로 인한 팬데믹 시대에 인수공통감염병이 야생동물과의 접촉에 의한 것이라는 사실이 알려지면서 생태계 속 동물의 중요성을 자각하게 되었다는 점을 들 수 있다. 기후위기와 인류세 담론의 확산으로 산업적 축산 방식에 대한 경각심이 높아지고 채식주의를 실천하려는 이들이 늘어나고 있는 것도 그 배경으로 볼 수 있다. 채식주의는 환경문제의 대안일 뿐만 아니라 인권운동의 확장된 형태로서 동물권을 주장하는 입장과도 맞물려 있다. 일인가족이나 핵가족이 늘어나는 현대사회에서 개와 고양이 등의 반려동물을 가족 구성원으로 인식하게 된 것도 동물과의 관계 맺기나 공동체 구성[1]에 있어서

---

1 도미니크 르스텔은 '동물성'을 인간과 동물의 관계를 가리키는 개념으로 새롭게 정의하고, 사육을 통한 인간과 동물의 상호적 애정에 기반한 '잡종공동체'의 가능성을 제시한다(도미니크 르스텔 『동물성』, 김승철 옮김, 동문선 2001, 93면 참조).

새로운 변화라고 여겨진다. 또한 포스트휴먼 담론이나 트랜스휴먼 담론들이 제기하는 인간중심주의의 해체는 인간과 비인간, 인간과 동물의 경계를 이제와는 다른 방식으로 사유하고 실천할 것을 요구하고 있다.[2]

고봉준은 이러한 사유와 실천이 2010년대 한국시에 나타난 사례로 김혜순의 최근 시집들을 주목하면서 그 '포스트-휴먼적 읽기'의 이론적 지형도를 다음과 같이 설명한다.

인류가 생태적인 위기에 직면했다는 '인류세' 담론, 근대적 인간중심주의를 넘어서려는 포스트휴먼 담론, 인지과학에 기초하여 인간과 기계의 구분을 횡단하는 트랜스휴머니즘 담론 등은 공공연하게 '인간(학)'의 죽음을 선언하고 있다. 이들 새로운 담론은 데리다의 '동물-타자'에 관한 철학, 들뢰즈의 '동물-되기', 도나 해러웨이의 '사이보그', 그리고 '동물'과의 차이를 통해 인간을 설명해온 서구 철학사에 대한 아감벤의 비판 등의 철학적 사유와 결합하면서 인간학의 해체를 한층 가속화하고 있다.[3]

---

2 황정아는 "동물이 우리 자신의 문제가 되었다는 것은 그만큼 인간과 동물을 가르고, 그래서 동물을 '보이지 않게' 만드는 경계가 결정적으로 흔들리기 시작했음을 말한다"고 진단하면서 그 배경을 다음과 같이 설명했다. "날로 잔혹해져가는 공장식 사육 시스템과 그 결과 발생한 전염병의 확산, 그리고 그것이 악순환이 되어 다시 촉발하는 끔찍한 동물살상, 그에 더하여 반려동물이 급격히 늘어나면서 생긴 태도 변화를 비롯한 여러 사회적 현상이 매우 구체적이고 현실적인 배경이라는 점은 말할 필요도 없다. 또한 엄밀한 의미에서의 '동물 연구', 다시 말해 실제 동물들의 생활과 행동과 신체를 관찰하는 연구성과들이 축적되어 인간과 동물의 차이에 관한 여러 전통적인 주장들이 차례로 심문당하게 된 점도 하나의 학문 내적 요인으로 작용했으리라 짐작할 수 있다."(황정아 「동물과 인간의 '(부)적절한' 경계: 아감벤과 데리다의 동물담론을 중심으로」, 『안과밖』 43호(2017), 80~81면)

3 고봉준 「포스트휴먼 담론과 '인간-이후' 한국시의 한 가능성: 김혜순의 『피어라 돼지』(2016)와 『날개 환상통』(2019)에 대한 포스트-휴먼적 읽기」, 『국어국문학』 193호(2020), 61면.

윤성복은 「동물 그리고 경합하는 동물 담론들」에서 동물해방운동을 크게 세가지로 정리했다. 첫째는 공리주의 권리론과 도덕적 의무론으로, 인본주의의 확장된 형태로서 부분적인 개혁을 통해 동물 해방을 실현하고자 하는 자유주의적 입장이다. 둘째는 생태주의 담론으로, 인간중심주의에서 벗어나 인간과 동물을 동등하게 바라보고 자본주의의 전면적 해체를 통해 동물 해방을 실현하려는 입장이다. 셋째는 인간-동물의 관계론적 시각으로 인간과 동물의 물질적·정신적 상호작용을 바라보고, 이를 둘러싼 지배적 관계의 해체와 재구성을 통해 인간 해방과 동물 해방을 동시에 추구하는 입장이다. 생태사회주의가 이에 해당한다.[4]

이 글에서는 인간-동물의 관계론적 시각을 중심으로 2010년대 한국 현대시에 나타난 동물의 존재론과 시적 감수성에 대해 논의하고자 한다. 최초의 동물시집인 윤곤강의 『동물시집』(1939)을 필두로 그동안 '동물시'라고 불릴 수 있는 시들은 지속적으로 창작되어왔다. 그런데 그동안 발표된 동물시들은 대체로 동물을 소재로 삼거나 풍경에 등장시키는 경우, 그리고 동물을 인간 주체의 내면을 대변하는 비유나 상징으로 삼는 경우가 대부분이었다. 이 시들에서 동물은 동물의 존재 자체보다는 인간화된 의미를 담지하는 매개물로 활용되거나 의인화된 표상에 지나지 않았다.

그런데 2010년대 이후에는 인간과 동물의 관계에 대한 새로운 인식론을 바탕으로 사회문화적 접근이나 생태적 관점을 보여주는 동물시를 자주 볼 수 있다. 이러한 문학적 변화는 앞에서 말한 새로운 동물 담론이나 동물권 논의가 활발해지기 시작한 사회적 변화와도 밀접하게 관련되어 있다. 시인들이 반려견과 반려묘에 대한 시와 산문을 모아서 펴낸 『나 개 있음에 감사하오』(아침달 2019)와 『그대 고양이는 다정할게요』(아침달 2020)도 그러한 징후를 단적으로 보여주는 예들이다. 이처럼 2010년대는 한국

---

4 윤성복 「동물 그리고 경합하는 동물 담론들」, 『문화과학』 76호(2013), 54면.

시에서 새로운 동물시학[5]이 나타나고, 인간과 동물의 관계 맺기가 시인들의 일상생활과 시창작에 큰 비중을 차지하게 된 시기라고 할 수 있다.

한국시는 전통적으로 소재나 시어의 측면에서 식물이 동물보다 압도적으로 많았고 식물적 사유나 감수성이 주류를 이루어 온 편이다. 한국시의 식물 편향성에 대해서는 좀더 깊이 있는 논의가 필요해 보이지만, 다소 거칠게 설명하자면 자아와 세계의 합일을 지향하고 시적 요소들의 유기적 질서와 통합을 강조하는 서정시의 전통은 동물적 운동성보다는 정적인 조화를 추구하는 식물적 사유와 친연하지 않을까 싶다.[6] 이런 시적 전통에 비추어볼 때, 2010년대 한국시에 동물 표상이 예전보다 자주 나타나고 인간–동물의 관계론적 사유가 본격적으로 개진된 것은 새로운 징후나 현상이라고 할 만하다. 동물시나 동물 표상의 이러한 변화에 주목하고 분석한 연구들 또한 주로 2010년대 이후에 집중되고 있다.[7]

---

5 김동규는 새로운 '동물시학'이 소재나 비유의 차원이 아니라 "예술가의 몸을 빌려서 동물(생명) 스스로가 창작한 작품에 관한 시학"이라고 정의한다(김동규 「동물시학 연구」, 『현대유럽철학연구』 49호(2018), 14면).

6 이장욱은 비유적 차원에서 식물성의 사유와 동물성의 사유를 다음과 같이 구분했다. "식물성의 사유는 대개 환원, 반복, 유기성을 근간으로 삼는다. 식물적 풍경 안에서 우리가 발견하는 것은 대개 정적인 사태, 세계의 단일성, 본질, 회귀 등이며, 만물을 감싸 안는 그윽한 포용의 이미지이다. 식물들은 대개 보이지 않는 통일된 전체를 환기하기 위해 우리 곁에 있는 것처럼 보인다." 이와는 반대로 "동물들은 언제나 우리의 바깥에 있다. 동물들은 영원을 가르치지 않고 반대로 유한함과 필멸을 가르친다. 동물들은 개체성과 운동성과 생존 본능의 담지자들이다. 그들은 회귀하거나 반복하지 않는다. 그들은 사멸한다. 그들은 일회적인 종말을 향해 나아간다. 그들은 희로애락을, 오욕칠정을, 마침내 죽음의 불가피성을 우리에게 가르쳐주는 듯하다. 개체성과 생존 본능에 압도된 동물들은 통일된 전체 같은 것을 알지 못한다. 다만 본능과 육체성과 타자성을 가르치기 위해 동물들은 인간의 시야로 들어온다."(이장욱 「동물원의 시」, 『동물입니다 무엇일까요』, 현대문학 2018, 86~87면 참조)

7 동물시나 동물 표상을 새로운 관점에서 분석한 논문으로는 임도한 「섭취 생명체에 대한 태도를 통해 본 생태시의 생태윤리적 의의」(『문학과환경』 9권 2호[2010]); 홍기정 「김기택 시에 나타난 육식의 윤리와 아이러니」(『문학과환경』 12권 1호[2013]); 김영주 「김기택 시의 유동성과 반기억 연구」(『서강인문논총』 48호[2017]); 조대한 「동물–시

이 글에서는 2010년대 이후 한국 현대시에 나타난 인간과 동물의 관계를 동물원이라는 공간성, 인간의 동물화와 동물의 인간화, 육식의 종말과 채식주의, (반려)동물과 함께 살아가기 등의 문제를 중심으로 살펴보고자 한다. 이러한 문제를 잘 보여주는 시인들로서 강성은, 이근화, 이장욱, 이기성, 김선오, 유계영, 박세미, 박시하, 송승언 등을 들 수 있다. 2010년대 이후 이 시인들의 시집 또는 공동시집에서 인간-동물의 관계론적 사유는 시적 감수성의 중요한 비중을 차지하고 있다.

동물원과도 같은 세계 속에서

존 버거(John Berger)는 「왜 동물들을 구경하는가?」(1977)라는 글에서 동물원이 생겨난 유래와 공간적 구조를 분석하면서 특히 인간과 동물이 주고받는 '시선'에 주목했다. 그는 동물원이 만들어지기 시작한 것은 일상생활에서 동물들이 사라져버리는 시기와 맞물려 있으며, 동물원이 근대 식민지 개척에 나선 국가들의 국력을 과시하는 전시장이었음을 지적한다. 1828년에 세워진 런던 동물원, 1793년에 세워진 파리 식물원, 1844년에 세워진 베를린 동물원 등이 그 예들이다. 동물원은 관람객들에게 동물을 구경하는 기회를 제공하지만, 그곳에서 우리가 발견하게 되는 것은 동물다운 동물의 모습이 아니라 본성이 왜곡된 채 무기력하게 길들여진 동물의 모습이다. 그런 점에서 동물원은 동물과 인간의 만남을 둘러싼 "불가능성에 대한 하나의 경계가 되는 표시"이자 "하나의 관계에 대한 묘비명"[8]이라고 할 수 있다.

와 새-시인의 감각」(『문학들』 54호[2018]); 박동억 「황야는 어떻게 증언하는가: 2010년대 현대시의 동물 표상」(『시작』 2020년 봄호); 고봉준, 앞의 글 등이 있다.

8 존 버거 「왜 동물들을 구경하는가?」, 『본다는 것의 의미』, 박범수 옮김, 동문선 2000, 32면.

동물원에서 관람객을 바라보는 동물들의 시선은 아무런 감정도 없이 텅 비어 있다. 동물과 동물 역시 서로 격리되어 있고, 사육사들만이 그들과 소통하고 조율할 뿐이다. 쇠창살이나 유리막 너머로 동물을 바라보는 관람객의 시선 또한 동물과 교감하기보다는 신기한 볼거리로 대상화하는 경우가 대부분이다. 그렇게 동물들은 폐쇄된 공간에 전시됨으로써 그 존재성을 잃어버린다. 그런 점에서 동물원은 인간들이 "강제에 의해 주류에서 밀려나는 행위가 일어나는 모든 장소들—빈민가, 판자촌, 감옥, 정신병원, 강제노동수용소"[9]의 은유로 쓰이기도 한다. 현대시에서도 동물원은 그러한 디스토피아적 상징이자 생명력이 거세된 감금의 장소로 묘사되곤 한다. 강성은의 「동물원」, 이근화의 「동물원에서 셋이 마신 맥주」, 이장욱의 「원숭이의 시」 등이 그 예들이다. 이 시들에서 동물원은 실제의 동물원이라는 공간인 동시에 감금된 세계의 축도(縮圖)로 읽힌다.

작년에 탈출했던 곰이 돌아왔다
작년에 사자에게 물려 죽은 조련사도 돌아왔다

동물원 밖에도 동물이 있다고
동물원 밖에도 동물원이 있다고

신들이 사라지고 나선
이제 인간이 사라지는 일만 남았다고

— 강성은 「동물원」 부분[10]

---

9 같은 책 40면.
10 강성은 『Lo-fi』, 문학과지성사 2018.

이 시의 1연에는 동물원의 동물들이 나열되고 있다. "홍학도 원숭이도 사자도 기린도 라마도 하마도 물개도/늑대와 너구리와 수달도"에서처럼 서식지나 종이 각기 다른 동물들이 계통 없이 뒤섞여 있는 곳이 동물원이다. 동물들은 비가 내려도 비를 볼 수 없고 해가 나도 해를 볼 수 없다. 이처럼 동물들은 자연과 단절된 상태에서 '의사자연'의 모습으로 살아가야 한다. 그런데 2연을 보면 동물들만 그런 것이 아니다. "실종된 아이들"이나 "눈멀고 귀먹은 백발의 노인들"이 동물원에 살고 있다는 소문 또는 상상을 통해 동물원은 인간의 실종이나 죽음을 환기하는 공간이 되기도 한다. "탈출했던 곰이 돌아"오고, "사자에게 물려 죽은 조련사도 돌아왔다"는 3연에 이르면 동물원 안과 밖의 경계 또는 삶과 죽음의 경계가 해체되고 있다.

동물원의 사실적 묘사에서 시작된 듯한 이 시는 점차 동물원을 둘러싼 세계 전체로 확장되면서 그 공간의 상징성을 새롭게 보여주고 있다. 그런 점에서 "동물원 밖에도 동물이 있다고/동물원 밖에도 동물원이 있다고"의 4연은 자연스럽게 읽힌다. 여기에는 동물원의 바깥이란 없다는 것, 이 세상 전체가 또다른 동물원에 불과하다는 인식이 압축되어 있다. 동물원의 관람객뿐 아니라 동물원 밖의 인간들 역시 동물원의 동물과 다를 바 없는 존재라는 것이다. 사라진 신들에 이어 "이제 인간이 사라지는 일만 남았다"는 마지막 문장은 절멸의 위기 앞에 놓인 인간의 운명을 담담하게 예고하는 듯하다.

　　말의 그것은 사람의 그것과 같았는데
　　백공작의 구애는 쓸모가 없었는데
　　뱀은 리본처럼 꼬여서 뒤숭숭했는데

　　봄꽃들이 우리의 엉덩이를 살짝 걷어찬 것 같았다 맥주를 휘젓고 거품

을 마시며 기글거렸다 오비였나 하이트였나 통닭이나 마른 오징어였겠지

　봄날을 푹푹 찌르며 물줄기 솟아올랐고 흰 종아리를 내놓고 대책 없이
뛰어들었지
　저건 물이 아니야 물의 영혼이지
　흩어진 영혼을 서로의 주머니에 쓸어 담았다
　　　　　　　　　　── 이근화 「동물원에서 셋이 마신 맥주」 부분[11]

　이 시에는 동물과 인간이 나란히 등장한다. 동물들은 동물원에서 "순서
없이 죽어가"고 있으며, "아프리카에서 태평양까지 대서양에서 아라비아
반도까지 뒤죽박죽"으로 뒤섞여 있다. 말과 백공작과 뱀의 모습이나 행위
는 쓸모없거나 뒤숭숭할 뿐이고, 그 동물들을 배경으로 맥주를 마시는 인
간들 또한 기글거리거나 대책 없이 물에 뛰어들 뿐이다. '우리'가 물에 뛰
어드는 행위는 "흩어진 영혼을 서로의 주머니에 쓸어 담"기 위해서다. 이
영혼 없는 존재들의 나른하고 슬픈 몸짓은 단순히 취기 때문만이 아니다.
동물원과도 같은 세계에서 벗어날 수 없다는 자각이야말로 '우리'로 하여
금 계속 술을 마시게 만드는 이유인지도 모른다. 맥주의 거품과 분수대의
물줄기 역시 갇혀 있는 액체라는 점에서는 마찬가지다.
　시의 후반부에서 화자는 동물원에서 맥주를 마셨던 13년 전의 기억을
불러오며 "셋이서 동물원에 간 날의 말도 공작도 뱀도 그랬다 동물원에
있었다"라고 말한다. 그리고 "13년 후에도 동물원은/코끼리 황새 악어를
나란히 키우고" 있을 것이라고 말한다. 13년 전이나 13년 후나 세계라는
동물원에서는 그 누구도 자유로울 수 없다. 5연에서처럼 "새로운 술과 새
로운 동물이 나란히 덜덜 봄날의 트럭에 실려 동물원으로" 갈 것이다. 여

---

11 이근화 『차가운 잠』, 문학과지성사 2012.

기서 '덜덜'이라는 의태어/의성어에는 맥주를 마신 채 물에 뛰어든 뒤에 떠는 모습과 트럭이 내는 소음이 중첩되어 있다. 이는 동물원이라는 세계에서 살아가는 "흩어진 영혼"의 한기(寒氣)나 피로감이 깃들어 있는 표현이다.

> 당신이 나의 하루를 관람했다고 하자.
> 당신이 내 텅 빈 영혼을 다녀갔다고 하자.
> 내가 당신의 등을 더 격렬하게 바라보았다고 하자.
> 관람 시간이 끝난 뒤에 드디어
> 삶이 시작된다는 것
> 당신이 상상할 수 없는
> 동물원의 자정이 온다는 것
> 당신이 나를 지나치는 일은
> 바로 그런 것
>
> (…)
>
> 원숭이의 시에 당신이 등장한다고 하자.
> 내가 그 시를 썼다고 하자.
> 내가 동물원의 철창 밖을
> 밤의 저편을
> 당신을
> 끈질지게 바라보고 있다고 하자.
> ── 이장욱 「원숭이의 시」 부분[12]

---

12 이장욱 『동물입니다 무엇일까요』.

이 시에서 '나'라는 화자는 원숭이로, '당신'이라는 청자는 혼자 동물원을 거니는 인간으로 설정되어 있다. 원숭이에 의해 관람객의 등이 오히려 보여지는 대상이 되면서 동물원에서의 시선은 역전되거나 상호적인 것이 된다. 화자와 청자의 이러한 설정은 인간중심적 시선을 벗어나 비인간 존재의 입장에서 동물원의 상황을 바라보게 한다. 그런데 유의할 것은 화자와 청자의 전도가 완전히 확정된 것이 아니라 '-고 하자'라는 어미의 반복을 통해 끝까지 가상적이고 임의적인 상태를 유지하고 있다는 점이다. 그렇게 함으로써 시인은 동물 화자와 인간 화자의 간극을 끝내 봉합하지 않고 그 불안정한 긴장을 유지하면서 손쉬운 의인화의 길을 피해간다. 또한 앞의 연이 '당신'을 중심으로 이루어진 진술이라면, 후반부로 갈수록 진술의 중심은 '나'로 옮겨진다. "당신이 내 텅 빈 영혼을 다녀갔다고 하자"에 이어지는 "내가 당신의 등을 더 격렬하게 바라보았다고 하자"에서처럼, 후반부로 갈수록 원숭이는 능동적인 시선의 주체이자 '원숭이의 시'를 쓰는 주체로까지 나아간다.

시선이나 주체의 역전뿐 아니라 시간적 의미의 역전 또한 일어난다. "당신이 나의 하루를 관람했"던 낮의 시간보다 원숭이인 '나'에게 더 의미있는 시간은 "동물원의 자정"이다. 관람 시간이 끝난 뒤에야 삶다운 삶이 시작되고, 원숭이는 동물원의 철창 밖을 향해 팔을 뻗으며 "거대한 원숭이가" 되어간다. 이때 비로소 "외로운 허공"은 "무한한 어둠"이 된다. 그리고 "동물원의 철창 밖을/밤의 저편을/당신을" 끈질기게 바라보고 있는 원숭이인 '나'의 시선에 의해 '원숭이의 시'는 탄생한다.

시집 『동물입니다 무엇일까요』 말미에는 「동물원의 시」라는 산문이 실려 있다. 시인은 어린 시절 동물원에 대한 첫 경험으로 창경원에서의 기억을 떠올린다. 그런데 어린 시절 "살아 있는 것들의 권태와 식욕과 발광과 탐욕"으로 각인된 기억은 성인이 되어 동물원에 갔을 때 "동물들이 내

뿜는 살기와 독기와 허기와 자포자기가 좁고 더럽고 불결한 공간에서 지옥도를 이루고 있"는 모습으로 바뀌게 된다. 동물의 시선에서 '외재성'을 발견했던 자크 데리다[13]와는 달리 "동물들은 우리에게 '죽음'이라는 완고한 '내재성'을 가르쳐준다고", "죽음이 이미 우리 삶에 깊숙이 스며들어 있음을 가르쳐주는 것은 저 동물들이라고"시인은 말한다. 이처럼 동물원의 동물은 인간의 고통과 죽음을 고스란히 되비추는 거울과도 같다. 이 세계 역시 거대한 동물원이기에 "시인의 시는 동물원의 시가 아닐 수 없으며 동물원의 시는 인간사의 시를 뒤집고 누비고 돌려보는 것이 아닐 수 없다."[14]

인간의 동물화와 동물의 인간화

세계가 동물원과 다를 바 없다고 할 때, 거기에 갇힌 채 살아가는 인간은 자주 동물화의 경험을 하게 된다. 일찍이 알렉상드르 코제브(Alexandre Kojève)는 역사의 종말 담론과 관련해 "인간의 동물성으로의 회귀"[15]를 말한 바 있다. 이는 "대상에 대립하는 주체의 소멸"이자 "인간이라 일컬을 만한 인간의 결정적 절멸"을 가리킨다. 포스트모던한 세계의 인간상에 대한 이러한 설명은 아감벤이나 데리다의 동물담론에서 인간중심성에

---

13 "그래요, 그 전적인 타자, 어떤 타자보다 더 타자인 그것을 그들은 동물이라고, 예컨대 고양이라고 부르지요. 고양이가 발가벗은 나를 바라볼 때 말입니다. 그 순간, 나는 나를 나 스스로 나 자신으로부터 고양이에게 내놓습니다."(자크 데리다 「동물, 그러니까 나인 동물」, 최성희·문성원 옮김, 『문화과학』 76호(2013), 317면)

14 이장욱 「동물원의 시」, 앞의 책 85~90면.

15 Alexandre Kojève, *Introduction to the reading of Hegel*, Basic Books 1969, 158~62면(황정아, 앞의 글 81면에서 재인용).

대한 본격적인 비판으로 이어진다.[16] 그런데 최근에는 아감벤과 데리다의 동물담론이 지닌 한계를 지적하는 목소리도 나오고 있다.

두 사람이 이런 작업을 얼마나 발본적으로 해냈는가를 두고 비판하는 견해도 없지 않다. 가령 아감벤이 하이데거에 있는 '인간학적 기계'의 작동을 보여주기 위해 동물성의 작동 중지를 통한 인간되기를 추출한 것이 하이데거의 인간중심주의를 밝혀주기보다 오히려 아감벤 자신이 "동물 문제를 인간으로 가는 진로에 포섭"했음을 나타낸다는 비판이 있다. 또한 아감벤이 인간학적 기계를 문제 삼으면서도 "인간학적 기계가 인간에게 끼친 결과에 대해서만 전적으로 또 배타적으로 초점을 두고 그 기계가 다양한 형태의 동물적 생명에 끼친 영향은 전혀 탐구하지 않았다"는 지적도 있다. 아감벤이 그 스스로 적발한 인간학적 기계의 또다른 핵심 작용인 "비인간 동물들의 동물화와 벌거벗은 생명으로의 환원"에 관해서는 침묵한다는 것이다.

데리다의 경우도 마찬가지인데, 일례로 해러웨이는 데리다가 동물에 대한 진정한 존중의 언저리까지는 왔으나 끝내 옆길로 빠졌다고 본다. 해러웨이는 그가 동물의 응시를 감지해본 적 없는 철학 전통을 비판하면서도 스스로는 자신을 응시하는 동물이 실제로 무엇을 하고 느끼고 생각하는지 궁금해하지 않는다고 지적한다.[17]

---

16 아감벤과 데리다는 서구철학의 인간중심주의를 비판한다는 점에서 공통적이지만, 적지 않은 차이를 보이기도 한다. 황정아는 아감벤과 데리다의 동물담론이 지닌 차이점과 공통점을 이렇게 설명한다. "아감벤은 인간과 동물을 가르는 인간학적 기계를 '작동 중지'시키자고 제안하며, 데리다 동물기계론이 기대는 인간과 동물 사이의 경계를 '복잡화'하자고 주장한다. 중지하기와 복잡하게 하기는 언뜻 상반된 작업처럼 보이는데 어떻든 동물에 관한 사유에서 인간과 동물의 구분 또는 경계가 핵심 지점이라 파악하고 이를 문제화하는 것을 목표로 삼는 점에서는 두 사람이 일치한다."(황정아, 앞의 글 90면).

17 황정아, 같은 글 96~97면.

여기에 언급된 비판적 견해들은 대체로 인간과 동물의 경계에 대한 양방향적인 해체와 적극적인 교감을 강조하고 있다. 동물시에서 인간과 동물의 관계를 사유하고 형상화하는 방식도 마찬가지일 것이다. 인간의 시선으로 동물을 대상화하거나 묘사하는 데 그치지 않고 인간과 동물의 상호애정에 기반을 둔 '잡종공동체'를 지향할 필요가 있다. 이를 위해서는 '인간의 동물화'와 '동물의 인간화'를 함께 고려해야 한다.

아침의 공기와 저녁의 공기는 달라
나의 코가 노을처럼 섬세해진다
하루는 세 개의 하루로
일 년은 스물아홉 개의 계절이 있다

나의 입술에 너의 이름을 슬며시 올려본다
나의 털이 쭈뼛 서지만
그런 건 기분이라고 하지 않아
나의 귀는 이제 식사에도 소용될 수 있을 것 같다

호수 바닥을 긁는 소리
중요한 깃털이 하나 빠지는 소리
뱀의 독니에서 독이 흐르는 고요한 소리
—— 이근화 「짐승이 되어가는 심정」 부분[18]

이 시에서 화자인 '나'의 감각은 동물의 감각처럼 예민해져 있다. 그러

18 이근화 『차가운 잠』.

한 상태는 아마도 '너'의 부재와 죽음 때문인 듯하며, 그로 인해 '하루'나 '일년'이라는 시간의 감각도 달라진다. "나의 코가 노을처럼 섬세해"지고, 너의 이름을 올리는 순간 "나의 털이 쭈뼛" 선다. 귀 또한 예민해져서 식탁에서도 "호수 바닥을 긁는 소리/중요한 깃털이 하나 빠지는 소리/뱀의 독니에서 독이 흐르는 고요한 소리"를 들을 수 있다. 이처럼 동물이란 '나'에게 '죽음'이라는 외재성(내재성)을 가르쳐주는 존재다. 화자인 '나'는 "이 어둠을/너의 눈 코 입을 기억하는 일"을 수행하는 자로서, 마지막 연에 이르면 감각의 범람을 경험하게 된다. "문밖에서 쿵쿵쿵 나를 방문하는 냄새"와 함께 "침이 솟구친다/식탁 위에 너의 피가 넘친다". 이렇게 폭발적인 감각은 인간의 평상적 감각을 넘어 제목이 말해주듯 '짐승이 되어가는 심정'에 의해 일어난 것이다.

앞에서 분석한 이장욱의 「원숭이의 시」에서 원숭이가 어둠을 응시하는 일이 '동물의 인간화'라면, 이근화의 「짐승이 되어가는 심정」에서 '나'는 어둠 속에서 강을 건너면서 '인간의 동물화'를 경험한다. 물론 '인간의 동물화'가 이렇게 수동적 차원에서만 일어나는 것은 아니다. 수동적으로든 능동적으로든 분명한 것은, 이러한 동물의 인간화와 인간의 동물화는 인간과 동물의 일상적 경계가 무화되고 제3의 시공간이 만들어지면서 일어난다는 사실이다.

피부를 통해 치즈나 마늘 냄새가 증발해서
우리는 오늘의 식사가 즐겁다
빵과 빵 사이에
토마토와 양파를 끼워 넣고 입을 벌린다

미세한 구멍들이
서로를 향한 호감과 증오로 서로 다른 크기로 벌어지고

서로 다른 질문들을 쏟아낸다

오렌지 농장 근처에서 실종된 유학생에 대해
점거 농성 중인 노동자의 마스크에 대해
남편을 잃은 베트남 여인에 대해
그녀의 사라진 팔십만 원에 대해

— 이근화 「그물의 미학」 부분¹⁹

「짐승이 되어가는 심정」과 마찬가지로 이 시에서도 동물적 감각은 먹는 행위와 연계되어 있다. '입'은 먹기 위해 벌리는 구멍이자 말을 하는 구멍이다. '구멍'이란 생명체를 유지하기 위해 반드시 필요한 것으로, 구멍을 통해 숨을 쉬고, 먹고, 배설함으로써 생명의 순환적 질서가 유지된다. '우리'는 빵과 빵 사이에 무언가를 끼워 넣으면서 대화를 나누고 있다. 우리의 대화가 즐겁고 순탄한 것만은 아니어서 "미세한 구멍들이/서로를 향한 호감과 증오로 서로 다른 크기로 벌어지고/서로 다른 질문들을 쏟아낸다". 미세한 구멍들의 움직임을 서로 느끼며 '우리'는 구멍을 조금씩 열어가고 간격을 좁혀간다.

그렇다면 이러한 변화를 이끌어낸 힘은 무엇일까. 3연에 나열된 질문과 대화의 항목들에 주목해보자. "오렌지 농장 근처에서 실종된 유학생에 대해/점거 농성 중인 노동자의 마스크에 대해/남편을 잃은 베트남 여인에 대해/그녀의 사라진 팔십만 원에 대해" 나누는 대화는 '우리'와 직결된 내용이 아니지만 어떤 공통점을 지니고 있다. 여기에 나열된 인물들은 모두 실종되거나 고통을 겪고 있는 이방인들이다. 그 존재들에 대해 이야기를 나누면서 "우리는 입술을 오물거렸으며/눈시울을 붉혔으며/그리고

---

19 같은 책.

잠시 후 한쪽 입술을 실룩거리며 웃"었다. 그러는 동안 "내 구멍은 조금 아픈 것 같"고 "네 구멍도 조금 벌어진 것 같다"고 화자는 말한다. '구멍'을 가진 신체로서 타자의 고통에 감응하는 모습을 시인은 '그물의 미학'이라고 명명한다. 하나의 그물코가 움직이면 그물 전체가 그 움직임을 느끼듯이 '우리'가 서로 연결되어 있다는 생태적 인식은 인간과 동물뿐 아니라 인간과 인간 사이에도 유효하다. 여기서 "너의 얼굴을 걸고 밥을 먹는"일은 「짐승이 되어가는 심정」에서 "너의 눈 코 입을 기억하는 일"과 마찬가지다. "내 구멍이⋯⋯/너를 향해 인사를 하"게 될 때까지 그물의 구멍들은 조금씩 어두워지면서 조금씩 가까워질 것이다.

육식의 종말과 채식주의자의 식탁

인간-동물의 관계론적 사유에서 빠뜨릴 수 없는 문제 중 하나가 '육식/채식' 담론이다. 기후위기의 주된 원인으로 공장식 축산이 거론되고 있고, 환경문제에 대한 실천의 방식으로 채식주의를 선언하는 사람들이 늘어나고 있다. 이기성은 시집 제목을 '채식주의자의 식탁''동물의 자서전'이라고 할 만큼 채식주의자로서의 면모가 뚜렷하다. 『채식주의자의 식탁』(문학과지성사 2015)에는 연작은 아니지만 「육식의 종말」이라는 제목의 시가 두편 있고, 「채식주의자」와 「채식주의자의 식탁」이라는 시도 수록되어 있다. 그런데 시와 시집 제목이 명시적인 것에 비해 채식주의를 강조하는 시인의 메시지가 아주 뚜렷하게 드러나는 것은 아니다. 시인은 "당신의 단단한 이빨이 씹고 있는 것은 어느 즐거운 날의 시체인가"(제1부에 실린 「육식의 종말」)라든가, "너의 이빨은 어떻게 너의 살을 만나는가"(제3부에 실린 「육식의 종말」) 같은 질문의 방식을 선호한다. 그리고 시각, 청각, 미각, 후각, 촉각 등이 어우러진 공감각적 이미지들과 리드미컬한 시어들이

다소 모호하게 이 질문들을 감싸고 있다.

> 날씨가 이상하게 맑고 육식의 얼굴 위에 푸른 냇물이 돋는데
> 가을이 흐르는데
> 어제의 이빨이 희게 사라지는데
> 너는 어떻게 죽었나
> 너의 살이 햇빛 속에서 빛나는데
> 지구의 어두운 가슴이 천천히 무너지는 소리
> 너의 피가 흐르는 소리
>
> 이것은 나의 이빨이 처음 어루만지는 너의 살, 너의 혀 그리고 너의 영원한 시체
>
> ── 이기성 「육식의 종말」(제3부 수록) 부분

잘 알려져 있듯이 『육식의 종말』은 『노동의 종말』 『소유의 종말』과 함께 제러미 리프킨(Jeremy Rifkin)의 문명비판 3부작 중 하나로서, 공장식 축산방식과 육식 중심의 식생활에 대한 강력한 경고를 담은 책이다. 이기성은 이러한 문제의식을 공유하되 육식문화의 폭력성을 채식주의자의 예민한 감각을 통해 환기한다. 여기에 인용된 2연과 3연에서 '나'는 "너의 살이 햇빛 속에서 빛나는" 것을 보고, "지구의 어두운 가슴이 천천히 무너지는 소리"와 "너의 피가 흐르는 소리"를 듣는다. '너'의 살과 피를 '나'의 이빨로 어루만지는 행위는 동물의 죽음을 기억하는 일종의 제의라고 할 수 있다. 그것은 그 살과 피와 혀가 "너의 영원한 시체"라는 사실을 기억하는 일이다. 1부에 수록된 「육식의 종말」이라는 또다른 시에서도 "어두운 입속을 하염없이 굴러다니는 그것, 투명한 소금처럼 무한히 사라지는 그것"이 누군가의 '시체'라는 사실을 일깨운다. 마지막 연에서는 "뚱뚱한

여자들"과 "마른 사내들"과 함께 "입을 틀어막은 채 동물들의 얼굴이 차례로 지나"가는 것을 목격한다. 이처럼 무심코 먹고 있는 누군가의 '살'이 실은 동물의 고통과 죽음을 통과한 '시체'라는 사실을 인식한다면 육식이 그리 편치만은 않을 것이다.

> 그의 생각과는 달라서 사람들은 족발집에 모였다
> 목요일 저녁에
> 먼 도시와 더 먼 도시의 얼굴들이 달려왔다, 시커먼 네 개의 발이
> 탁자 위에서 식어가고
>
> 잘게 썰린 혀를 씹었다
> 그해엔 감기가 유행을 했고
> 폭설 같은 기침을 피해
> 식탁에 모인 얼굴들이 노랬다 파랬다 빨갰다
>
> 그의 생각과는 달라서
> 혀는 한참 동안 입속에서 굴러다녔다
> ── 이기성 「2호선」 부분[20]

사람들과 족발집에 모였다 헤어지기까지의 과정을 보여주는 이 시는 채식주의자와 그렇지 않은 사람들의 차이를 극명하게 드러낸다. "그의 생각과는 달라서"라는 구절이 1연과 3연과 5연의 첫 행마다 반복되고 있는데, 이는 채식주의자인 '그'의 생각이 거기에 모인 사람들에게 아무 영향도 줄 수 없음을 부각시킨다. '그'는 "시커먼 네 개의 발이/탁자 위에서 식

---

20 이기성 『채식주의자의 식탁』.

어가"는 동안 "잘게 썰린 혀를 씹"거나 "혀는 한참 동안 입속에서 굴러다"니는 것을 느낀다. 이러한 고통과 무력감은 "다정한 혀와 식욕을 식탁에 남기고" 사람들이 정해진 노선을 따라 돌아간 뒤에도 계속된다. 마치 "두 쪽으로 쩍 갈라지며 군"어버린 족발이 자신의 몸처럼 느끼는 것이다. "군어지기 직전에 그는 잠깐 아픔을 느꼈으나,/하필이면 2호선이 달려오고 있었다"는 마지막 연에 그 통각(痛覺)이 잘 나타나 있다. 그런데 문제는 그 아픔이 2호선이 도착함에 따라 중단되어버린다는 데 있다. 지하철 2호선으로 대변되는 현대인의 순환적 일상 속에서 육식에 대한 비판적 사유나 감각을 지속적으로 유지하는 일이 얼마나 어려운 일인지를 시인은 이렇게 전달한다.

> 고기가 되었다. 나는 던져지고, 베어지고, 씹혀지고, 삼켜지고 그래도 남은 것이 있어 나는 고기로 있다. 이 회색의 고기는 질기고, 무참하고, 아픔을 모르고 그래서 계속 씹히고 있는 채로 있다. 고기의 몸으로 구르고 씹히니 즐겁고, 기껍고, 어쩐지 고기인 것이 더 느껴진다. 고기는 어느 뼈아픈 시절의 고기인가, 의문도 잊은 채 적막한 고기처럼 있다. 사랑에 빠진 고기처럼 고기는 고기를 원하는가.
>
> ─ 이기성 「고기를 원하는가」 전문[21]

이 시가 실려 있는 『동물의 자서전』에서는 『채식주의자의 식탁』보다 육식에 대한 비판적 의식이 좀더 선명해지고, 동물들의 고통이 더 구체적으로 체화되어 있다. 「고기를 원하는가」에서 '나'는 "고기가 되었"고, "고기로 있"고, "고기의 몸으로 구르고 씹히"고, "적막한 고기처럼 있다." 이처럼 스스로 "던져지고, 베어지고, 씹혀지고, 삼켜지"는 고기가 됨으로써

---

21 이기성 『동물의 자서전』, 문학과지성사 2020.

시인은 고기가 된 동물의 고통과 죽음을 자신의 것으로 받아들인다. 이러한 '고기-되기'는 채식주의자로서의 불편한 감각을 드러내는 일을 넘어 '고기'라는 말로 은폐된 육식의 폭력성을 적나라하게 폭로한다.

고기라니, 너무 이상한 말이다.

식재료가 되기 이전과 이후의 이름을 굳이 다르게 부르는 경우가 있던가. 양파는 팔리기 전에도 양파라 불리고 땅속에서도 감자는 감자이며 바닷속에서도 미역은 미역이다. 그러나 돼지나 소나 닭은 식재료가 되고 나면 이름 뒤에 고기라는 말이 붙는다. (…) "돼지를 먹는다"보다 "돼지고기를 먹는다"가 더 고급 문장으로 취급되는 이유는 그 말이 당장의 식사가 실제로 살아 있던 동물의 사체를 먹는 야만적 행위와 완전히 일치한다는 사실을, 그로부터 비롯되는 근원적인 양심의 가책을 지우기 때문이다. "고기를 먹는다"는 문장 속에는 오로지 먹기 위해 동물을 탄생시키고 고통 속에 살게 하다 죽인 뒤 가공하는 과정 모두가 은폐되어 있다. 고기라는 단어 자체가 도축의 현장으로부터 인간의 눈을 가리고 동물의 피 냄새로부터 인간의 코를 막기 위해 존재하는 말이라는 것. 고기에는 동물이 부재한다.[22]

이것은 김선오의 첫 시집 『나이트 사커』에 실린 부록 「비주류 천사들」의 한 대목이다. 이 시집에는 '고기'라는 말에 대한 날카로운 성찰뿐 아니라 '고기'나 '동물'에 대한 시도 여러편 들어 있다. 「비와 고기」 「냉동육」 「미디엄 레어」 「박쥐를 주웠다」 「일요일」 「자연사 박물관」 등의 시를 자세히 논의할 수는 없지만, 이 시들에는 채식주의자의 예민한 감각이나 동물에 대한 남다른 공감력이 잘 나타나 있다. 이처럼 이기성과 김선오의 시는 '채식/육식'의 문제를 중심으로 한 윤리적 감각을 선명하게 보여줌

---

22 김선오 「비주류 천사들」, 『나이트 사커』, 아침달 2020, 98~99면.

으로써 인간과 동물에 대한 관계론적 사유를 새롭게 촉발시킨다.

(반려)동물과 함께 살아가기

앞에서 최근 출간된 『나 개 있음에 감사하오』와 『그대 고양이는 다정할게요』에 대해 언급했는데, 여기에 실린 시와 산문들에는 (반려)동물과 함께 살아가는 시인들의 경험과 지극한 애정이 잘 나타나 있다. 유계영은 "나 개에게 입은 은혜 무수하여 나 개 있음에 감사하므로. 이제 인간이 무엇을 할 수 있을지 고민할 차례"라고 하면서 "끝까지 함께 있어주는 일, 아프고 굶주린 개들을 외면하지 않는 일, 동물보호법에 관심을 기울이는 일, 환경을 오염시키는 나쁜 습관을 지우는 일, 육식을 줄이는 일 등도 결국 개를 위한 실천이 아닐까"[23]라고 썼다.

물론 개와 고양이에 대한 무조건적인 애착이나 예찬만 보여주는 것은 아니다. "네가 두 발을 들고 일어서면/나는 앉는다/나의 사회와 너의 사회가 만나는/촉촉한 뽀뽀"[24]에서처럼 개와 인간이 동등한 눈높이에서 다정한 스킨십을 주고받는가 하면, "개가 될까/개가 되면/가난해서 멸시받지 않는다/개로서 사랑받고/개로서 멸시받고 싶다"[25]며 개가 되고 싶은 이유를 말하기도 한다. 한편, "개는 모른다. 당신이 아는 많은 것들을./그러나 개는 안다. 당신이 모르는 많은 것들을."[26]에서처럼 "개는 안다"와 "개는 모른다"를 변주하면서 개의 인식과 인간의 인식이 서로 다르지만 우열을 가릴 수 없는 것임을 리드미컬하게 전달한다.

---

23 유계영 「시답고 개다운」, 강지혜 외 『나 개 있음에 감사하오』, 아침달 2019, 07면.

24 박세미 「접속」, 같은 책.

25 박시하 「존재의 흐린 빛」, 같은 책.

26 송승언 「개는 모른다 모르는 개는 안다」, 같은 책.

이처럼 (반려)동물과 함께 살아가는 일은 동물에 대한 선입견이나 인간중심적인 관점을 다시 돌아보게 하고 동물과 인간이 진정한 소통과 교감을 나눌 수 있음을 경험하게 한다.[27] 그리하여 인간 화자는 함께 산책하는 반려견에게 이렇게 말한다. "바람에 흩날리는 제각각인 우리의 빛깔을 그림자와 그림자로 이으며, 쿵쿵 가끔 뒤돌아 서로를 확인하면서//모르는 길 밖으로 나서기를 두려워하지 말자 가볍게 가볍게 땅에 그어진 선의 경계를 훌쩍 뛰어넘으며//이 걷기를 계속하자"[28]고. "모르는 길 밖으로" 나선다는 것, "땅에 그어진 선의 경계를" 훌쩍 뛰어넘는다는 것은 눈에 보이는 산책의 지점들만이 아니라 동물과 인간을 가르는 오랜 경계들을 해체하는 일을 의미한다.

도나 해러웨이는 『유인원, 사이보그, 그리고 여자』에서 "20세기 후반의 미국의 학문문화에서 동물과 인간의 경계는 완전히 무너졌다. (…) 언어, 도구 사용, 사회적 행동, 정신, 인간과 동물의 분리선을 설득력 있게 규정할 수 있는 그 어떤 것도 더이상 남아 있지 않다"[29]고까지 주장했다. 해러웨이의 이러한 인식은 그 자신이 반려견(순종인 카옌과 잡종인 롤런드)과 함께 살면서 얻게 된 경험 덕분일 것이다. 「반려종 선언」에서 해러웨이는 자신이 이웃의 반려견을 쓰다듬을 때 "애견 전시회 및 다국적 목축 경제뿐 아니라 새로운 상황에 부닥친 캐나다 회색 늑대, 경제적 가치가 높아진 슬

---

27 한 동물보호소의 통계에 따르면 코로나19로 반려동물의 입양률이 전년 대비 두배 이상 증가했고, 동물보호소의 동물을 돌봐주는 자원봉사자도 늘어났다고 한다. 재택근무나 자가격리, 사회적 거리두기 등의 경험은 반려동물 입양을 결정하게 하는 계기가 되었고, 신체적이고 정신적인 상호작용을 통해 인간과 동물의 유대감을 강화시켜주었다 (조윤주 「팬데믹 상황의 보호소 동물들」, 인간-동물 연구 네트워크 엮음 『관계와 경계: 코로나 시대의 인간과 동물』, 포도밭 2021, 85~93면 참조).

28 정다연 「우리 걷기를 포기하진 말자」, 『서로에게 기대서 끝까지』, 창비 2021.

29 정항균 「인간중심주의 비판과 인간의 동물-되기: 다와다 요코의 『눈 속의 연습곡』에 나타난 인간과 동물의 관계」, 『카프카연구』 42집(2019), 136면에서 재인용.

로바키아 곰, 국제 복원 생태학을 만지게 된다"[30]고 했다. 이처럼 개별적인 반려견과의 교감과 놀이가 반려종 전체에 대한 인식으로 확장될 뿐 아니라, "토착민의 주권, 목축 경제 및 생태적 생존, 육류 산업 복합체의 급진적 개혁, 인종 정의, 전쟁과 이주의 귀결, 기술문화의 제도"[31] 등의 전지구적 문제들과도 맞닿게 되는 것이다. 그런 점에서 '(반려)동물과 함께 살아가기'는 인간과 동물의 관계론적 사유와 생태적 삶, 그리고 시적 감수성을 위한 중요한 연습이자 과제 중 하나라고 할 수 있다.

이제까지 2010년대 한국시에 나타난 동물 표상과 인간-동물의 관계론적 사유가 이전의 동물시와는 다른 지점에서 발생하고 있고 이런 인식과 감각이 새로운 시적 감수성으로 자리잡고 있다는 것을 전제로 관련 시들을 분석하였다. 그 새로운 지점들을 드러내기 위해 인간-동물의 폭력적 관계를 보여주는 근대적 표상으로서 동물원이라는 공간을 비판적으로 검토하고, 인간의 동물화와 동물의 인간화 양상을 살펴보았다. 또한 생태주의적 관점에서 육식 중심의 문명을 비판하고 채식주의적 감수성을 보여주는 시편들이나 (반려)동물과 교감하고 소통하는 시편들을 분석하였다.

2020년 겨울에 창간된 잡지 『물결』은 인간과 동물, 인간과 자연의 관계를 완전히 재정립하고 '우리는 모두 동물이다'라는 명제 아래 동물을 위한 정치와 비거니즘을 표방한다. 창간사에서 전범선은 '비거니즘'을 "음식, 의복 등 어떤 목적에서든 동물에 대한 모든 형태의 착취와 학대를 최대한 배제하고, 나아가 인간, 동물, 환경에 이로운 식물성 대안의 개발과 이용을 장려하는 철학과 삶의 방식"[32]이라고 정의한다. 창간호에는 동물당 창당, 동물권 운동, 채식주의의 확산 등 기후위기 시대의 다양한 실천적 제안들이 실려 있다. 이런 급진적 의제들이 개진되고 있는 현실 속에

---

30 도나 해러웨이 「반려종 선언」, 『해러웨이 선언문』, 황희선 옮김, 책세상 2019, 236면.
31 같은 곳.
32 전범선 「나는 왜 이 잡지를 내나?」, 『물결』 2020년 겨울호(창간호), 6~7면.

서 시인들은 채식주의나 (반려)동물과 관계 맺기뿐 아니라 인간중심주의적 인식을 넘어서기 위해 다양한 미학적 방식으로 '동물-되기'를 수행하고 있다.

서정시는 왜 기억과 자연을 호출하는가

'기억'과 '자연'이라는 서정적 질료

　서정시에 '기억'과 '자연'이 범람하는 현상을 두고 우려하는 목소리를 만나곤 한다. "시인들이 현실과의 유추적 연관보다는 지나간 시간에 대한 남다른 '기억'으로 탈주하고 나아가 그 '기억'과의 접점을 통해서만 사물들을 재구성함으로써 현실로부터 이중의 이격(離隔)을 시도하고 있다"[1]는 유성호의 관찰이나, "낭만적인 환상과 욕망에 의해 재구성된 자연, 현실의 외부인이나 여행자의 시선으로 포착하는 '풍경'으로서의 자연, 서정적인 감흥과 동화(同化)의 대상으로서의 자연, 현실과 삶의 고통을 상쇄해주고 치유해주는 완충제로서의 자연은 이제 그 역할이 만료되었다"[2]는 김수이의 진단 등이 그 예다.

　물론 이런 비판이 서정시에서 '기억'과 '자연'이 가지는 중요성을 부정

---

1 유성호「한국시의 과잉과 결핍」, 『문학수첩』 2005년 봄호, 52면.
2 김수이「자연의 매트릭스에 갇힌 서정시」, 『파라21』 2004년 겨울호, 72~73면.

하거나 그것의 과잉 자체를 문제 삼고 있는 것은 아니다. 시가 지나간 시간과 공간을 수용하는 복잡한 우회로임을 감안한다면, '기억'과 '자연'의 빈번한 호출이 곧바로 현실의 결여를 낳는다고 단언하기는 어렵다. 문제는 오히려 '기억'과 '자연'에 대한 제대로 된 되새김질을 찾아보기 어렵다는 데 있다. 서정시의 노화(老化)를 막기 위해서라도 '기억'과 '자연'이 현실과 살아 있는 관계를 맺도록 해야 한다는 데 동의하지 않을 사람은 없을 것이다.

그런데 앞서 말한 위험을 인지하고 있음에도 불구하고 왜 시인들은 '기억'과 '자연'을 서정시의 주된 질료로 삼을 수밖에 없는 것일까. 그 이유는 우선 서정시의 장르적 특성에서 찾을 수 있다. 흔히 서정시의 시간을 '영원한 현재'라고 부르듯, 서정시는 연속적이고 서사적인 시간인 크로노스(chronos)보다는 내적인 체험의 통일성을 느끼는 순간인 카이로스(kairos)와 관계한다. '시적 현현'이라고 부르는 순간에는 과거와 현재와 미래가 경계 없이 함께 포섭되며, 따라서 기억의 호출은 불가피하다. 그리고 이 공간화된 시간 속으로 호출된 기억은 과거에 머물러 있지 않고 현재적 경험으로 재생된다.

그렇다 해도 이 시대의 서정적 주체가 느낄 수 있는 세계와의 동일성은 매우 제한적이다. "차이를 받아들임으로써만 차이를 폭로하고 성찰하며, 동시에 자기동일성을 유지할 수 있는"[3] 주체의 혼종성과 양가성을 최현식은 '갈라진 혀'에 비유하기도 했다. 이제 유기적으로 통합된 세계는 사라지고, 그나마 가능한 것은 디스토피아의 불안을 파편화된 형태로 드러내거나 그 균열을 메꾸기 위해 유토피아적 지향을 모색하는 일이다. '바깥'이란 없다고 하면서도 끊임없이 '바깥'을 꿈꾸는 모순된 욕망, 그것이 오늘의 서정시인들의 존재기반이다.

---

3 최현식 「갈라진 혀, 차이, 그리고 동일성」, 『신생』 2004년 가을호, 231면.

서정시에서 그 '바깥'의 대표형으로 제시되곤 하는 것이 바로 '자연'이다. 최근 시에서 '자연'이 호출되는 것은 낭만적 동일화의 욕망보다는 문명적 삶을 극복하려는 본능이나 의지와 관련이 깊다. 반영하거나 재현해야 할 조화로운 현실이 더이상 존재하지 않을 때, 시는 그러한 결핍을 '기억'과 '자연'을 통해 역상(逆像)으로나마 비추기 때문이다. 따라서 서정시가 현실을 직접적으로 반영하거나 비판하지 않는다 해도 이미 그 속에는 현실에 대한 일정한 태도가 반영되어 있는 셈이다. "시인들이 기억 작용을 통하여 '삶'의 재생을 꿈꿀 때 그것은 현실에 대한 우회적인 발언을 위해서가 아니라 그들로서는 진정한 작업을 위해서 거의 유일하게 주어져 있는 가능성을 붙잡으려는 노력이라고 할 수 있고, 그것은 무엇보다도 이 기막힌 생산지상주의, 상품소비주의 시대에 대한 비판적인 현실인식을 전제로 하고 있는 작업이라는 것을 이해할 필요가 있다"[4]는 김종철의 말도 기억이나 자연의 재생이 현실에 대한 비판적 기능과 연결되어 있다는 점을 강조하고 있다.

　이 글에서 젊은 서정시인들의 시세계를 '기억'과 '자연'을 중심으로 살펴보려는 것도 그런 가능성을 타진해보기 위해서다. 여기서 다룰 유홍준, 김태정, 김선우, 문태준의 시에서도 '기억'과 '자연'은 중요한 기반을 이루고 있다. 그래서인지 서정적 전통에 대한 친숙감과 함께 낡고 오래된 세계에 대한 지향이 두드러져 보인다. 실제로 이 시인들은 동네 무당의 주술적 세계나 당숙모의 전근대적 슬픔이나 어머니의 다산적 풍요로움을 자신의 삶보다 더 생생하게 재현해낸다. 왜 그들은 자신의 '젊음'을 발산하는 일보다 '늙음'을 빌려오는 일에 더 큰 매력을 느끼는 것일까? 그러나 그것을 퇴행이나 도피라고 손쉽게 말해버리기에는 그들의 시에 나타난 '기억'과 '자연'의 지층은 복잡하다. 얼핏 서정시의 익숙한 영역에 거주하

---

4 김종철 『시적 인간과 생태적 인간』, 삼인 1999, 190면.

는 것처럼 보이는 그들에게서 수동성을 넘어선 새로운 가능성을 발견하려는 것이 이 글을 쓰게 된 동기라고 할 수 있다. 그 지층 속으로 좀더 내려가보자.

기억의 검은 혓바닥

유홍준의 『상가(喪家)에 모인 구두들』(실천문학사 2004)은 아름다움보다는 치욕을, 삶보다는 죽음을 곱씹는 데 주로 바쳐지고 있다. 그런 의미에서 그는 기억을 '즐기고' 있다기보다는 기억과 '싸우고' 있다고 말해야 할 것이다. 불우한 가족사나 죽음의 이미지로 가득 찬 기억들은 그에게 고통스러운 유산에 지나지 않는다.

"행복이란 이런 것/죽음 곁에서/능청스러운 것/죽음을 집 안으로 가득 끌어들이는 것//어머니도 예수님도/귀머거리 시인도/우리 집에 와서 다 죽었다"(「우리 집에 와서 다 죽었다」)에서처럼 살림의 공간인 집조차 죽음에 점령당한 지 오래다. 삶이 이미 죽음과의 동거인 것이다. 그런가 하면 「상가에 모인 구두들」에서는 "젠장, 구두가 구두를/짓밟는 게 삶이다/밟히지 않는 건 망자(亡者)의 신발뿐이다"라며 치욕이 삶의 기본조건임을 말하고 있다. 이처럼 유홍준의 시는 일상 속에 미만(彌滿)한 죽음과 치욕을 다루고 있지만, 그 근원적인 뿌리를 명확하게 드러내는 편은 아니다.

예를 들어 방울토마토를 먹는 저녁의 평화는 느닷없이 "붉은 시간의 환(丸)들이 울부짖으며 저녁을 쥐어뜯으면/우리는 모두 접시를 놓치고 비명을 지"(「방울토마토」)르는 악몽으로 번지고 만다. 그 악몽의 기억으로부터 끊임없이 달아나려는 안간힘, 그 질주가 역설적이게도 유홍준의 시를 계속 기억에 매달리게 만든다. "저녁의 검은 혓바닥 위로 나는 질주한다"는 전언을 다음 시에서는 좀더 구체적인 이미지들을 통해 만나게 된다.

아버지,어머니자루를끌고다녔지,너덜너덜옆구리터진어머니자루,아버
지패대기치던어머니자루,줄줄눈물이새던어머니자루,길바닥에주저앉아터
진옆구리를움켜쥐던어머니자루,어린내가아버지바짓가랑이를잡고매달리
자봐줘라,봐줘라머리카락을쓸던어머니자루,입술에피가나던어머니자루,
눈탱이가퍼렇던어머니자루,고구마로만배를채우던어머니자루,몰래들어내
던참깨자루나를꼭끌어안고죽어버리자던자루,넝마같이덕지덕지덧댄자루,
장터에서못본척외면한자루,꾸깃꾸깃자궁에서돈을꺼내던자루,자루에서태
어난나는자루를까마득히잊고사는자루,자루가무언지도모르는,자루를낳은
자루

— 유홍준「자루 이야기」전문[5]

어린 시절의 불안으로 가득 찬 이 시에서 어머니는 자루의 형상을 지
니고 있다. 끝내 정형화될 수 없는, 함부로 패대기치거나 끌고 다닐 수 있
는, 넝마처럼 수많은 상처로 덧댄 자루. 시인은 자신이 바로 그 어머니자
루에서 태어난 하나의 자루임을, 그리고 자신 역시 또다른 자루를 낳았음
을 고백한다. 그 어두운 터널과도 같은 기억의 자루 속을 몇번이고 지나
야 하는 과정을 통해 유홍준의 시는 태어난다. 그의 시에서 이미지는 어
떤 의미를 형성하기 위해 축조되는 것이 아니라 연쇄적인 흐름을 통해 스
스로를 방기한다. 처음도 끝도 알 수 없는 이미지의 연쇄는 현실을 조망
하거나 진단하기 어렵게 만들지만, 시인에게는 그 공포스러운 질주가 시
를 쓰는 특유의 동력이 되기도 한다.

그렇다면 이처럼 공포에 내맡긴 채 스스로 공포를 불러일으키는 심리
적 과정은 어떻게 일어나는 것일까. 일찍이 니체는 기억술의 가장 강력한

5 유홍준『상가(喪家)에 모인 구두들』, 실천문학사 2004.

보조수단으로 '고통'을 들었다. 특히 어린 시절의 고통스러운 기억은 잊으려 해도 쉽게 잊히지 않고 외상을 남긴다. 영혼의 밀랍덩어리에 새겨진 그 상처는 트라우마를 만들어내는데, 트라우마의 재생은 기억을 사실 그대로 재현하기보다는 왜곡하거나 과장하게 만든다. 이처럼 유홍준의 시에 나타난 기억들은 그로테스크한 이미지를 통해 무의식의 풍경을 보여준다. 충격을 방어하는 데 실패한 의식은 그 외상들을 끊임없이 들추어냄으로써 그것을 치유하거나 망각하려고 하는지도 모른다.

『기억의 공간』(변학수·채연숙 옮김, 그린비 2011)에서 알라이다 아스만(Aleida Assmann)은 '기술로서의 기억'과 '힘으로서의 기억'을 구분해서 설명한다. 전자가 서구에서 오랜 전통을 지닌 '기억술'로서의 기억을 말한다면, 후자는 일종의 '내면화하기'에 해당한다. 둘을 구분하는 또다른 요소는 '시간'과 '망각'이다. 기술로서의 기억에서는 시간과 망각이 배제되는 반면, 힘으로서의 기억에서는 '시간'과 '망각'이 작동함으로써 전이, 변형, 왜곡, 전도된 평가가 발생한다. 아스만의 구분에 따르자면 유홍준의 시는 기술로서의 기억보다는 힘으로서의 기억, 곧 고통스러운 내면화의 산물이다. 그에게 기억은 사실적이고 풍부하게 재생되어야 할 원재료가 아니라 망각의 욕구가 작동하는 내면의 메커니즘에서 자기도 모르게 분출되는 에너지에 가깝다. 유홍준의 시에서 중요한 것은 기억 자체가 아니라 기억에 대한 기억이며, 그것은 현재의 실존적 고통과도 깊이 몸을 섞고 있다. 그의 시가 현실과 무관한 자리에서 개인적 몽상을 뒤쫓고 있다고 말할 수 없는 이유도 여기에 있다.

오히려 고통을 직설적으로 발화하거나 과장하지 않고 객관적인 이미지로 보여준다는 점에서 유홍준의 시는 섬뜩하다. 「식육 코너 앞에서」는 갈고리에 꿰인 고깃덩어리와 시를, 식육 코너의 남자와 시인을 각각 병치시킴으로써 그의 시적 지향을 상징적으로 보여주고 있다. 그의 시는 얼핏 "뱃속을 모조리 긁어낸 몸통에서/뭉텅, 뭉텅, 살덩어리를 떼어내고 또 떼어"내는 식육 코너의 젊은 남자처럼 무표정해 보이지만, 그 속에는 핏물이 흥건하다. 이 흥건한 무표정함처럼 유홍준의 시는 개인적 무의식에서 발원한 악몽의 이미지를 보편적인 형상으로 직조해낸다.

물론 『상가에 모인 구두들』에서 사회적·역사적 차원을 직접 드러내는 시를 찾기는 어렵다. 그의 뛰어난 시들은 대체로 개인의 무의식과 사회적 차원이 결합되어 있는 경우가 많다. 노동자인 그가 1980년대 노동시와는 사뭇 다른 경향을 유지하고 있는 것도 그러한 무의식적인 절박성에 힘입어서다. 시인이 안내하는 "식육(食肉)의 문"(「식육의 문」), 그 안에 펼쳐진 아비규환의 광경들은 한 내면의 고통스러운 기록일 뿐 아니라, 현대사회의 욕망과 병리적 현상에 대한 보고서라고 할 만하다. 그 속에서 유홍준의 기억은 아직도 피를 흘리고 있다.

먼지 때문에, 다만 먼지 때문에

유홍준이 망각을 위해 기억의 공포를 감내한다면, 김태정은 망각에 대한 공포와 싸우며 기억을 되새김질한다. 시인은 자신의 기억이 재와 먼지가 되는 것을 두려워한다. 왜냐하면 '기억'은 자신의 현재를 비추는 반성적 거울이 되기 때문이다. 반어와 풍자, 자조적 어조가 자주 등장하는 것도 그러한 자기반성적 태도에서 나온다. 유홍준이 무의지적 기억에 상당히 의존하고 있는 것에 비해, 김태정이 기억을 환기하는 방식은 한결 의식적이다. 지나간 1980년대가 궁핍과 불화의 시절이었지만 도덕적 열정과 순수함이 보존되던 시대였다는 점도 기억의 의지를 강화하는 요인이라고 할 수 있다. 그 시절을 반추하는 "나는 여전히 할말이 없어 부끄럽"(「낯선 동행」)지만, 그 부끄러움이나마 지키고 살아야 한다는 책무감이 시인을 강하게 지배하고 있는 듯하다.

먼지바람 자욱한 비탈길을 내려오는데 문득 두려워졌다. 평지에 발을 딛는 순간 비탈 위의 기억들이 재가 되어버릴까봐. 때묻은 작업복과 해진 운동화, 문 닫힌 공장과 늦은 밤 미싱 소리, 낮은 골목길의 담배연기, 긴 축대 끝의 달맞이꽃, 그의 눈빛만큼 고단했던 시절들이 먼지로 날아오를까봐.

— 김태정 「낯선 동행」 부분[6]

여기서 나열되고 있는 '그 시절'의 세목들은 다소 상투적이다. 하지만 모든 것이 개체화되고 대문자로서의 역사가 사라진 시대에 아직도 "때묻은 작업복과 해진 운동화, 문 닫힌 공장과 늦은 밤 미싱 소리, 낮은 골목길의 담배연기, 긴 축대 끝의 달맞이꽃"과 같은 기억의 목록을 연민에 찬 시선으로 끌어안고 있는 모습은 오히려 낯설기까지 하다. 이것들을 기억하는 한 시인은 역사적 비전이나 공동체적 기반에서 완전히 절연된 것은 아니다. 김태정에게 '기억'은 삶과 역사의 고통을 응시하고 치유하기 위해 끊임없이 되새김질해야 하는 마른 지푸라기에 가깝다.

실제로 김태정의 『물푸레나무를 생각하는 저녁』은 '시적 후일담'의 성격을 적지 않게 지니고 있다. 이 시집에는 "아침이슬 1, 어머니, 어느 청년 노동자의 삶과 죽음"과 "자본론, 실천론, 클라라 쩨트킨, 꽃도 십자가도 없는 묘지"(「눈물의 배후」), "286컴퓨터, 전화번호를 씹어 삼키는 버릇"(「나의 아나키스트」) 등 80년대의 품목들이 여기저기 박혀 있다. 그러나 김태정의 시는 후일담 소설들이 흔히 보여주었던 낭만적 동경이나 미화의 포즈를 거부하고, 과거의 기억을 되새김질하는 자기 자신과 오늘의 현실에 대해 끊임없이 되묻는다.

---

6 김태정 『물푸레나무를 생각하는 저녁』, 창비 2004.

십년 묵이 낡은 책장을 열다가 그만
목구멍이 싸아하니 아파왔네
아침이슬 1, 어머니, 어느 청년 노동자의 삶과 죽음
때문이 아니라
먼지 때문에, 다만 먼지 때문에

수염이 텁수룩한 도이치 사내를 펼쳐 보다가
그만 재채기를 했네
자본론, 실천론, 클라라 쩨트킨, 꽃도 십자가도 없는 묘지
때문이 아니라
먼지 때문에, 다만 먼지 때문에

(…)

그 사소한 콧물과 눈물과 재채기 뒤에
저토록 수상한 배후가 있었다니

꽃도 십자가도 없는
해묵은 먼지의 무덤을 열어보다가
그만 눈물이 나왔네
최루가스 마신 듯 매캐한 눈물이
먼지 때문에, 다만 먼지 때문에

— 김태정 「눈물의 배후」 부분

오래된 책장을 여는 순간 쏟아진 눈물에 대해 "먼지 때문에, 다만 먼지 때문에"라고 화자는 둘러댄다. 여기서 '먼지'는 역사의 광휘를 잃어버

린 채 사소하고 비루해져가는 일상의 등가물이다. 기억 속에 유폐되었던 1980년대가 현재를 새삼 각성시키는 이 장면을 통해 시인은 깊은 상실감을 반어적으로 표현한다. 그러나 이 시의 초점은 상실감 자체에 있지 않다. "그 사소한 콧물과 눈물과 재채기 뒤에/저토록 수상한 배후가 있었다"는 사실을 환기시키는 것이 더 중요하다. '수상한 배후'를 응시하기 위해서라도 기억이 일으키는 먼지를 불편하게 마셔야 하는 것이다.

김태정의 불편함은 또한 포만감에서 온다. "궁핍이 나로 하여 글을 쓰게 하니/궁핍이 글로 하여 나를 살게 하니/가난은 어쩔 수 없는 나의 조력자인가"(「궁핍이 나로 하여」)라는 구절에 나타나듯이, 그에게 궁핍은 삶과 글쓰기의 긴장을 유지하게 하는 조건이다. 그런데 오늘의 시인들은 배부른 아홉시에 텔레비전 앞에서 졸면서 "테러와 전쟁과 기아와 난민"(「배부른 아홉시에는」)을 강 건너 불빛처럼 바라보며 시를 '제작'하고 있다. 그러면서 "실밥 따는 아줌마 혹은/꼬마 시다의 노동을 엿보는" 것은 "언어의 프락치"가 되는 일이라고 시인은 말한다. 이 불편한 고백 속에서 우리는 변화된 현실을 정직하게 바라보고 자기비판을 유지하려는 의지를 읽어낼 수 있다.

내 몸이 오늘 신전이다

유홍준, 김태정의 다음 세대인 김선우, 문태준은 풍요와 화해의 상상력을 보여준다는 점에서 그 대척점에 있다. 이 두 시인 역시 몸속에 내장된 오래된 '기억'을 불러오지만, 그것은 고통스러운 되새김질을 위한 것이 아니다. 그들에게 '기억'은 오히려 미래형에 가까우며, 심미적인 탐구의 대상으로 인식된다.

김선우와 문태준은 1970년생으로, 근대화 이후 경제적 토대가 어느 정도 마련된 시기에 성장기를 보냈고, 이념적 자장이 약화되던 1990년대에 청년기를 보냈다. 따라서 절대궁핍을 경험한 이전 세대들과는 달리 가난이나 이데올로기로 인한 억압으로부터도 어느 정도 자유롭다. 두 시인의 또다른 공통점은 도시적 감수성과 모던한 감각보다는 자연이나 전통에 대한 친화력을 강하게 지니고 있다는 것이다. 그래서 핍진한 현실묘사보다는 자연에 대한 풍요로운 감각과 이미지를, 분열적인 내면이나 해체적 진술보다 서정적인 동일화와 재현적 언어를 구사한다. 김선우와 문태준에게 유년은 풍요와 재생의 원천이며, 자연은 우주적 질서와 신성을 담고 있는 상상력의 보고라고 할 수 있다. '지금 여기'를 이야기하되 '저기'를 향한 초월 의지를 버리지 않고 끊임없이 두 세계를 소통시키려는 노력은 유년과 자연에 대한 경사로 나타난다.

김선우의 시에서 일상과 신성, 삶과 죽음이 만나고 소통하는 공간은 '몸'이다. 여성, 특히 어머니의 몸은 유기적이고 순환적인 질서의 담지자로서 자주 등장한다. 「내력」「엄마의 뼈와 찹쌀 석되」「어미목(木)의 자살」「숭고한 밥상」「물속의 여자들」 등 첫 시집의 적지 않은 시에서 이러한 주제를 읽어낼 수 있다. 여성의 몸에 관한 성찰은 두번째 시집인 『도화 아래 잠들다』(창비 2003)에서도 변주되는데, 가령 「물로 빚어진 사람」에서 월경 때가 가까워올 때의 몸 냄새를 바다의 생명력과 연관시킨다든가 가뭄에 월경 자국으로 비를 불러온 이야기 등도 여성의 몸을 우주로까지 확장시킨 예다.

모성성을 줄곧 추구하면서도 김선우의 시에는 모성에 드리우기 쉬운 순응적 태도나 그늘이 보이지 않는다. 그렇다고 페미니스트로서 가부장적 질서에 대한 격렬한 저항이나 부정을 표출하지도 않는다. 도발적인 상상력과 어법을 보여주지만 그 파격적인 효과는 자유로운 독립성에서 나온다. 김선우의 '여성성'은 '남성성'의 대타적인 개념이 아니라 '자연'과 친연성을 지닌다. 이는 자족적인 충일을 누리는 자웅동체의 세계다. 남성이 없이도 '관계'와 '생산'이 가능하다는 걸 다음 시는 보여주고 있다.

세상에서 얻은 이름이라는 게 헛묘 한채인 줄
진즉에 알아챈 강원도 민둥산에 들어
윗도리를 벗어올렸다 참 바람 맑아서
민둥한 산 정상에 수직은 없고
구릉으로 구릉으로만 번져 있는 억새밭
육탈한 혼처럼 천지사방 나부껴오는 바람 속에
오래도록 알몸의 유목을 꿈꾸던 빗장뼈가 열렸다
환해진 젖꽃판 위로 구름족의 아이들 몇이 내려와
어리고 착한 입술을 내밀었고
인적 드문 초겨울 마른 억새밭
한기 속에 아랫도리마저 벗어던진 채
구름족의 아이들을 양팔로 안고
억새밭 공중정원을 걸었다 몇번의 생이
무심히 바람을 몰고 지나갔고 가벼워라 마른 억새꽃
반짝이는 살비늘이 첫눈처럼 몸속으로 떨어졌다
바람의 혀가 아찔한 허리 아래를 지나
깊은 계곡을 핥으며 억새풀 홀씨를 물어 올린다 몸속에서
바람과 관계할 수 있다니!
몸을 눕혀 저마다 다른 체위로 관계하는 겨울풀들
풀뿌리에 매달려 둥지를 튼 벌레집과 햇살과
그 모든 관계하는 것들의 알몸이 바람 속에서 환했다
더러 상처를 모신 바람도 불어왔으므로
햇살의 산통은 천년 전처럼
그늘 쪽으로 다리를 벌린 채였다

세상이 처음 있을 적 신께서 관계하신
알 수 없는 무엇인가도 내 허벅지 위의 햇살처럼
알몸이었음을 알겠다 무성한 억새 줄기를 헤치며
민둥한 등뼈를 따라 알몸의 그대가 나부껴 온다
그대를 맞는 내 몸이 오늘 신전이다

─ 김선우 「민둥산」 전문[7]

모성성과 더불어 김선우의 시를 지탱하는 다른 한 축은 에로티시즘이다. 『도화 아래 잠들다』는 이전의 시들보다 농익은 관능을 보여주고 있다. 「민둥산」에서도 화자는 인적 드문 마른 억새밭에서 옷을 벗어던지고 자연과의 지극한 합일을 경험한다. 이 유토피아적 순간에 사실성을 부여하는 것은 자연에 대한 심미적 경험과 그것을 구체적인 이미지로 묘사하는 다채로운 감각이다. 그런 감각 덕분에 신성의 추구나 자연과의 합일이라는 관념적 주제는 한결 육화된다.

어떤 인위적인 장식도 벗어던진 채 '알몸의 유목'을 꿈꾸는 존재에게 자연은 "세상이 처음 있을 적 신께서 관계하신/알 수 없는 무엇인가"를 경험하게 한다. "그대를 맞는 내 몸이 오늘 신전이다"라고 말할 때, 몸과 자연은 이미 신성 속에서 하나다. 이러한 일체감에는 자연과의 간극이나 불화가 끼어들 틈이 전혀 없다. 그 점에서 이 시에 펼쳐진 매혹적인 이미지는 가상적이라고 말할 수 있다. 그러나 가상적이라는 이유만으로 자연과의 합일을 지향하는 시도가 부정될 수는 없다. 가상적 자연이 실제의 현실을 은폐하거나 왜곡할 위험도 있지만, 오히려 그 가상성을 적극적으로 의식하면서 활용하는 것도 현실을 드러내거나 넘어서는 한 방법이 될 수 있다. 더 중요한 것은 자연과 인간이 그 가상성 속에서 관계 맺는 방식

7 김선우 『도화 아래 잠들다』, 창비 2003.

이다. 자연과의 합일이 서정적 자아에 의해 일방적으로 만들어진 것인지, 수많은 타자들과의 공존을 통해 이루어진 것인지에 따라 그 가상성의 위력이 달라지기 때문이다.

이 시에서 바람과 관계하는 것은 인간의 몸만이 아니다. 억새꽃과 겨울풀들과 벌레집과 햇살 등 자연의 모든 존재들이 서로서로 관계하고 있다. 그리하여 인간과 자연은 일체의 '차별' 없이 결합하며 우주적 희열을 만들어낸다. "몸을 눕혀 저마다 다른 체위로 관계하는 겨울풀들"에서처럼 시인은 그 존재들의 '차이'를 또한 강조한다. 그런데 '차별'이 부정되고 '차이'가 강조된 이 세계를 과연 타자들의 적극적인 참여에 의해 이루어진 것이라고 볼 수 있을까. 환유적인 언술보다 은유와 상징에 주로 의지한 김선우의 시는 타자 지향적임에도 불구하고 서정적 동일화의 기제가 여전히 강한 편이다.

타자들이 수런거리는 뒤란

김선우의 자연이 우주적이라면 문태준의 자연은 토속적이다. 하지만 이것은 톤(tone)의 차이일 뿐, 이미지의 세공을 통해 자연을 심미화하고 그것을 감각적으로 표현하는 데 능한 것은 문태준도 마찬가지다. 시집 『맨발』(창비 2004)에서 그가 그리려고 하는 대상은 "내가 만질 수 없었던 것들/앞으로도 내가 만질 수 없을 것들"(「살구꽃은 어느새 푸른 살구 열매를 맺고」)이다. 또는 "살구꽃은 어느새 푸른 살구 열매를 맺고/이 사이"를 그는 무어라 명명하고 싶어한다. 만질 수 없는 것을 만져지는 것처럼 그려내고, 포착할 수 없는 시간의 틈에 존재의 방을 마련하려는 이 모순된 욕구를 위해 문태준이 즐겨 쓰는 방법은 직유다.

「살구꽃은 어느새 푸른 살구 열매를 맺고」에도 "내 눈에 녹두 같은 비"

"모시조개가 모래를 뱉어놓은 것 같은 손톱" "감물 들듯 번져온 것" "햇솜 같았던 아이" 등의 다양한 직유가 등장한다. '직유는 은유의 가난한 친척'이라는 말이 있지만, 문태준의 시에서 직유는 상식적인 유사성에 의해 맺어진 비유의 한 종류가 아니다. 그의 시에서 직유는 수많은 존재들이 공존할 수 있는 시간과 공간을 마련하는 데 기여한다.

　　어두워지는 순간에는 사람도 있고 돌도 있고 풀도 있고 흙덩이도 있고 꽃도 있어서 다 기록할 수 없네
　　어두워지는 것은 바람이 불고 불어와서 문에 문구멍을 내는 것보다 더 오래여서 기록할 수 없네
　　어두워지는 것은 하늘에 누군가 있어 버무린다는 느낌,
　　오래오래 전의 시간과 방금의 시간과 지금의 시간을 버무린다는 느낌,
　　사람과 돌과 풀과 흙덩이와 꽃을 한사발에 넣어 부드럽게 때로 억세게 버무린다는 느낌,
　　어두워지는 것은 그래서 까무룩하게 잊었던 게 살아나고 구중중하던 게 빛깔을 잊어버리는 아주 황홀한 것,
　　오늘은 어머니가 서당골로 산미나리를 얻으러 간 사이 어두워지려 하는데
　　어두워지려는 때에는 개도 있고, 멧새도 있고, 아카시아 흰 꽃도 있고, 호미도 있고, 마당에 서 있는 나도 있고…… 그 모든 게 있어서 나는 기록할 수 없네
　　개는 늑대처럼 오래 울고, 멧새는 여울처럼 울고, 아카시아 흰 꽃은 쌀밥 덩어리처럼 매달려 있고, 호미는 밭에서 돌아와 감나무 가지에 걸려 있고, 마당에 선 나는 죽은 갈치처럼 어디에라도 영원히 눕고 싶고…… 그 모든 게 달리 있어서 나는 기록할 수 없네
　　개는 다른 개의 배에서 머무르다 태어나서 성장하다 지금은 새끼를 밴

개이고, 멧새는 좁쌀처럼 울다가 조약돌처럼 울다가 지금은 여울처럼 우는 멧새이고, 아카시아 흰 꽃은 여러날 찬밥을 푹 쪄서 흰 천에 쏟아놓은 아카시아 흰 꽃이고…… 그 모든 게 이력이 있어서 나는 기록할 수 없네

오늘은 어머니가 서당골로 산미나리를 베러 간 사이 어두워지려 하는데 이상하지, 오늘은 어머니가 이것들을 다 버무려서

서당골에서 내려오면서 개도 멧새도 아카시아 흰 꽃도 호미도 마당에 선 나도 한사발에 넣고 다 버무려서, 그 모든 시간들도 한꺼번에 다 버무려서

어머니가 옆구리에 산미나리를 쪄 안고 집으로 돌아왔을 때 세상이 다 어두워졌네

— 문태준 「어두워지는 순간」 전문[8]

어두워지는 순간은 '살구꽃이 살구 열매를 맺는 사이'처럼 규정하기 어려운 시간이지만, 문태준은 그 미묘한 순간을 확장해 무수한 '겹'의 시간, 사물들 안에 축적된 시간들을 불러들인다. 해질 무렵 만물이 또렷한 경계를 지우며 혼융하는 모습은 '버무린다'는 동사의 반복으로 집약된다. 환유에 가까운 직유들이 반복되거나 나열되는 시행구조 역시 순연한 반죽이나 되새김질을 연상시킨다. 근대의 선형적인 시간의 경계가 사라지고 새롭게 반죽된 시간이 천천히 발효하는 동안 그의 시는 '느림'을 주장하는 시가 아니라 '느림'을 호흡하는 시가 된다.

이 충일한 서정적 순간 속에는 "오래오래 전의 시간과 방금의 시간과 지금의 시간"이 버무려져 있고, "사람과 돌과 풀과 흙덩이와 꽃"이 버무려져 있다. 과거와 현재, 인간과 자연은 자연스럽게 하나가 되면서도 각각의 개별성을 잃어버리지 않는다. '있음'은 또다른 '있음'을 억압하거나 통합하지 않는다. 그런 배려와 공존이 문태준의 시를 수많은 타자들이 수런

---

8 문태준 『맨발』, 창비 2004.

거리는 뒤란으로 만들어준다. "그 모든 게 달리 있어서 나는 기록할 수 없네"라는 말은 사물들의 존재방식을 규정하는 어떤 서정적 통제도 포기하겠다는 뜻으로 들린다. 하지만 서정시의 틀을 유지하는 한 그러한 개방성이 과연 어느 정도 가능한 것인지 되묻게 된다.

그렇다면 이 서정적 순간을 채색하는 주체는 누구인가? "하늘에 누군가 있어"라고 시인은 대답한다. 시 속에서 좀더 구체적인 형상을 찾자면 그 존재는 '어머니'다. 어머니가 서당골로 산미나리를 얻으러 갔다가 옆구리에 산미나리를 쪄 안고 집으로 돌아오는 사이에 어두워지는 과정이 진행된다. 그러는 동안 어머니는 마당에 부재하면서도 동시에 마당을 어둠으로 물들이는 존재다. 어머니는 보이지 않음으로써 어떤 신성성을 부여받는다.

이와 같이 자연과 여성성에 신화적 상상력을 부여한다는 점에서 문태준과 김선우는 근친적이다. 그래서 가상적인 심미성에 안주하기 쉽다는 우려를 낳기도 하지만, 이들에게 생태적 사유, 여성성, 관능적 생명력, 주술성 등은 근대문명과의 깊은 불화에서 나온 생래적 감각에 가까워 보인다. 근원적인 세계에 대한 추구 역시 현실의 불모성에서 촉발된 것임을 염두에 둔다면, 이들의 지향이 내면의 균열을 동반한 것임을 이해하기란 어렵지 않다.

존재의 균열과 지층의 심화

발터 벤야민(Walter Benjamin)은 보들레르의 『악의 꽃』이 유럽 문화권 전체에 영향을 끼쳤던 최후의 서정시라고 하면서, 그 이후로 서정시를 수용할 수 있는 조건이 불리해진 이유를 세가지로 설명했다. 첫째는, 서정시인이 더이상 음유시인이 아니라 하나의 장르를 대표하는 자에 불과하게 되었다는 것이고, 둘째는, 서정시가 보들레르 이후 더이상 대중적인 성공을 거두지 못하게 되었다는 것이고, 셋째는, 독자들이 옛날부터 전승되어온 서정시에 대해 한층 냉담해졌다는 것이다.[9]

서정시의 쇠퇴를 알리는 이러한 분석이 과연 한국시에서는 얼마나 유효할까. 서양의 서정시에 비해 한국시의 경우는 대중적 영향력이나 호응도가 다소 약화되긴 했지만 여전히 서정시의 전통이 20세기 내내 면면히 이어져온 편이다. 그런 점에서 오늘날 서정시가 고민하고 있는 지점은 외부적인 조건이라기보다는 시인들이 겪고 있는 존재의 균열을 서정시라는 그릇에 어떻게, 어느 정도까지 담아낼 수 있는가 하는 문제다. 한국에서는 1990년대 이후 서정성을 회복하거나 갱신하려는 노력이 이 질문과 함께 이루어져왔다고 할 수 있다. 그 결과 지나친 내면화로 기울면서 현실과의 살아 있는 접점을 잃어버리기도 했지만, 그런 우회를 통해 서정시의 지층이 깊고 다양해진 것 또한 사실이다. 서정시에서 '기억'과 '자연'이 중요한 질료로 떠오르게 된 사정도 소재주의적인 유행만이 아니라 그러한 심화과정과 관련이 있다. 앞에서 살펴본 네 시인의 세계도 그 지층의 중요한 광맥들일 것이다.

현대사회가 발견한 '개인'에게 자아의 확장은 자아의 균열을 불가피하게 가져온다. 균열, 동요, 혼란, 현기증, 불안, 공포, 환멸 등으로 요약되는 현대적 감수성은 자신이 유기적으로 통합된 세계의 질서로부터 떨어져나와 파편화된 방식으로 존재한다는 의식에서 비롯된 것이다. 이때 시인의 의식은 디스토피아를 살아내는 동시에 그 균열을 메우기 위한 시도를 하거나 유토피아적 세계를 모색한다. 오늘날에도 여전히 서정이 유효하다면, 그것은 이러한 이중적 경험과 모순된 욕망을 용인한 뒤에야 가능한

---

9 발터 벤야민 「보들레르의 몇 가지 모티브에 관해서」, 『발터 벤야민의 문예이론』, 반성완 편역, 민음사 1983, 119~20면.

일이다. 흔히 서정의 원리를 세계의 자아화 또는 자기동일성으로 요약하지만, 오늘의 시에서 그런 완전한 동일화가 가능하다고 생각하는 이는 거의 없을 것이다. 이제 주체와 대상의 일치나 긍정적 동일화보다는 현실에 대한 대립이나 부정적 동일화가 가능할 뿐이다.

존재의 균열을 응시하고 그것을 시화(詩化)하는 길은 크게 두가지로 나눌 수 있다. 균열 자체를 극대화하고 현실을 환멸의 프리즘을 통해 묘사하는 방법과, 균열을 섬세하게 응시하되 그것을 봉합하거나 순간적으로나마 뛰어넘으려는 미학적 방법이 그것이다. 유홍준, 김태정이 전자에 가깝다면, 김선우, 문태준은 후자에 가깝다. 이 두가지 방식은 매우 대조적인 시세계를 낳지만, 흥미로운 것은 한 시인에게 환멸과 초월이라는 양극의 지점들이 동시에 발견된다는 사실이다. 최근 젊은 시인들에 관한 다음 설명에서도 그런 이중적인 입지가 잘 나타나 있다.

이들은 자연과 인공, 전통과 현대, 본질적인 세계와 조각난 현실 사이의 모호한 지점에 위치해 있다. 이곳이 바로 이 시대의 보편적인 삶의 공간이기 때문이다. 시인들의 모호한 존재지점은 현실에 예속되지 않으면서 이탈하지도 않는 시적 태도와 의식으로 표출된다. 독립적인 단독자로서 세계 속에 최대한 존재하고자 하는 시인들은 세계 밖으로 도피하거나 섣불리 화해하지 않으며, 자율적인 미학의 영토를 개척하지도 않는다. 이들의 시적 목표는 세계를 자아의 내부에 전유하는 몰입의 경지도, 경쾌하고 현란한 미적 유희도 아니다. 단적으로 말해 이들은 내적 지향에 있어서는 동일성의 미학을, 현실을 포착하는 데는 타자성의 미학을 취하는 이중적인 태도를 보여준다.[10]

---

10 김수이 「오래된 것과 새로운 것」, 『풍경 속의 빈 곳』, 문학동네 2002, 18면.

서정적 전통에 친숙해 보이는 시인들조차도 동일성의 미학과 타자성의 미학을 함께 견지해나가는 것처럼, 서정적 주체는 고정된 지위를 점유하고 있는 것이 아니라 언제라도 다른 어떤 몸으로 바뀌어갈 가능성을 내포하고 있다. 자아의 감정적 몰입을 통해 세계를 망각하는 낭만주의 음악에 맞서 스트라빈스키(I. Stravinsky)가 소음과 무질서의 형식으로 세계에 대한 낯선 해석을 보여주었듯이, 그러한 몸바꿈을 위해 오늘의 서정시는 어떤 혼란이나 소음을 감수할 필요가 있다. 그것은 서정적 관습에 대한 거절과 이질적인 목소리들의 수용을 극대화하는 일이기도 하다. 서정시의 새로움은 그렇게 존재의 균열이 지닌 지층을 더 깊이 파헤치는 곡괭이에 의해서만 발굴될 수 있을 것이다.

제2부

가볍고 투명한, 그러나 두터운 삶을 향하여

정현종 선생님의 열번째 시집 『그림자에 불타다』(문학과지성사 2015)와 산
문집 『두터운 삶을 향하여』(문학과지성사 2015)의 출간과 등단 50주년을 기
념하는 조촐한 자리가 있었다. 선생님의 어린 제자였던 우리는 어느새 중
년의 나이가 되었지만, 선생님은 형형한 눈빛과 시인다운 풍모를 그대로
간직하고 계셨다. 사실 우리는 반세기에 이르는 선생님의 문학적 여정을
좀더 그럴듯하게 기리는 자리를 준비하고 싶었다. 하지만 의례적이고 거
창한 행사를 선생님은 한사코 마다하셨다. 차라리 당신께서 제자들에게
밥이나 한끼 사겠다고 하셔서 모인 것이다. 선생님은 제자들이 들어설 때
마다 다정한 인사와 함께 미리 서명해둔 시집과 산문집을 일일이 건네주
셨다. 이처럼 격의 없이 제자들을 대해주시고 매사에 넉넉하고 공평하신
선생님께 우리는 늘 사랑의 빚만 지고 살았다.

사람 사귀는 일에 어찌
흠이 없을 수 있을까마는
그래도 한껏 그런 사귐이 있다.

선생과 제자.
그 사귐 속에는
알 수 없는 무슨
신비가 들어 있다.
느낌으로만 있고
꼭 집어 말할 수 없으니
신비이다.

생각해본다.
아마 사람 세상의 모든
괴로움의 원인이
거기엔 없기 때문일 것이다.
질투, 시기, 경쟁의식, 비교, 미움……
무엇보다도
거기 어리는 친밀감은
가령 가족 같은 것의 닫힌 본능에서 오는
친밀감과 다르고
또 가령 연애처럼 배타적인 친밀감도 아니고
이상과 달리 균열이 생기는
우정의 친밀감도 아니며
말하자면
한없이 맑은 친밀감—
　　　　　　　—「한없이 맑은 친밀감: 사제지간을 기리는 노래」 부분

　선생님은 인사말을 대신해 이 시를 읽어주셨다. 『그림자에 불타다』에
는 시집 해설 대신 직접 쓰신 산문 「세상의 영예로운 것에로의 변용」이 실

려 있는데, 바로 여기에 들어 있는 시다. 사제지간은 가족도 연인도 친구도 아니지만, 바로 그런 이유로 인간관계에서 생겨나는 괴로움의 원인을 덜 가질 수 있다는 얘기에 고개를 끄덕인 것은 나만이 아닐 것이다. 선생님과 보낸 수십년의 시간을 돌아보니 정말 어떤 거리낌도 없이 "한없이 맑은 친밀감"으로 가득했다.

물론 모든 사제지간이 흔쾌한 '우정의 공동체'를 이룰 수 있는 것은 아니다. 갈수록 각박해져가는 현실에서 그런 공동체는 불가능할 때가 더 많다. 선생님의 말씀처럼 흠 없는 사귐이 되려면 '구김살'이 없어야 하는데, 이를 위해서는 "온갖 삐뚤어지고 혼탁한 심리적 찌꺼기"를 털어내야 한다. 우리가 선생님과 한결같은 정을 이어올 수 있었던 것은 전적으로 선생님의 구김살 없는 인품 덕분이다. 위계질서가 분명한 대학의 풍토나 문단 분위기에 비추어보면, 이런 사제지간의 친밀감은 아주 희귀한 축복에 가깝다고 여겨진다.

집에 돌아와 선생님이 주신 시집과 산문집을 펼쳐 들었다. 『그림자에 불타다』의 뒤표지 글에는 단 한줄의 문장만이 여백 전체를 감당하고 있다. "앞에서 노래했으니 이제 입을 다무는 게 좋겠다." 군더더기 없이 간결한 영혼만이, 그리고 평생 신명을 다해 여한 없이 노래해온 시인만이 할 수 있는 말이다. 이제 그 시들은 어떤 비평이나 찬사의 지팡이 없이도 홀로 우뚝 서 있다. 일체의 인위를 벗어던진 시어들은 그야말로 시인의 숨결과 혈관과 근육을 통과해 저절로 흘러나온 것 같다. 페데리코 가르시아 로르카(Federico García Lorca)가 파블로 네루다(Pablo Neruda)를 가리켜 "잉크보다 피에 더 가까운" 시인으로 불렀던 것처럼 말이다.

그런데 천의무봉한 것처럼 보이는 시들도 "시가 보석이 될 때까지 기다리는 발효의 조건"(「세상의 영예로운 것에로의 변용」)을 거쳤을 것이다. "노래든 사귐이든" "만사가 익어 떨어질 때까지"(「익어 떨어질 때까지」) 기다리고 또 기다려야만 제대로 된 시 한편이 나온다. 그 기다림이란 한편의 시를 몸으로 살아내는 일이자 지난한 육화의 과정일 것이다.

　우리는 또한 알고 있다. 선생님의 가볍고 투명한 시가 실은 무겁고 막막한 고통의 순간들을 헤치고 나오면서 가까스로 얻어낸 한줄기 빛이라는 것을. 세계의 신비를 향해 끊임없이 눈을 열고 귀를 기울이면서 발견해낸 광맥이라는 것을. 『고통의 축제』(민음사 1974)라는 시집의 제목처럼, 선생님에게 시쓰기란 고통을 끊임없이 축제로 만드는 일이었다. 『정현종 깊이 읽기』(이광호 엮음, 문학과지성사 1999)에서 문학적 연대기를 정리한 이경호는 그 궤적을 "'죽음의 고통'으로부터 '생명의 황홀'로 나아가는 길"(76면)이라고 요약한 바 있다. '순간과 도취의 시학' '가벼움의 시학' '관능적 상상력' '지복의 시론'으로 명명되어온 시세계가 거느린 '우수의 그림자'를 다음 시에서도 만날 수 있다.

　고비는
　넘어가는 것이다.

　아침은 (행여나)
　나를 고비로
　밝고,
　저녁은 흔히
　나의 고비로
　어두워진다.

　모든 고비들은 숨을 쉰다.

　그 숨결은 모두
　애틋하다.

시간은 항상 거처가 없고
모든 움직임은 우수의 그림자.

고비를 넘겨야 한다지만,
넘어가도 무저갱(無底坑)을
춤춰야 하지만,

춤 그것도 물론 증발하고
애틋함만 영원하여,
그것도 남몰래 영원하여
지평선을 이룬다.

　　　　　　　　　　　　　—「고비」전문

　이 시는 말한다, "고비는 넘어가는 것"이라고. 앞서간 제자 기형도를 추모하는 글에서는 "산다는 것은 견딘다는 것"(「견디기 어려운 삶」)이라고 적기도 했다. 선생님이 겪어야 했던 몇번의 고비들을 그리 멀지 않은 거리에서 지켜본 나로서는 이 시가 예사롭게 읽혀지지 않는다. 고비를 넘어가며 무저갱을 춤추는 시인에게 지평선은 그냥 펼쳐지는 게 아니다. 행간에 어려 있는 슬픔과 고독을 생각하면, 내 마음도 따라 애틋해진다. 그러나 선생님은 어려운 와중에도 상황을 그렇게 만든 누군가를 원망하거나 비난하는 말씀을 하신 적이 없다. 만물이 두루 불쌍하고 애틋할 뿐, 그 순간 또한 지나가리라는 믿음이 마음의 평정을 되찾게 했을 것이다.
　학창시절 내가 기억하는 선생님은 강의시간 외에는 거의 말씀이 없는 분이었다. 강렬한 눈빛과 굳게 다문 입술을 지닌 시인의 아우라는 가까이 다가갈 수 없는 성채처럼 느껴지기도 했다. 강의시간에도 이따금 말씀을 멈추고 창밖을 바라보거나 낯선 시선으로 주위를 둘러보곤 하셨다. 그 시선에는 산문적 언어로 말해야 하는 일이 체질적으로 맞지 않는 자의 난처함 같은 게 어려 있었던 것 같다. 그래서인지 강의실보다는 야외수업이나 산책길에서 마주칠 때의 표정이 한결 밝고 자유로워 보였다. 맑은 허공 속으로 울려퍼지던 선생님의 감탄사는 얼마나 깊었는지! 종종거리는 새나 향기로운 꽃을 향해 다가갈 때 선생님의 발걸음은 어린아이처럼 얼마나 두근거렸는지! 시의 깊이란 세계의 두터움을 향해 스스로를 개방할 때 체득되는 것임을 그 감탄사와 발걸음을 통해 나는 배웠다.

이번 시집에서도 생래적이라고 할 만한 감탄과 긍정의 힘은 여전하다. 예를 들어 「꿈이 올라오는 것이었다」라는 시에서 "구기자차를 잔에 따르고/가라앉은 구기자를 숟가락으로/건져 올리는데/잘츠부르크도 올라오는 게 아닌가!" 감탄하면서 차 한잔에 "가족의 우울을 감싸면서/꿈이 올라오는 것"을 느끼는 정신이 그러하다. 「음악에게」에서는 '음악'이라고 발음만 해도 "두 발이 땅에서 조금 떠오른다." 그 순간 시인의 심장은 "꽃 피는 템포로/웃는 리듬으로" 울린다. 이처럼 작은 것에도 온몸으로 감응하는 찬미의 영혼은 무한을 향해 속수무책 직진한다.

손바닥에 각인된
한없이 기분 좋은 새 발자국들아,
(세상은 기분이 한없이 좋은 일이
드문 데라는 걸 너희도 알거니와)
손바닥이 느껴
온몸을 흐르면서
깊어져
내 몸을 감각의 보배로 만들면서
법열 속에 있게 하는 새 발자국들아,

왜 그런지 말을 하마,

너희들 공기의 정령

창천의 거주자들

너희의 발을 통해

나는 허공의 속알을 손에 쥐었느니,

만져볼 수 없는 높이와 넓이

만져볼 수 없는 저 무한의

속알을 나는 손에 쥐어보았느니!

손바닥에 박혀버렸느니!

——「허공의 속알을 손에 쥐다」 부분

　이 시는 청계산에서 새들에게 먹이를 준 어느 봄날의 일기를 제사(題詞)로 삼고 있다. 빵조각을 손바닥 위에 올려놓고 손을 높이 들어 올릴 때의 표정, 새들이 날아와 먹이를 쪼는 모습, 새의 부리가 닿을 때마다 감전된 듯 행복감에 젖는 모습 등이 눈에 선하게 떠오른다. 손바닥에 남은 그 느낌만으로도 "만져볼 수 없는 높이와 넓이/만져볼 수 없는 저 무한의/속알을 나는 손에 쥐어보았느니!" 찬탄하는 시인. 그런 지복의 순간은 마음이 가난한 시인에게 드물지 않게 찾아온다.

　2006년인가 선생님의 경암학술상(예술부문) 시상식에 참석한 적이 있다. 수상소감을 발표하러 나가시며 선생님은 잠시 가방을 맡기셨는데, 산행할 때 들고 다니는 허드레 가방이었다. 그런데 가방에 든 핸드폰이 갑자기 울리는 바람에 허둥지둥 가방을 뒤져야 했다. 모서리 천이 다 해진 가방 속에는 얇은 점퍼와 책 한권, 동전들 몇개가 전부였다. 1억원의 상금과 낡은 가방 속에서 쩔렁거리는 동전들의 대비가 선생님의 소박하고 간결한 삶을 잘 보여주는 것 같았다. 그 낡은 가방이 자꾸 떠올라 스승의 날엔가 비슷한 가방을 하나 사드렸다. 하지만 선생님은 여전히 예전의 낡은 가방을 들고 다니실 것 같다. 그리고 가방 속에는 변함없이 30년 된 수통과 작은 도시락과 새들에게 줄 빵이 들어 있을 것이다.

「새의 은총」이라는 시에서는 떡갈나무 숲에 앉아 점심을 먹는데 작은 산새가 머리에 날아와 앉아 두피를 쪼아댄다. "무슨 이런 은총이!" 되뇌는 시인에게 새의 우연한 방문은 그야말로 우주적 사건이 된다. 아무래도 선생님은 행복 바이러스나 영혼의 효모를 다른 사람의 몇배는 지니고 계신 것 같다.

> 내 속에 들어 있는 말을
> 즉시 발효시켜
> 술술 나오게 하는
> 촉매와도 같은
> 사람이 있다.
> 누룩곰팡이와도 같이
> 인류의 전(全) 시간을 발효시키고
> 그 숨 쉬는 공기를 발효시키며
> 그리하여
> 말을 춤추게 하는 영혼—
> 다만 그런 영혼은 아주 드문데
> 그건 우리의 사회생활에서
> 기쁨이 아주 드물다는 것과 일치한다.
>
> ──「촉매」 전문

이 시에서처럼 시인이란 고유한 무언가를 담고 있는 '그릇'이 아니라 시적인 화학작용을 일으키는 '촉매'에 가깝다. 엘리엇(T. S. Eliot)도 「전통과 개인의 재능」이라는 글에서 시인의 정신을 '백금선'이라는 촉매에 비유했다. 촉매의 역할은 다른 물질들로 하여금 스스로를 발현하게 돕고 어떤 변화를 일으키도록 유도하는 것이다. 자신의 힘만 믿고 과시하기보다는 성실한 촉매가 되어 다른 존재에게 깊이 귀를 기울이는 사람이라는 점에서는 시인도 마찬가지다.

돌아보면 내가 선생님에게 배운 것들은 주로 어떻게 쓰느냐보다는 어떻게 듣느냐와 관련되어 있었다. "시인은 근본적으로 듣는 사람"(「숨결」)이기 때문이다. "시를 쓴다는 사람이/오로지 저 자신에게만 관심이 있고,/일견 그럴듯해 보이는 작품이 대부분,/거기 들어 있는 감정이며/알량한 앎이며가 대부분/실은 자기 과시에 지나지 않는(!)/그런 시인은 시인이 아니다."(「한 비전」)라는 구절을 읽으며 내 시인 노릇이 그렇지는 않은지 돌아보게 된다.

잘 듣는 일의 중요성과 어려움에 대해서는 『두터운 삶을 향하여』 곳곳에 언급되어 있다. 참된 고요에서 길러진 시를 얻기 위해서도 잘 듣는 일이 필요하지만, 세상의 평화와 아름다운 공동체를 위해서도 잘 듣는 일은 정말 필요하다고 강조하신다. 선생님은 제자들과 대화를 나눌 때도 즐겨 귀 기울이며 감탄을 아끼지 않으신다. 그런 태도는 단순한 예의나 겸양이 아니라 "살아 있는 마음"의 증표이자 "삶과 세계를 두텁게 하는 능력"이라고 할 수 있다.

말로써 말이 많은 얄팍한 시가 있는가 하면, 말은 말이되 깊이 경청하고 있는 듯한 시가 있는데, 릴케의 시는 말을 한다기보다 깊이 듣고 있다는 느낌을 나는 항상 받는다. 그는 말 없는 사물을 잘 들으며 만물과 만상의 움직임과 변화와 운명의 내밀(內密)을 잘 듣는다. 그리고 잘 듣는다는 것은 영혼의 깊이와 넓이를 기약하는 대단히 중요한 능력이며 따라서 삶과 세계를 두텁게 하는 능력이다. (「두터운 삶을 향하여」)

여기서 더 나아가 진정한 삶의 기술은 그 두터운 삶을 너무 무겁지 않게 표현할 줄 아는 능력이다. 그런 점에서 선생님의 유머감각을 빼놓을 수 없다. 시 「에코의 휘파람」을 보면, 호칭을 어떻게 할까 묻는 기자에게 움베르토 에코는 휘파람을 불며 "이렇게 불러주시오"라고 말한다. 허세나 과장 없이 사물의 본질을 꿰뚫는 한마디의 말, 그래서 유머는 경쾌하지만 참으로 무서운 말이다. 우리의 삶과 의식을 무겁고 흐리게 만드는 것들을 하나씩 내려놓고 선생님은 점점 시선(詩仙)에 가까워지시는 것 같다. 시와 함께 50년쯤 살면 우리도 이렇게 가볍고 투명한, 그러나 두터운 삶에 이를 수 있을까. 그런 까마득한 꿈을 꾸면서 오늘의 부박한 현실과 구김살 많은 내 자신을 견디고 또 견딘다.

문명의 파수꾼 김종철

김종철 선생님을 처음 뵌 것은 1990년대 중반 대구에 있던 녹색평론사 사무실에서였다. 『작가』라는 문예지 편집회의에서 김종철 선생님 대담을 기획했는데, 막상 대담자로 나서는 이가 없었다. 『녹색평론』을 창간하신 뒤로 문단에서 대면할 기회가 거의 없었던 데다, 깐깐한 원칙주의자에 직설가로 소문이 나 있어서였다. 그런데 갑자기 선배들이 나더러 얘기가 잘 통할 거라며 등을 떠밀었다. 서른살 무렵의 신인 작가로서 두렵기 짝이 없는 일이었지만, 『녹색평론』의 애독자였던 터라 용기를 내보기로 했다. 대학시절 선생님의 평론집 『시와 역사적 상상력』(문학과지성사 1978)을 읽으며 몇 대목을 책상머리에 붙여놓았던 기억이 떠올랐다. 1980년대 역사적 실천과 시쓰기 사이에서 고민하던 시절, "시인은 성자가 아니고, 타락되고 오염된 세상 가운데서 타락의 힘에 의지하여 진실에 이르려는 사람"이라는 말을 자주 되새기곤 했다.

사람의 역사적인 삶이 언제나 왜곡 속에서 영위되고 있고, 진정하게 자유로운 언어 공간이 하나의 이상적 목표인 한에서 시인의 언어가 일체의 왜곡에서 해방되어 있기를 바랄 수는 없다. 시인은 성자가 아니고, 타락되고 오염된 세상 가운데서 타락의 힘에 의지하여 진실에 이르려는 사람이기 때문이다. 중요한 것은 스스로 왜곡을 인정하고 왜곡 앞에 용기있게 맞서는 것이다. 개인이나 시대를 막론하고 정직함이 바로 위대함일 것이다.

그런데 떨리는 마음으로 선생님을 찾아뵈니 너무 소탈하고 격의 없이 대해주셔서 당황스러울 정도였다. 부족한 질문에도 넉넉한 답을 주신 덕분에 생각보다 수월하게 대담을 마칠 수 있었다. 얼마 후 선생님이 산문 한편을 청탁하셨고, 나는 「속도, 그 수레바퀴 밑에서」를 시작으로 『녹색평론』에 글을 자주 발표하는 필자가 되었다. 나중에는 편집자문위원으로 참여하면서 적지 않은 대화를 나누었고 기회 있을 때마다 선생님 강연을 찾아 듣기도 했다.

이렇게 선생님으로부터 분에 넘는 격려와 가르침을 받았지만, 다른 어떤 지면보다 『녹색평론』에 글을 쓰는 일은 매번 부담스럽고 힘들었다. 예리하고 엄정한 잣대를 지닌 선생님의 시선이 늘 느껴졌기 때문이다. 안이한 생각과 정직하지 않은 말이 그분의 눈에는 여지없이 드러나 보일 것이기에, 거창한 담론이나 문학적 수사에 의지하지 않고 내 삶과 생각을 투명하게 내보일 수밖에 없었다.

선생님에 대한 기억을 떠올리자니, 내 좁은 시야와 둔한 감각으로는 그 치열한 삶과 드넓은 정신을 헤아리기가 어렵다. 비평가, 영문학자, 대학교수, 생태사상가, 『녹색평론』 발행인 등의 직함이나 호칭만으로는 선생님의 핵심적인 면모를 제대로 아우르지 못한다는 느낌이 든다. 선생님은 내가 만나본 지식인 중에서 가장 사심 없고 정확한 분이셨고, 강자에게는 비타협적 태도로 저항하면서도 약자에게는 너그러운 연민을 지닌 어른이셨다. 후배나 제자를 대하실 때도 대접을 받거나 권위의식을 내세우신 적이 없고, 당신이 잘 모르는 문제에 대해서는 메모를 하면서 경청하셨다.

십여년 전 우리 아이가 입원했을 때 두번이나 병문안을 오셨는데, 그후에도 아이의 안부를 묻는 일을 늘 잊지 않으셨다. 이처럼 우정과 환대를 몸소 보여주신 선생님을 통해 나는 사람으로 살아가면서 가장 중요한 일이 서로 돕고 마음을 나누는 것임을 배울 수 있었다. 이제 마음의 스승을 다시 뵐 수 없다니 그 빈자리가 유난히 크고 허전하다. 부족하나마 선생님의 뜻을 이은 공부와 글쓰기를 다짐해볼 뿐이다.

"이 세계라는 기계 속의 기름이 되지 말고, 모래가 되라!" 독일의 작가 귄터 아이히(Günter Eich)는 「꿈」이라는 시에서 세계의 불행과 위기에도 불구하고 쾌적한 잠을 자고 있는 사람들을 향해 이렇게 썼다. 무서운 일이 닥쳐오고 있으니 잠들지 말라고, "네 비록 피 흘리는 곳에서 멀리 떨어져 살고 있지만 너에게도 그것은 닥쳐오고 있다"고 말이다. 이 비관주의는 염세적 종말론과는 달리 현실을 직시한 결과이며, 세계의 파국을 막기 위해 무언가 해야 한다는 절박한 요구를 담고 있다. 이처럼 잠들지 않는 정신으로 세계를 지켜내려는 문명의 파수꾼들이 있어 세상은 그나마 유지되어온 게 아닌가 싶다. 김종철 선생님 역시 문명의 한계와 위험에 대해 경고의 신호를 끊임없이 타전해온 파수꾼이셨다. 자본주의 문명이라는 거대한 장치가 문제없이 돌아가는 데 동조하지 않고, 모래알처럼 작지만 어떤 불순물이 되어 기계에 자꾸 제동을 거는 존재. 선생님은 그 모래알의 역할을 오랫동안 온몸으로 해내셨다.

발행인으로서 30년 동안 한호도 빠지지 않고 격월간으로 세상에 내보낸 『녹색평론』에는 선생님의 현실에 대한 고민과 절박한 호소가 늘 실려 있었다. 하지만 대부분의 사람들은 그 호소와 경고에 제대로 귀를 기울이지 않았다. 다들 먹고살기에 급급해 세상의 변화를 만들어내는 건 내 몫이 아니라고 생각했고, 당장 큰 문제가 터지지 않으면 그만이라고 여겼다. 정부나 국회, 심지어 환경단체들에서도 『녹색평론』이 제기한 문제들을 진지하게 논의하거나 거기에 힘을 실어준 기억이 없고, 지식인사회나 문

단 역시 김종철이라는 지식인을 지나친 이상주의자나 근본주의자 정도로
치부해버리며 대화나 경청을 소홀히 하기는 마찬가지였다. 자본주의라는
기계는 그렇게 의심 없이 돌아가고 있었다.

그런데 코로나19의 확산으로 언제 바이러스에 감염될지 알 수 없는 불
안을 겪으며 사람들은 비로소 문명의 파국을 조금씩 실감하고 있는 것 같
다. 육안으로는 보이지도 않는 바이러스 때문에 지구 전체가 공포에 사로
잡혀 있으니 말이다. 당장 원활한 경제활동이나 사회적 관계가 어려워지
고 자본주의 시스템의 붕괴가 머지않은 미래의 일처럼 여겨지기도 한다.
세계가 잠시 멈춘 것 같은 이 시기에 왜 선생님은 떠나신 것일까. 이제야
말로 파수꾼의 경고에 많은 사람들이 귀를 기울이기 시작할 무렵에……
이런 안타까운 마음으로『녹색평론』창간사를 다시 읽어본다.

우리에게 희망이 있는가?
지금부터 이십년이나 삼십년쯤 후에 이 세상에 살아남아 있기를 바라
는 사람이 과연 몇이나 될까? (…) 오늘날 우리가 경험하고 있는 전대미문
의 이 생태학적 재난은 결국 인간이 진보와 발전의 이름 밑에서 이룩해온
이른바 문명, 그중에서도 특히 서구적 산업문명에 내재한 논리의 필연적인
결과로서의 사회적·인간적·자연적 위기라는 사실을 명확히 인식하는 것
이 무엇보다 중요하다.

이 글의 진단처럼 서구의 근대문명과 과학기술에 대한 맹신은 생태적
재앙을 불러왔고, 그 폐해는 자연환경의 파괴뿐 아니라 인간 심성의 타락
과 공동체적 기반의 약화로까지 나타났다. 따라서 기술적이고 부분적인
처방으로는 문명의 큰 흐름을 돌이킬 수 없고, 인간 내면에 깃든 자기초
월의 능력에 바탕을 둔 생명 윤리와 상호 존중의 정신을 회복해야 한다고
선생님은 역설하셨다. 이러한 문제의식은『시적 인간과 생태적 인간』(삼

인 1999)은 물론 가장 최근 저서인 『근대문명에서 생태문명으로』(녹색평론 2019)와 『대지의 상상력』(녹색평론 2019)까지 일관되게 유지되고 있다.

『녹색평론』에 시애틀 추장의 연설을 비롯해 인디언 토착문화나 농본사회에 대한 글이 자주 실렸던 것은 근대문명이 잃어버린 원형적 사유와 심성을 그 속에서 발견할 수 있었기 때문일 것이다. 이반 일리치, 마하트마 간디, 웬델 베리, 헬레나 노르베리-호지, 제러미 리프킨 등의 사상도 이 지면을 통해 만날 수 있었다. 『녹색평론』은 그런 대안적 사유나 상상력을 제시하는 한편, 한국사회의 가장 민감하고 구체적인 사안들에 대해서도 소신 있는 목소리를 아끼지 않았다. 수돗물 불소화, 4대강 개발, 광우병과 구제역, 탈핵운동 등 중요한 환경 이슈들 외에도 자본주의와 민주주의에 대한 지속적 문제 제기를 해오며 전방위적인 의제를 다루었다. 대안교육의 중요성이나 기본소득의 필요성을 가장 선구적으로 제안하기도 했다. 그런 속에서 선생님은 생명공동체를 이루어나가는 가장 중요한 근간을 '시'와 '농업'에 두셨다. '모든 시인은 생태주의자'라는 생각으로 한 호도 빠짐없이 시에 지면을 내어주셨고, 시적 감수성의 회복이 생태문명의 핵심이라고 강조하셨다.

마지막으로, 앞에 인용한 귄터 아이히의 말에 윌리엄 블레이크(William Blake)의 시 한 대목을 나란히 놓아본다. 윌리엄 블레이크는 선생님이 일찍이 근대문명에 대한 급진적 사유와 민중적 상상력을 발견했던 시인이다. 블레이크는 17세기 혁명적 시인이었던 밀턴과의 관계 속에서 자신의 예술적 지향을 모색하며 『밀턴』(Milton)을 썼다. 고대의 문화적 토양을 바탕으로 새로운 세계를 건설하려고 했던 두 시인의 의지를 어떻게 읽어야 할까. 이는 단순히 과거에 대한 향수나 고대적 질서의 복원을 추구하는 것이라기보다는 산업혁명기에 근대의 부정적 징후를 예민하게 느끼고 근대문명이 잃어버린 것이 무엇인지를 성찰한 예언자적 시선에 가깝다.

잉글랜드의 푸르고 즐거운 땅 위에
우리가 예루살렘을 세울 때까지
나는 정신의 싸움을 멈추지 않을 것이며
나의 칼을 내 손에 잠들어 있게 하지 않을 것이다.

블레이크에게 예술적 싸움의 목표가 '예루살렘'이라는 유토피아적 기억과 예언자적 비전에 있었다면, 현대인들에게 그 싸움의 목표는 문명의 파국을 조금 늦추는 것 정도가 아닐까 싶다. 김종철 선생님은 『대지의 상상력』에서 블레이크의 '예루살렘'이 특정한 시대나 사회에 국한될 필요가 없다고 하면서, 블레이크의 이러한 반체제적 관점이 근본적으로 민중적 상상력에 기반을 두고 있음에 주목했다.

최근 세계적 팬데믹을 겪으며 드러난 미국과 유럽의 실태를 보면, 앵글로색슨 문명이 근본적 한계지점에 이르렀다는 사실이 분명해지고 있다. 이러한 문명의 전환점에서 새로운 지표를 어떻게 세워가야 할지 막막하기만 한 시기에 선생님의 혜안을 더이상 접할 수 없다는 것이 아쉽기만 하다. 그래도 '예루살렘'을 무엇으로 설정하든 "정신의 싸움을 멈추지 않을 것" "나의 칼을 내 손에 잠들어 있게 하지 않을 것"이라고 선생님은 블레이크의 시를 통해 말씀하고 계신 듯하다. 그러고 보니, 남은 우리의 손에 모래 몇알이, 또는 씨앗 몇개가 희미하게 빛나고 있지 않은가.

길 위에서 부르는 만신의 노래

바리에서 만신으로

"신은 빛으로 바람으로 오는 거야!" 영화 「만신」(2013) 포스터에 나오는 무녀 김금화의 말이다. 이 말에 오래전 읽었던 강은교의 「황혼곡조」 한 대목이 떠올랐다. "창밖에는 살[肉]을 나르는 바람소리/동쪽에서 서쪽으로/내 뼈 네 뼈가 불려가는 소리/바다로 가는 소금들의/빠른 발자국도 보인다./여기가 너무 넓은가./알지 못할 빛이 많은가."(「황혼곡조 4번」) 열다섯 살에 그 황혼의 노래를 읊조리며 전율했던 걸 보면 나 역시 시 쓰는 여자 '바리'의 운명을 예감했던 것일까. 강은교의 시집 『풀잎』(민음사 1974)을 읽고 있으면 살을 나르는 바람소리와 뼈들이 불려가는 소리가 창밖에서 들려오는 것만 같았다. 알지 못할 빛들이 떠도는 허공 속에서 시인은 이렇게 속삭였다. "시는 빛으로 바람으로 오는 거야!" 어린 영혼에게 시의 불꽃을 처음으로 당겨준 시인이 바로 강은교였다.

그런 개인적 경험 때문인지 강은교의 신작 시집 『바리연가집』(실천문학사 2014)을 읽으면서도 내가 처음 만났던 '바리'의 목소리가 자꾸만 겹쳐 들렸다. '바리'는 강은교의 시세계 전체를 관통하는 시인의 분신으로서 오랜 세월 동안 정직한 보폭을 유지해왔다. 강은교 시인처럼 일관되게 '바리'의 운명을 자처하며 살아온 시인이 또 있을까. 그래서 시인과 함께 울고 웃으며 나이 들어온 '바리'를 만나는 일은 어떤 숙연함마저 느끼게 한다. 고희(古稀)라는 나이가 무색하게 놀라운 생산력과 긴장감을 보여주는 이 시집은 그동안 다채롭게 변주되어온 '바리'의 종합편(최종편이라고 쓰려니, 시인이 앞으로도 더 눈부신 시들을 쓸 것 같은 생각이 든다)이라고 할 수 있다.

그 전에 펴낸 시집 『네가 떠난 후에 너를 얻었다』(서정시학 2011)에는 'L.J.N.에게 이 시집을 바친다'는 헌사가 있었다. 이번 시집 역시 작고한 남편에 대한 시가 여러편 있지만, 새로운 시편들은 개인적 상실의 기록을 넘어 좀더 보편적인 '바리의 사랑노래'에 가깝다. 부를 따로 나누지 않고 시집 전체가 '바리'의 여정을 따라가듯 구성되어 있으며, 각 시편들은 노래의 형식을 유지하면서도 서사적 성격이 뚜렷하다.

허무의 심연을 비극적 시선으로 응시하던 젊은 '바리'는 이제 어떤 모습이 되어 있을까. 그 변화에 대해 시인 자신이 써놓은 글이 있어서 잠시 인용해본다. 2006년에 재출간된 『허무집』의 책갈피에는 당시 문우들에게 보내는 시인의 편지 한장이 끼워져 있었다.

35년 전 출간했던 저의 첫 시집 『허무집』이 재출간되게 되었습니다. 생머리를 길게 늘어뜨리고 눈도 꽤 날카로웠던 모습의 사진이 전혀 날카롭지 못한 모습의 사진으로 변했군요. '저승에 계신 아버님께 바친다'던 헌사도 여러 분이 돌아가신 탓에 '영원회귀의, 허무의, 나의 모든 이들께'로 바뀌었군요. 그외엔 별로 변한 것이 없습니다. 서문도 첫 시집의 그것을 그대로 놔뒀습니다. 그리 달라진 것이 없어서요. 다만 시집의 끝부분에 최근에 쓴 시적 산문을 하나 추가했을 뿐입니다. 허무는 분홍색인 것도 같아서 시집의 빛깔도 그렇게 되었습니다.

두 판본의 사진을 비교해보니, 죽음의 그림자를 등진 한 여자의 강렬한 눈빛과 굳게 다문 입술은 어느덧 어머니의 온화한 눈빛과 다정한 미소가 되었다. 병들고 무능한 아버지를 살리기 위해 길을 나선 '바리'는 아버지와 남편과 자식뿐 아니라 세상 만물을 품어 안는 큰무당이 된 것이다. 그런 점에서 "영원회귀의, 허무의, 나의 모든 이들께" 바친다는 헌사는 자연스럽게 들린다. 이 아름다운 '만신'의 얼굴에 도달하기까지 시인이 치러냈을 고통과 사랑의 시간을 헤아려본다. 그 시간을 여행하는 가장 좋은 방법은 '바리'의 발길이 이끄는 대로 따라가보는 것이다.

거대한 추억들 곁에서

'바리'의 기억이 시작되는 곳은 젊은 날 사랑과 혁명의 열기로 가득 찼던 아벨서점이나 혜화동 빵집이다. "꿈길이 벼랑의 속마음에 깃을 대고/ 가슴이 진자줏빛 오미자차처럼 끓고 있는 그곳"(「아벨서점」)이자, "황혼이 유난히 아름다운 곳, 늦은 오후면 햇살 비스듬히 비추며 사람들은 거기서 두런두런 사랑을 이야기"(「혜화동」)하는 곳. 거길 아느냐고, 가끔 그리로 오라고, 시인은 우리를 초대한다. 그곳에서 추억들은 마악 구워진 빵처럼 현재형으로 부풀고 미래형으로 눈앞에 아른거린다.

아마도 너는 거기서
희푸른 나무 간판에 생(生)이라는 글자가 발돋움하고 서서 저녁 별빛을 만지는 것을 볼 것이다

글자 뒤에선 비탈이 빼꼼히 입술을 내밀 것이다

혹은 꿈길이 금빛 머리칼을 팔락일 것이다

잘 안 열리는 문을 두 손으로 밀고 들어서면
헌책들을 밟고 선 문턱이 세상의 온갖 무게를 받아안고 낑낑거리고 있
는 것을 볼 것이다

―「아벨서점」부분

가끔 그리로 오라, 거기 빵들이 거대한 추억들 곁에 함초롬히 서 있는 곳
허기진 너는 홈집투성이 계단을 올라간다
이파리들이 꿈꾸기 시작한다

―「혜화동: 어느 황혼을 위하여」부분

그 추억의 장소에 이르기 위해서는 "헌책들을 밟고 선 문턱이 세상의
온갖 무게를 받아 안고 낑낑거리고 있는" 곳을 지나 "구불거리는 계단"
또는 "홈집투성이 계단을 올라"가야 한다. 누추한 기억의 계단을 통과해
야만 "꿈길이 금빛 머리칼을 팔락"이거나 "이파리들이 꿈꾸기 시작"하
는 모습을 만날 수 있다. "빵들이 거대한 추억들 곁에서 함초롬히 서 있는
곳"에서 '바리'는 영혼의 허기를 달래며 이파리들과 함께 꿈꾸기 시작한
다. 그 우주적 몽상 속에서 존재들은 빛을 얻어 반짝이고, 항구에 일렁이
며 떠 있는 "배들은 오늘 어딘가 아름다운 항구로 떠날 것"이다.
    그렇다면 '아름다운 항구'는 어디에 있는가. 「그리운 동네」에 따르면,
'그곳'은 낭만적인 이상향이 아니라 "그리운 동네 외딴집이고 누추한 가
방이고, 낡고 낡은 구두"와도 같은 곳이다. 그곳에 "영원토록 변방인 그,
또는 영원토록 구원인, 희망인, 항상 너무 늦게 도착하는 그"가 살고 있다.
일요일이면 '그'가 "지하철을 타고, 지하철에 안겨 미소 짓고 있는 젖은
생강냄새를 두르고, 또는 젖은 마늘냄새, 젖은 희망냄새를 피우며" 온다.

'그'는 무수한 낭하를 거느린 존재이기에, "낭하 속에 또 낭하가, 낭하 속에 또 낭하가, 한 문을 열고 들어서면 또 하나의 방이" 나타난다.

「둥근 지붕」에서도 '그곳'은 다양한 이미지로 변주된다. 등꽃 그늘 아래 식탁을 꺼내놓은 5월의 마당, 모비 딕이 벼랑 밑에 누워 있는 바닷가, 팅커 벨이 초록빛 날개를 흔드는 하늘, 바리가 숨살이 가지와 살살이 가지와 약수를 춤추게 하는 등꽃빛 상여, 장애인을 돌보는 게 직업인 여자의 희고 낡은 차. 이 모든 공간들은 각 연마다 "둥근 지붕이 거기 있는"이라는 시행으로 수렴된다. 이때 사람을 감싸주는 둥근 지붕은 '바리'의 넉넉한 품과 닮아 있다.

시, 황금빛 키스

시집 전반부에서 특히 눈길을 끄는 것은 「불멸: J에게」「시(詩), 그리고 황금빛 키스」「봉투」「중병」 등 사별한 남편에 관한 시들이다. J 또는 L.J.N.이라는 이니셜로 호명되는 '그'는 잘 알려져 있다시피 시인의 남편이자 동지였고, '70년대'라는 동인을 함께한 시인이기도 했다. 민주화운동에 투신했지만 현실에서는 제대로 설 자리도 없이 세상을 떠난 사람, 이혼 사유서에 '무직'으로밖에 기재될 수 없었던 사람, 시인으로서도 시집 한 권 없이 "총 다섯 편"의 시를 남기고 간 사람. 하지만 '그 여자'는 간신히 '황금빛 키스'를 기억해낸다.

> 서류의 빈칸을 채워나가다가
> 변호사는 그 남자의 직업란에 이르러
> 무직이라고 썼다
> 그 여자는 항의하였다, 그는 무직이 아니라고, 시인이며 꽤 유명한 민주

운동 단체의 의장이었다고,

　　얼굴이 대리석 계단처럼 번들번들하던 변호사는 짐짓 웃었다, '법적으로는 무직이지요, 취미라든가 그런……'

　　그 남자는 순간 한쪽 팔 떨어져나간 문이 되었다

　　먼 사막에서 불어오는 황사에 섞여 우둔한 먼지가 되었다

　　아물아물해지는 그들의 젊은 시절

　　황금빛 키스

　　아물아물해지는 그들의 자유

　　황금빛 키스

　　이혼 사유서를 다 썼을 때

　　변호사는 짐짓 땀을 씻으며

　　처음으로 정서적인 말을 던졌다, 한숨과 함께

　　'걱정 마세요, 무능 아니 무직은 법적으로 이혼 사유가 되니까요'

　　그들은 요약되었다, 한 장의 이혼장으로

　　사유는 그 남자의 무직 아니 무능.

─「시, 그리고 황금빛 키스」 전문

　그 여자 '바리'는 '병든 아버지' 다음으로 '무능한 남편'과 만나 결국 이혼에 이르게 되지만, 이혼 사유서를 쓰는 순간까지도 남편을 옹호한다. 그의 자존을 지켜주는 것이 곧 자기 자신과 사랑의 자존을 지키는 길이라고 여기기 때문이다. 법적으로 '그 남자'가 무직 또는 무능으로 요약되는 순간, '그 여자'는 그들의 젊은 시절과 자유가 아물아물해지는 것을 느낀다. 그러나 변호사의 사무적인 태도에 맞서 '황금빛 키스'를 기억함으로써 사랑이 속화(俗化)되는 모욕을 견뎌낸다. 이때 '황금빛 키스'는 '이혼 사유서'라는 제도적 서류와 대척점에 자리 잡고 있는 '시'에 다름 아니다.

어느 날 나는 그걸 발견하였지

당신이 버리고 간 시는 총 다섯 편이더군

그때 눈이 왔었는지, 만년필로 쓴 시가 눈물방울에 얼룩져 있었어

80년대, 유신독재 시절에 쓰인 거였어

떠돌아다니면서 언제 그런 시를 썼는지, 거기엔 당신 동생의 이야기도
있었어

체불임금을 받으러 전국을 쏘다니다 자살해버린 당신의 동생

그렇게 그리워하던 꿈이

은백색으로 빛나며 목에 감기어

이젠 금빛으로 누래진 어떤 문학잡지 골짝 깊이 누워 있었어, '진보 연
합'이라고 쓴, 귀퉁이가 닳을 대로 닳은 봉투에 소중히 담겨서

꿈은 담기는 것, 영원의 봉투에 소복이 소복이 눈송이 또는 눈물 송이로
담기는 것.

—「봉투」 전문

빛바랜 문학잡지 갈피에서 발견한 "당신이 버리고 간" 다섯편의 시 속
에서 '나'는 "그렇게 그리워하던 꿈이/은백색으로 빛나며 목에 감"기는
모습을 본다. 80년대에 쓰인, 역사에 대한 순정한 믿음과 동생의 아픈 사
연을 담고 있는 그 얼룩진 편지는 이제 "영원의 봉투에" 담겨 있다. "진보
를 중얼거리다가 '진보 연합' 봉투, 꽃다발처럼 가슴에 안고 죽"은 그는
"이승이라는 방에서 저승이라는 방으로 물 건너갔"(「중병」)지만, 죽음을
통해 비로소 불멸의 존재가 된 것이다.

'J에게'라는 부제가 붙어 있는 시 「불멸」에는 "네가 버린 담뱃값/네가
버린 구겨진 편지지" 등 고인이 남기고 간 유품과 기억의 파편들이 나열
된다. 그런데 "네가 버린" 그 모든 것들은 동시에 "너로 하여 빛났던" 것

들이기도 하다. 그 항목들 끝에 어김없이 나오는 "이리 쿵덕 저리 쿵덕"이라는 추임새는 "어디에도 없는/어디에나 계시는 너"를 향한 진혼의 가락을 빚어낸다. 이러한 애도를 통해 "흩날리는 것들 가슴에 매달려" 있는 만상은 "흩날리는 불멸"이 되어 "가슴길 깊이 흐르"게 된다. '황금빛 키스'를 기억하고 다시 발음하는 입술 위에서 '너'는 잠시나마 불멸의 존재가 된다.

스스로에게 바치는 시

이번 시집에는 타인의 죽음뿐 아니라 언젠가 닥칠 죽음을 예감하며 스스로에게 바치는 시들도 여러편 있다. 잘 알려진 대로 허무의식과 죽음충동은 강은교의 초기 시를 지배한 주요 동력이었다. 그런데 죽음의 고비를 일찌감치 넘긴 자에게 주어지는 축복인 양 말년의 시로 올수록 삶과 죽음이 서로의 등에 다정하게 업혀 있는 것처럼 보인다. 자신의 죽음을 미리 추모할 수 있는 여유도 거기서 나온다.

> 쌍시이 영 처지지 않는 무딘 나의 손가락
> 아직도 이유와 때를 모르는 나의 경련
> 그리고 경련을 잠재워 주는 내 평생의 연인들, 딜란틴과 바리움, 테그레톨, 라미탈, 그 동그란 흰 속살들
> 어느 아픈 시인이 선물한 상앗빛 만년필
> 무수히 버림받은 나의 수첩들, 다이어리들, 책들
> (…)
> 은밀한 성소, 학교로 가는 지하철
> 아무에게나 열리는 자동문들

아름다운 창녀, 자유, 민주
잔등에 업혀 칭얼대는 미래
잠재적 감기
멜로드라마들의 진정성, 브로치들의 영원성,
아이새도 짙은 나의 추억, 희망,

그리고, 그리고

이 세상에서 만난 몇 사람, 아아아 그.

　　　　　　　　　——「아아아, 오늘도 나에게 시를 쓰게 하는 것들」 부분

나의 척추에 장미잎이여, 무지개 마차여
빛의 탯줄을 뿌려라
무지개 마차의 발자국 소리 하이소프라노로 사각사각
은빛 철로를 가고 있으니
기다려라, 기다려라
빛의 탯줄을 끄는 힘이 나의 혈관 기슭에 스미는 것을
경련은 나의 스승, 나의 시, 나의 마지막 첫사랑

오늘 석 달 치 항경련제를 처방받았으니 6월 22일까지 나의 목숨은 유예
되었다
　　　　　　　　　——「나의 거리: 강은교 씨를 미리 추모함」 부분

시적 화자는 이십대부터 줄곧 복용해온 "딜란틴과 바리움, 테그레톨,
라미탈" 등의 알약들을 "내 평생의 연인들"이라고 부른다. 그리고 수시

로 찾아오는 경련을 떠올리며 "경련은 나의 스승, 나의 시, 나의 마지막 첫 사랑"이라고 말한다. 「아아아, 오늘도 나에게 시를 쓰게 하는 것들」의 목록은 고통과 슬픔이야말로 그녀로 하여금 시를 쓰게 하는 힘이라는 걸 잘 보여준다. 여기에는 물론 절망이자 희망의 원천이었던 '그'도 포함된다.

「나의 거리: 강은교 씨를 미리 추모함」에서 '나'는 자신의 죽음을, 아니 유예된 삶을 기꺼이 노래한다. "오늘 석 달 치 항경련제를 처방받았으니 6월 22일까지 나의 목숨은 유예되었다"고 말하며 "석 달 치의 잠, 석 달 치의 꿈"을 시작하는 것이다. '나의 거리'에는 "젖은 장미잎들"과 "잠의 유리창에 매달린 빗방울 셋"과 "숨 한 장"이 깃발처럼 펄럭이며 "빛의 탯줄"을 뿌린다. 그 빛의 발자국 소리에 귀를 기울이며 '나'는 스스로에게 말한다. "빛의 탯줄을 끄는 힘이 나의 혈관 기슭에" 온전히 스밀 때까지 기다리라고.

이 대목에 이르면 '바리'가 죽거나 상처 입은 영혼을 향해 흔들어주던 숨살이꽃, 살살이꽃, 피살이꽃을 자신에게도 가만히 흔들어주고 있는 모습이 떠오른다. 「스스로에게 바침」에서 "이젠 복사꽃 곁에서 복사꽃이 되자"고 다짐하는 것은 "그동안 나는 너무 많이 비판을 비판하였다/그동안 나는 너무 많이 지금을 금지하였다/그동안 나는 너무 많이 죽음을 죽어 있었다"는 반성과 회한 뒤에야 가능한 자유에의 선언이다. 마침내 '바리'는 먼지 낀 가슴에서 날개를 꺼내 든다.

이제 꺼내자
먼지 낀 가슴 주름골 선반에
낙엽처럼 겹겹 폐허의 내의 껴입고 있는
날개를 꺼내자
(…)
그리하여 아침이면 성소의 창문이 열리고

그리고 저녁이 오면 다정한 새들이 자줏빛 구름에 날개를 걸고 열렬히 발을 젓게 하자

그러면, 그러면, 그러면

어디선가 울고 있는 나 자신은 오리
능금들이 서로 숨소리를 대고 나 자신의 날개를 찬미하리
〔5만 원짜리 나 자신의 시를 찬미하리라〕

——「스스로에게 바침」 부분

만신, 허공에 길을 내는 자

시집 후반부로 가면서 '바리'의 걸음은 세상 모든 것들을 향해 나아간다. "매미 두 마리 덩굴잎 고목을 껴안고 울어"대는 모습을 보며 "한 달 두 달 피를 모아 석 달 넉 달 입덧나"(「덩굴잎」)라는 황천무가를 떠올리고, "번개같이/입술을 맞댔다 떼는/어린 연인들"을 보면서는 "참 멀어라//허위 허위허위"(「지하철에서」)라고 읊조린다. 「떠돌이별 하나가」「세 자매의 노래」「발자국 소리」 등의 시에서 '바리' 또는 '운조'는 걷고 또 걷는다.

운조가 걸어간다/운조가 걸어간다/푸른 지평선 황토치마 벌리고/한 모랭이 지나 은빛 냄비 사이로/두 모랭이 지나 은빛 국자 사이로/운조가 걸어간다/마음 떨며 운조가 걸어간다

이제 그가 올 시각
비애로 불룩한 여행 가방 끌고 그가 올 시각

좁고 좁은 골목길

낱낱이 둥근 발자국 소리처럼

이제 그가 올 시각

오래된 천정 밑 깊고 깊은 지하방

흘깃흘깃 떨고 있는 창틀 아래로

— 「발자국 소리」 부분

이제 그가 올 시각이다. '바리'는 "비애로 불룩한 여행 가방"을 끌고 "좁고 좁은 골목길"을 돌아 "낱낱이 둥근 발자국 소리처럼" 온다. 후렴구에 등장하는 '바리'는 『어느 별에서의 하루』(창작과비평사 1996)에 실린 몇편의 시에서 "비리데기, 가장 일찍 버려진 자이며 가장 깊이 잊혀진 자의 노래"라는 부제로 명명된 바 있다. 여자라는 이유만으로 버려졌으나 그 버려짐의 운명을 사랑으로 극복해낸 '바리'의 노래. 가장 일찍 버려졌기에, 가장 깊이 잊혀졌기에 '바리'는 가장 멀리 걸어가고 가장 오래 사랑하는 자가 된다. 이제 '만신'이 된 '바리'는 황천무가의 가락을 통해 제의의 절정에 도달한다.

덩더쿵 덩더쿵, 휘몰이로 덩더쿵

자진 굿서리로 덩더쿵

모든 자유의 허벅지들이 열리는

무한히 계속되는 이 밤

이상의 처마 끝에 등불을 내거노라

버리다 버리덕아

던지다 던지덕아

죽었는가 살았는가 영영가고 아니오네

——「어느 춤에게」부분

만신은 이미 있는 길을 걸어가는 자가 아니라 없는 길을 만드는 자다. 허공 위에 길을 내고, 꿈과 꿈 사이에 길을 내고, 만물에 소릿길을 여는 존재다. 길을 내면서 동시에 길을 지우는 자이며, 모든 길들을 앞질러가서 "덩더쿵 덩더쿵 춤추"(「비탈」)는 자다. "막무가내로 막무가내로/길은 헤매고" "막무가내로 막무가내로/길 잃은 길은 달려들어/길 없는 길은 달려들어"(「홍단풍」) 그의 길은 끝없다.

먼 길을 걷고 걸어 모든 목숨 가진 것들의 어미가 된 시인이여! 이 지극한 만신의 사랑을 어찌하면 좋을까. 모든 걸 잃고도 끝내 영원을 포기할 줄 모르는 이 은빛 영혼을 어찌하면, 어찌하면 좋을까.

깊은 물속의 그림자

　강인한 시인을 만난 날은 마치 맑은 물속을 물끄러미 들여다보거나 그 물에 손이라도 담그고 돌아온 것 같은 느낌이 들곤 했다. 나지막한 음성, 곧고 정갈한 성품, 수줍은 듯 꾸밈없는 웃음, 시에 대한 진지하고 염결한 태도…… 아마도 이런 인상들이 어우러져 빚어낸 이미지일 것이다. 그런데 강인한 시인의 일곱번째 시집 초고를 읽으면서 나는 그 맑게만 보이던 물결이 실은 만만치 않은 고통과 고독의 심연을 거느리고 있음을 발견했다. "깊은 물은 소리하지 않는다"(「어라연」)는 구절처럼 그가 지닌 고요함은 내면의 깊이를 말해주는 증표가 아닐까 싶다.

　산문 「물을 바라보는 세가지 시선」에서 시인은 햇살이 반짝거리는 강물 위에 조는 듯 오리 두마리가 떠 있는 풍경을 보며 이렇게 쓰고 있다. "참으로 고요하고 평화로운 풍경이라고 사람들은 바라본다. 그러나 오리가 물이 무서워서 물에 빠지지 않으려고 죽을 둥 살 둥 수면 아래서 바지런히 발을 놀려 헤엄치고 있다는 사실을 아는 이는 많지 않다. 결코 물은 만만한 것이 아니다." 여기서 시인의 시선은 물 위의 평화보다는 오리가 수면 아래서 발버둥치는 모습을 응시하고 있다. 그것은 물의 깊이를 아는 자의 시선이다. 이 시집의 제목『푸른 심연』(고요아침 2005) 또한 그러한 시선을 대변한다. 표제작「푸른 심연」은 가스통 르루(Gaston Leroux)의 소설『오페라의 유령』에서 크리스틴을 사랑했지만 끝내 그녀를 보낼 수밖에 없었던 유령 에릭을 화자로 삼아 시에 대한 시인의 위치와 태도를 함축적으로 보여준다.

노래의 날개 위에
극장이 떠 있고
황홀한 하늘이 떠 있었네

사랑의 깊이는 지옥보다 깊어서
무서워라
저 푸른 심연을 한없이 내려가
내려가면 소용돌이치는
거울의 방

갈채는 거미줄이 되어
샹들리에를 감고 흔들리더니
우레처럼 떨어지는 샹들리에에
죽음의 축제

나는 가면을 벗을 수 없네
눈부신 삶의 기쁨을 노래하는
디바의 발치에 무릎을 꿇어본들
절망에 입맞춘 내 입술로
사랑을 하소연하여 무엇하리

나의 노래는 어둠 속에 숨어 있네

층계와 벽 속에 있네

그대가 바라보는 거울 속에 있네

춤추며 노래하는

그대의 길을 희미한 꿈결로 따라갈 뿐

그림자처럼 그림자처럼.

──「푸른 심연」 전문

　가면을 벗을 수 없는 에릭은 오페라극장 지하통로 아래 "저 푸른 심연을 한없이 내려가/내려가면 소용돌이치는/거울의 방"에 살고 있다. 그 푸른 심연은 에릭의 것인 동시에 시를 사랑하면서도 끝내 시를 온전히 소유할 수 없는 시인의 것이기도 하다. "눈부신 삶의 기쁨"보다 "절망에 입맞춘 내 입술"이 부르는 노래는 빛보다는 어둠 속에 숨어 있다. 시인은 자신을 어둠 속에 숨어 있는 그림자에 비유하고 있는데, 그림자란 빛이 만들어낸 부산물이자 스스로 어둠의 일부이기도 하다는 점에서 존재의 모순을 내포한 상징이라고 할 수 있다.

　그렇다면 시인으로 하여금 그림자가 되게 하는, 또는 어둠의 옷자락을 불러들이게 하는 힘은 무엇일까. 우선 이번 시집을 읽으면서 눈에 띄는 원인으로 질병과 늙음을 들 수 있다. 몸이 아프다는 것과 나이가 들어간다는 것은 자연스럽게 죽음에 대한 인식으로 연결된다. 여기서 죽음에 대한 예감이나 성찰은 강렬한 비극성을 띠기보다는 화해와 관조를 통해 드러나고 있다. 다음 두편의 시는 시인의 근황이나 일상을 담담하게 보여주면서, 질병과 늙음의 경험이 남겨준 성찰을 담고 있다.

　젊은 수련의가 내 옆구리에 주사를 꽂고

링거 병에 물을 뽑아 담는 동안
한 덩어리 캄캄하게 구부려 앉은 돌로
나는 비로소 알 것 같았다
이른봄 고로쇠나무의 슬픔을

개나리 진달래 목련도 다 진 뒤
꽃 없는 하늘이 참 맑았다.

—「늑막염」 부분

열쇠를 구멍에 넣고 돌린다
문이 열리고
부재중의 낯선 시간들이 이 방 저 방에서
손님 같은 나를 내다본다
이 허공의 집 14층
아내와 나는 배고픈 거미다
(…)
밤 열두 시
거실의 불이 꺼진다
우리 부부는 나뭇잎 한 장씩을 챙겨 덮고
소리 없이 늙어 간다
허공에서.

—「허공의 집」 부분

시인은 "한 덩어리 캄캄하게 구부려 앉은 돌"처럼 고통을 겪으면서도
그것을 과장하거나 거창한 잠언 투로 갈무리하지 않는다. 왼쪽 폐 속에
물이 절반쯤 차올라 옆으로 돌아누워 숨 쉬기도 어려운 상황에서 그는 오

히려 고로쇠나무를 비롯한 다른 생명체들의 고통에 대한 공명(共鳴)으로 나아간다. 아마도 그의 고통은 산수유 필 무렵부터 시작되어 봄꽃들이 다 진 뒤까지 이어졌을 것이다. 그러나 마지막 연에서 "꽃 없는 하늘이 참 맑았다"고만 적고 있다. 질병의 고통을 이처럼 담담하고 간명하게 표현하기란 결코 쉬운 일이 아니다.

그런가 하면 「허공의 집」은 일상 속에 깃든 낯설고 위태로운 기미들을 잘 포착해낸다. 14층 허공의 집에서 "아내와 나는 배고픈 거미"처럼 "나뭇잎 한 장씩을 챙겨 덮고/소리 없이 늙어 간다". 거미줄처럼 고요한 일상의 침묵은 "벌거벗은 뿌리에 본드를 칠하고/매끈한 먹빛 수석 위에 결박당해/붙어 있"(「풍란」)는 풍란의 이미지로 변주되기도 한다. 생명의 원초적인 태반으로부터 떨어져나와 허공에 매달려 살면서 비명조차 지를 수 없는 삶, 하루하루 서서히 말라가는 삶, 그 속에서 시인은 "차라리 나에게/목숨을 날릴 태풍을 다오/뛰어내릴 쪽빛 바다를 다오"라고 간청한다.

그런데 이러한 도시적 일상은 시인 개인의 것이라기보다는 우리 사회 전체가 앓고 있는 질병이기도 하다. 시집 중간중간에 흩어져 있는 「세속 도시」 연작 일곱편은 그런 병리적 현상에 대한 비판적 인식을 보여준다. 나지막한 어조로 서정적 결을 잘 살려낸 시편들과는 달리 「세속 도시」 연작은 주로 경쾌한 터치와 풍자적인 어조로 도시의 풍경이나 한국의 정치 현실을 묘파해낸다.

중환자실에 들어간 수술 의사가
오분 만에 씩 웃고 나와 고무장갑을 벗고
초록빛 수술 가운을 벗었다

세상에 가장 손쉬운 수술이었노라고
그는 손을 씻으며

소리나게 코를 풀었다

회복실로 들어간 환자를 따라 보호자들이
우르르 쥐떼처럼 몰려들어갔다
환자는 대형 거울 앞에 늠름하게 서 있었다

그의 복부에는 쓸개도 없었고
간도 없었고 아아, 안면도 없었다
환자는 대한민국의 위대한 정치가였다.

—「세속 도시 4」 전문

　대한민국의 정치가를 쓸개도 간도 안면도 없는 환자에 비유한 이 시를
읽으면서, 우리는 그의 결 고운 서정 한편에 현실을 직시하는 예리한 시
선과 입담이 살아 있음을 확인하게 된다. 따뜻한 서정과 현실 비판, 이 두
세계는 상당히 대조적인 것처럼 보이지만 강인한 시인의 시에 오래전부
터 동전의 양면처럼 존재해왔다. 40년 전 그의 등단작 「대운동회의 만세
소리」(1967)가 월남전을 다루었다는 사실 외에도 『전라도 시인』(태멘 1982),
『우리나라 날씨』(사람 1986), 『칼레의 시민들』(문학세계사 1992), 『황홀한 물
살』(창작과비평사 1999)로 이어지는 역사적 발언과 모색은 단아한 서정시인
이상의 결기를 느끼게 한다.
　존재의 심연을 향해 좀더 몸을 기울인 이번 시집에서도 나지막하지만
단단한 목소리를 들을 수 있다. 강인한의 시가 지닌 미덕은 개인의 실존
과 공동체적 현실, 또는 일상과 역사를 가성(假聲)이 아닌 자신의 목소리
로 육화해왔다는 점에 있다. 그러한 두 지향이 "온전한 세계를 만들기 위
한 구심력과 원심력으로 작용"(「따뜻한 세계를 위한 길 찾기」)한다고 보았던 신
덕룡의 말처럼, 양자 사이의 긴장을 잃지 않으면서 서정적 질감과 함축미

를 추구하려는 그의 노력은 여전하다.

「세속 도시」 연작에서는 문명 비판적 시각으로 자본주의에 침식당한 도시의 풍경들이 주로 그려지고 있다. 그 속화된 풍경들은 시인의 자화상에 해당할 「이런 사람」과 선명한 대비를 이룬다. "아내가 달달 볶아도/끝끝내 운전면허를 따지 않는 사람/도시락 가방을 들고/고집스레 시내버스로 출근을 하며/휴대폰을 주어도 가지지 않는 사람/일찍이 기사보다 광고가 많은 신문을 끊고/티브이 연속극을 끊어버린 사람", 이러한 삶의 방식을 가진 이에게 욕망으로 가득한 세속 도시는 견디기 어려운 아수라장에 가깝다.

시인은 오늘도 '푸른 심연'과 '세속 도시' 사이에서 살고 있다. 이런 아슬아슬한 실존의 상황을 그는 "한 점 티 없는 공포, 허공에 떠 있는/물 한 방울"(「영혼의 물 한 방울」)에 비유하기도 한다. 그러나 "날마다 새벽 꿈길에서 곤두박질쳐/소스라쳐 소스라쳐 깨어나는/물 한 방울"들이 모여 이루어진 시집 『푸른 심연』은 그런 소스라침의 기억을 간직하되 어느덧 강물의 고요에 가까워져가고 있다. 마치 어라연이 단종의 피울음을 안고 흐르면서도 그지없이 맑고 고요하듯이.

깊은 물은 소리하지 않는다
사람의 발이 닿지 않은
깊은 곳에
한이 깊어서 새파란 하늘
첩첩 산봉우리에 구름이 찢기듯
여기저기 눈보라와 높새바람에 찢기고 부러져
쓰러진 고사목들
불 속을 튀어나와 식어간 바윗돌의 잠 위에
저 강물 위에

죽은 나무 그림자 슬며시 얹힌다

—「어라연」부분

　강물 위에는 새파란 하늘도, 찢긴 구름도, 쓰러진 고사목도, 죽은 나무 그림자도 함께 흘러간다. 그와 동시에 "대형 트레일러가 이층 가득 승용차를 싣고" 가고 "대형 트럭이 돼지를 가득 싣고"(「흔들흔들」) 가는 풍경들이 흘러간다. "트럭에 실려 흔들흔들 도축장으로 가는 돼지들"처럼 우리의 삶도 흘러간다. 자연과 문명, 삶과 죽음, 고통과 사랑, 이 모든 것을 두루 비추면서 무심히 흘러가는 강물의 깊이를 제대로 헤아리기는 쉽지 않다. 다만, 푸른 심연 속에 드리워진 시인의 고독한 그림자를 어렴풋하게나마 떠올려볼 뿐이다. 그 심연에서 일어나고 있는 여린 듯 격렬한 진동이 읽는 이의 마음에 넓은 파문을 그리게 되기를 기대하면서.

시적 상상력과 종교다원주의

종교 안의 문학, 문학 안의 종교

종교(religion)라는 말에는 '다시'(re), '잇는다'(ligere)는 뜻이 들어 있다. 이 어원이 시사하듯 신과 인간을 연결해주고 인간과 인간의 관계를 회복시켜주는 것이 종교의 역할임에도 불구하고, 종교 간의 대립과 갈등은 다른 세속적인 담론의 갈등보다 오히려 해결의 실마리를 찾기가 쉽지 않다. 그런 점에서 각 종교의 정체성을 잃지 않으면서 다른 종교와 대화의 가능성을 모색하는 종교다원주의는 그에 대한 신학적 판단을 넘어 현대사회에 필요한 사유의 하나라고 할 수 있다.

기독교 신학이 다른 종교에 대해 취해온 태도는 크게 세가지로 나눌 수 있다. 배타주의(exclusivism), 포괄주의(inclusivism), 다원주의(pluralism)가 그것이다.[1] 배타주의는 다른 종교의 진리나 구원을 인정하지 않고, 오직 예수 그리스도를 통해서만 구원받을 수 있다는 입장이다. 또한 교회 밖

---

1 길희성 「종교다원주의: 역사적 배경, 이론, 실천」, 『종교연구』 28호(2002), 9~14면 참조.

에는 구원이 없다고 본다는 점에서 '교회 중심적' 신학이라고 할 수 있다. 포괄주의는 그에 비해 좀더 열려 있다. 다른 종교나 교회 밖에 속한 사람이라도 경건하고 도덕적인 삶을 살면 '익명의 그리스도인'으로서 하느님의 구원에 참여할 수 있다는 것이다. 이는 그리스도를 로고스(logos), 즉 영원하고 보편적인 실재로 받아들인다는 점에서 '그리스도 중심적' 신학이라고 할 수 있다. 다원주의는 배타주의와 포괄주의가 지닌 폐쇄성을 극복하기 위해 기독교의 독점권보다는 종교 간의 상호공존을 인정한다. 모든 종교는 역사적·문화적 상대성을 지닐 수밖에 없으므로 신을 다양하게 인식하고 경험할 수 있다는 것이다. 그래서 '신 중심적' 신학으로 불린다.

종교다원주의는 그리스도 중심주의나 교회 중심주의와 비교할 때 기독교의 근본적인 전제를 뒤흔드는 것처럼 보이기도 한다. 그러나 종교다원주의를 신학이론으로 볼 것인지, 아니면 종교를 이해하는 태도로 볼 것인지에 따라 그 수용 가능성은 달라질 수 있다. 또한 종교다원주의를 인정한다고 해서 그것이 한 개인의 종교적 신념과 헌신을 반납하는 의미는 아니다. 오히려 종교다원주의야말로 서구 기독교가 다른 종교권에 대한 포교전략으로 고안해낸 신학이론이라는 견해도 있다.

그렇다 하더라도 종교다원주의에 대한 한국 기독교계의 반응은 완강하다. 한국 기독교가 특히 배타적 성향이 강한 것은 기독교 수용과정과 밀접한 연관이 있을 것이다. 기독교가 샤머니즘이나 불교, 유교 등 토착종교들과의 강한 마찰 속에서 수용되고 형성되었기 때문이다. 이런 현상은 역설적으로 한국의 기독교가 서구 기독교에 비해 다원적인 뿌리를 이미 지니고 있다는 뜻도 될 것이다. 그러한 문화적 특수성이 오히려 방어적인 태도를 강화시켜서인지, 종교다원주의는 주로 반기독교적 입장이나 신성을 부정하는 세속화 경향으로 이해되어왔다.

그러나 종교다원주의 안에서도 다양한 입장들이 있고, 그것을 종교적 신념의 차원에서 개진할 때와 문학적 차원에서 수용할 때 그 층위는 달라질 수밖에 없다. 다른 종교와의 공존의 논리를 모색하고 문학에 대한 다양한 해석학적 가능성을 열어주었다는 점에서 종교다원주의는 긍정적으로 평가될 수도 있다.

"문학은 세속적인 경전"이라는 노스럽 프라이(H. Northrop Frye)의 말처럼 문학과 종교는 언어를 통해 비가시적이고 근원적인 세계를 탐구한다는 점에서 공유하는 영역이 적지 않다. 그러면서도 각기 다른 내적 구조를 지니고 있다. 종교가 초월적 실재를 중심에 둔 제도와 확정적인 믿음을 요구한다면, 문학은 어떤 제도에도 매이지 않는 실재의 진실을 추구하며 대립적인 경험조차 끌어안는 삶의 총체성을 요구한다.

그래서인지 흔히 문학과 종교는 양립할 수 없거나 대립되는 것으로 여겨져왔다. 이러한 생각은 문학의 영역에서 더 광범위하게 유포되었다. 초월적 의지나 신성의 추구를 손쉬운 현실 도피나 문학적 긴장이 완화된 증표로 이해하는 것도 그런 현상의 일단이다. 이 보이지 않는 금기로 인해 종교적 상상력은 우리 현대문학에서 매우 위축된 영역이 되어왔다. 그 취약성을 극복하기 위해서도 문학과 종교에 대한 단선적인 시각을 넘어설 필요가 있다.

중요한 지점은 '무엇이 종교문학이냐 아니냐'가 아니라 '종교와 문학은 어떻게 관계 맺는가'에 있다. 문학현상과 종교현상의 만남이 기존의 문학비평이나 종교이해에 근거해서 이루어지기보다는 현대문화의 틀 속에서 새롭게 조명되어야 한다는 정진홍의 견해는 이에 좋은 참조가 된다. 그는 문학과 종교를 별개의 실재로 전제할 경우 양자의 관계는 '종교 안의 문학'(literature in religion)이나 '문학 안의 종교'(religion in literature)를 축으로 한 일정한 틀 안에서 전개되기 쉽지만, 그 둘을 '삶의 다른 표출'로 묘사한다면 문화 안에 있는 '종교-문학' 연구('religion-literature' in cultural studies)가 가능하다고 말한다.[2] 종교다원주의는 그렇게 문학현상과 종교현상이 서로를 배제하지 않고 만날 수 있는 시각을 제공해준다.

범위를 조금 좁혀서 기독교와 한국 현대시의 관계를 생각해보자. "기독교가 개화기에 서양의 새것을 받아들이는 데 중요한 매개체"[3]였다고 한백철의 말처럼 기독교는 근대 초기 한국사회뿐 아니라 한국문학 형성에도 핵심적인 역할을 했다. 그에 비해 한국 현대시와 기독교의 관계에 관해서는 활발한 논의가 이루어지지 못했으며, 다른 종교와 비교해서도 취약한 편이다. 이것은 현대시가 기독교와 멀어지면서 세속화의 과정을 줄곧 밟아왔기 때문이고, 유일신 중심의 기독교의 교리가 시적 사유나 상상력을 다른 종교보다 배타적으로 취급하고 있기 때문이기도 하다. 그로 인해 '기독교시'라고 하면 흔히 성서나 기독교적인 소재를 다룬 시, 기독교의 교리를 함축하고 있거나 그에 부합하는 시, 절대자에 대한 찬미나 개인적 신앙고백에 가까운 시들을 지칭하는 경우가 대부분이었다.

하지만 이런 특징들을 명백하게 갖추었다는 사실이 종교문학 또는 문학으로서의 가치를 담보해주는 것은 아니다. 오히려 "교의(敎義)는 진정한 시에서는 그 모습을 나타내지 말아야 한다. 혹 나타난다 하더라도 교의로서가 아니라 순수한 환상으로 나타나야"[4]한다고 찰스 글릭스버그(Charles I. Glicksberg)는 말했다. 이처럼 진정한 종교문학이란 직설적 고백이나 계몽 이상의 것이다. T. S. 엘리엇도 종교와 문학의 완전한 분리가 불가능할 뿐 아니라 불합리하다고 지적하면서 프로파간다(propaganda)로서의 종교문학을 비판했다. "바람직스러운 것은 계획적이거나 도전적이라기보다는 차라리 무의식적으로 그리스도교적인 문학"[5]이라는 것이다.

한국 현대시 속의 기독교를 조망할 때도 '좁은 의미의 기독교시'의 범

---

2 정진홍 『경험과 기억』, 당대 2003, 352면.
3 박이도 『한국 현대시와 기독교』, 예전사 1994(증보개정판), 15면.
4 차알즈 I. 글릭스버그 『문학과 종교』, 최종수 옮김, 성광문화사 1981, 94면.
5 T. S. 엘리어트 「종교와 문학」, 조만·고진하 편역 『현대문학과 종교』, 현대사상사 1987, 15면.

주를 벗어날 필요가 있다. 그렇게 시야를 확장해보아도 한국 현대시 전통 속에 기록될 만한 기독교 정신의 시화(詩化)는 그리 풍요롭지 못하다. 윤동주, 박두진, 김현승, 고정희 등의 이름이 그 명맥을 유지하고 있을 정도다. 고진하의 시는 이러한 기독교시의 전통에 비추어볼 때 매우 개성적인 존재다.

앞에 열거한 시인들이 기독교적 지향을 일정한 시기에 부분적인 양상으로 수용했다면, 고진하는 시와 종교를 전면적으로 결합시키려는 노력을 일관되게 보여주었다. 그리고 다른 시인들이 기독교의 전통적인 교리와 크게 마찰하지 않고 개인적 신앙의 차원을 표현했다면, 고진하는 사제라는 입지에도 불구하고 기독교의 신관이나 우주관을 과감하게 해체하면서 시적 탐구를 해왔다.

시적 상상력과 종교다원주의의 관계를 논하면서 고진하 시인을 구체적인 분석 대상으로 선택한 이유도 바로 여기에 있다. 시인 자신이 직접 종교다원주의자라고 내세운 적은 없지만, 그의 시와 산문에는 모든 종교적 경험을 존중하고 동등하게 대하려는 태도가 곳곳에서 발견된다. 이 글에서 종교다원주의의 신학적 정당성을 따지는 것은 별 의미가 없을 것이고, 종교에 대한 다원적 입장을 지닌 시인이 자신의 종교적 깨달음이나 신념을 시로 어떻게 육화해왔는가를 살펴보는 데 초점을 두기로 한다.

파문(破門)과 파문(波紋)

고진하가 개신교 목사이자 시인으로서 다원주의적 태도를 보여주는 것은 그의 신학적 스승이 신중심적 종교다원주의로 이단 시비를 겪었던 변선환[6]이라는 사실과 무관하지 않다. 변선환 선생에 대한 추모시 「예수 만다라(曼茶羅)」를 보면 그때의 정황과 시인의 생각이 잘 나타나 있다.

중세의 늦가을이 다시 돌아왔던가, 마른하늘에 천둥 번개 치듯, 때아닌 파문이 있었다, 그 잘난 종교 간의 담벼락을, 이젠 훌쩍 뛰어넘을 때가 되지 않았느냐, 아니 그 두터운 담벼락에 바늘귀 같은 구멍이라도 뚫어야 하지 않겠느냐,고 한 노(老)교수의 파문이 있었다.

(…)

그래, 늙으면 어린아이가 된다고 했지, 까만 등짝이 유난히 반짝거리는 조그만 물방개 한 마리가 고요한 연못 위를 헤엄칠 때 무수한 겹동그라미 생겨나며 한없이 번져가는 물살의 파문처럼, 파문당한 노(老)교수의 호호거리는 웃음의 정겨운 물살…… 꼭 어디선가 본 듯한…… 아, 그래…… 저 인도의 어떤 화가가 그린, 강하고 습한 몬순풍에 떨며 펄럭이는 연꽃잎 위에 부처처럼 가부좌 틀고 앉아 잔잔하게 미소 짓던 예수의 천진한 웃음…… 그 희끗희끗한 웃음소리 속에 파문의 슬픔마저 다 녹인, 노(老)교수의 크고 흰 손에, 늦가을 불타는 단풍 한 그루 안겨 드리고 돌아왔다.

—「예수 만다라: 고 변선환 선생님께」부분

이 시의 제목부터가 기독교와 불교 용어의 합성어로 되어 있다. 시인은 그 파문사건을 '중세의 가을'에 비유하면서 한국 기독교계가 아직도 편협한 자기중심주의에서 벗어나지 못했음을 비판한다. "그 잘난 종교 간의

---

6 변선환의 발언 중에 교리적으로 문제가 된 부분은 네가지였다. 첫째, 우주적 그리스도는 마리아의 아들 예수와 동일시할 때 거침돌이 된다는 것. 둘째, 다른 종교들도 스스로의 구원의 길을 알고 있다는 것. 셋째, 종교와 우주는 기독교도 다른 종교도 아니고 신을 중심으로 돌고 있으므로 신중심주의로 전환되어야 한다는 것. 넷째, 교회 밖에도 구원이 있다는 것(유동식『한국 감리교회의 역사 1884-1992』, 기독교대한감리회 1994, 1122~23면 참조).

담벼락을, 이젠 훌쩍 뛰어넘을 때가 되지 않았느냐"는 문제 제기는 스승의 말인 동시에 시인 자신의 말이기도 하다.

그런데 그가 놀란 것은 "파문당한 노(老)교수의 호호거리는 웃음"이다. 종교적 파문(破門)이라는 시련을 이겨내고 자유자재한 마음으로 웃음의 파문(波紋)을 보며 그는 "저 인도의 어떤 화가가 그린, 강하고 습한 몬순 풍에 떨며 펄럭이는 연꽃잎 위에 부처처럼 가부좌 틀고 앉아 잔잔하게 미소 짓던 예수의 천진한 웃음"을 떠올린다. 바로 이 이미지 속에 종교다원주의의 본질이 적실하게 구현되어 있다.

이 시의 3연에서 노(老)교수는 "까만 등짝이 유난히 반짝거리는 조그만 물방개 한 마리"에 비유된다. 그는 왜소하지만, "한없이 번져가는 물살의 파문"을 만들어낸다는 점에서 고요한 파급력을 지닌 존재다. 그 힘은 모든 타자를, 심지어 자신과 적대적인 사람까지도 포용하고 긍정하는 태도에서 나온다. '파문(破門)'이라는 말이 연상시키는 분열과 공격성, 직선의 논리를 극복할 수 있는 화해의 원리를 시인은 둥근 '파문(波紋)'으로 형상화하고 있는 것이다.

「예수 만다라」는 세번째 시집 『우주배꼽』(세계사 1997)에 실려 있는데, 이 시집은 고진하의 시가 변화하는 중요한 분기점이라고 할 수 있다. 그의 시세계를 전기와 후기로 나눌 때, 『지금 남은 자들의 골짜기엔』(민음사 1990)과 『프란체스코의 새들』(문학과지성사 1993)에서는 신(神)의 부재와 현실의 불모성에 대한 비판과 그 실존적 고통을 '견디는' 태도가 강한 편이었다. 반면 『우주배꼽』과 『얼음수도원』(민음사 2001)에서는 우주에 편재(遍在)한 신성(神聖)을 노래하거나 인간을 통한 신의 현현(顯現)을 형상화한다. 자연히 후기로 갈수록 '견딤'보다는 '누림'의 태도가 두드러지고, 신생의 환희와 생명력이 주를 이룬다. 말하는 방식에 있어서도 전기 시가 현실에 대한 진술과 발언의 형식을 취하고 있다면, 후기 시는 침묵을 지향하면서 비유와 이미지를 통해 비의적인 세계를 보여준다.

이러한 변화의 요인을 몇가지 짚어보자면, 우선 메시지의 전달보다 경험의 육화를 중시하게 되었기 때문일 것이다. 그리고 전기 시에 강했던 사회성 대신 자연에 대한 성찰과 교감이 새로운 활력으로 작용했을 것이다. 그런 과정에서 종교다원주의적 입장 또한 뚜렷해진다. 두번째 시집까지 막연하게 잠재해 있던 통(通)종교적 성격은 후기 시로 갈수록 다원주의적 입장으로 확장되는 것을 볼 수 있다.

성(聖)과 속(俗): 견성의 시학

고진하 시의 통(通)종교적 성격은 여러 논자들이 지적한 바 있지만, 처음부터 그것이 시의 본령이거나 세계를 바라보는 시선의 중심에 놓여 있던 것은 아니었다. "그가 기독교의 전도사이니만큼 그 종교적 지평이 기독교적인 것이라는 점은 자연스럽다. 그렇기 때문에 불교적 인식이 나타나는 적잖은 대목들, 혹은 달리 말하면 어느 정도의 통-종교적 성격이 오히려 약간 의외롭다는 느낌을 주기도 한다"[7]는 성민엽의 말이나 "기독교 정신과 관련하여 고진하의 시를 살펴볼 때 우리는 그의 시에 드러난 신관(神觀)이나 예수상이 일반의 그것과는 상당히 동떨어져 있다는 점을 발견할 수 있을 것이다. 정통 보수신앙이 강조하는 이성을 초월한 맹목적 믿음의 대상이 아닌 것은 물론이요 해방신학이나 민중신학의 주장과도 어느 정도 선을 그어놓고 있다"[8]는 남진우의 말에서도 그의 종교관은 잘 나타나 있다.

이처럼 그의 종교관이나 신관은 의외의 것으로 받아들여지거나 일반적

---

7 성민엽 「빈 들의 체험과 고통의 서정」, 고진하 『지금 남은 자들의 골짜기엔』의 해설.
8 남진우 「연옥의 밤 실존의 여명」, 『그리고 신은 시인을 창조했다』, 문학동네 2001, 231면.

인 기독교인 또는 사제들이 지닌 종교적 인식과 상당한 거리를 지닌 것으로 이해되어왔다. 바로 이 점이 고진하 시의 독자성을 말해준다. 성(聖)과 속(俗)을 확연하게 나누고 거룩한 종교적 영토에 안주해온 다른 기독교시에 비해 사회성과 종교성을 결합시킨 자기성찰의 언어는 한국 현대시사에서 고진하의 독특하고 중요한 입지를 마련해주었다.

첫 시집 『지금 남은 자들의 골짜기엔』은 1980년대 강원도에서 전도사 생활을 하며 접하게 된 황폐한 농촌 현실과 그곳에서의 고통스러운 실존을 다루고 있다. 이 시집 전체를 관통하는 '빈 들'의 이미지는 부재와 불임을 상징하는데, 그에게 허락된 시적 행보는 시집 자서(自序)의 표현대로 "빈 들의 황량함과 텅 비어 있음의 충만(!)"을 경험하는 것 이상이 되지 못했다. 그렇다면 신이 부재한 시대에 신의 추구자가 취할 수 있는 길은 무엇일까. 대체로 허무주의에 빠지거나 맹목적인 기복 또는 거짓위안 등에 자신을 내맡기기가 쉽다.

그러나 고진하는 일방적인 귀의를 통한 해소의 유혹을 이겨내고 끝까지 현실을 응시하는 견성(見性)의 자세를 잃지 않는다. 이러한 태도는 농민들의 계급적 연대나 정치적 각성을 주장한 민중시인들과도 구별되는 특성이다. 현실인식과 자기성찰이 주로 관찰자의 시각에서 이루어지고 있고 설명보다 묘사가 주를 이루는 것도 그 객관적 거리 덕분이다.

엊그제 내린 폭설로 더욱 깊어진 골짜기
해종일 인적 없는 눈밭을 뛰어다니던 개들도 잠든 밤
처마 끝 고드름 맺힌 눈썹차양에 날아와
납작 엎딘 박쥐처럼 실눈을 뜨고서
이 긴 밤을 밝히고 있는 너는
누구냐, 산중의 띠집처럼 고요한 방
가부좌 틀고 앉아 마른 억새 흔들리는 소리

들으며 견성(見性)을 탐하고 있는 너는

누구냐, 불임의 늙은 자궁처럼 캄캄하게 누워 있는

마을 위에 뜬 달빛 홀로

기울어져가는 달빛이나 즐기는 너는

—「겨울 골짜기」 전문

이 시에 특정 종교의 깨달음이나 화해의 제스처 같은 것은 보이지 않는다. 그렇다고 농촌 현실에 대한 직접적인 재현이나 비판이 있는 것도 아니다. 다만 "불임의 늙은 자궁" 속에 가부좌 틀고 앉아 있는 하나의 '시선'이 있을 뿐이다. 그런 점에서 이경호가 그의 시에 자주 등장하는 '보다'라는 동사에 주목하면서 '견성(見性)의 시학'이라고 명명한 것은 적절한 표현이다.

이경호는 견성의 대상이 농촌이었던 첫 시집과 도시로 옮겨온 이후의 생활을 다룬 두번째 시집에서 '눈'이 각기 다른 이미지로 변주되고 있다고 보았다. 사물의 본성을 파악하려는 투시의 욕망은 유지되고 있지만, 『프란체스코의 새들』에 이르러 그것을 가능하게 만드는 현실의 조건은 더욱 악화되었다는 것이다. 그러나 그 속에서 시인은 오히려 도시가 제공하는 "삶의 왜곡된 활력과 욕망의 이중체계"[9]를 동시에 견성하려는 '겹눈'을 갖게 되었다.

저 나지막한 함석집, 저녁밥을 짓는지 포르스름한 연기를

곧게 피워올리며 하늘과 내통(內通)하는

굴뚝을 보고 내심 반가웠다

거미줄과 그을음이 덕지덕지 달라붙은 창틀에

---

9 이경호 「'견성(見性)'의 시학」, 고진하 『프란체스코의 새들』의 해설.

올망졸망 매달린 함석집 아이들이 부르는

피리 소리, 그 단음(單音)의 구슬픈 피리 소리도

곧장 하늘로 피어오르고 있었다

울어도 울어도 천진한 동심(童心)은

목이 쉬지 않고

저처럼 쉽게 하늘과 연통(連通)하는구나!

아 아직 멀었다 나는

저 우뚝한 굴뚝의 정신에 닿으려면!

괄게 지핀 욕망의 불아궁이 속으로

지지지 타들어가는, 본래 내 것 아닌 살, 하얀 뼈들

지지지 다 타고 난 하얀 재마저 쏟아버리지 못하고

다만 무심천변(無心川邊)에 우두커니 서서

저녁밥 짓는 포르스름한 연기 피어오르는

저 우뚝한 굴뚝을 바라만 보고 있는

—「굴뚝의 정신」 전문

"연기를 곧게 피워올리며 하늘과 내통(內通)하는" 굴뚝의 수직성은 시인의 종교적 지향을 떠올리게 한다. 그런데 시인이 스스로 처한 자리는 초월적 신성(神性)의 세계도 순수한 동심(童心)의 세계도 아니다. 그곳은 "괄게 지핀 욕망의 불아궁이 속으로/지지지 타들어가는" 실존의 고통을 그대로 수납하는 자리다. 물론 여기에는 일체의 욕망을 불태워 정화(淨化)하고자 하는 갈망이 내재해 있다. 고진하의 시가 다른 종교시들과 구별되는 미덕은 그 욕망의 이중체계를 사상(捨象)하거나 단순화하지 않고 갈등의 동력을 끝까지 유지해간다는 점이다.

그런데 견성의 시학에 바탕을 둔 성(聖)과 속(俗)의 팽팽한 긴장은 세번째 시집부터 다른 방식으로 전개된다. 두번째 시집까지 속화된 현실의 자장(磁場)을 중심으로 구도적 고투가 이루어지고 있다면, 세번째 시집부터는 종교적 자장이 오히려 현실을 내면으로 흡인하는 방향으로 진행된다. 이러한 변화는 이미 두번째 시집에서 예고되었다. 『프란체스코의 새들』에서 1, 2부가 도시문명에 대한 비판을 보여준다면 3부에서는 자연의 신성을 통한 문명의 극복을 모색하고 있다. 『프란체스코의 새들』에서는 그런 변화와 양면성이 동시에 읽힌다.

우주배꼽: 생태적 상상력

『우주배꼽』 이후부터 다원주의적 성향은 종교적 입장의 표명이나 소재의 확장 차원을 넘어서 미학적 특질로까지 전개된다. 그것은 성과 속의 경계뿐 아니라 일체의 차이와 경계를 허물고 시적 대상을 수용하는 자세를 말한다. 그럼으로써 스스로를 응시하던 시선은 수많은 타자들을 향해 확산되어간다. 그에게 신은 더이상 높은 곳에 있는 초월적 존재에 그치지 않는다. 신은 일상에 편재해 있고 우주의 운행 속에 이미 동행하고 있다. 「굴뚝의 정신」에서 단절되어 있던 근원적 시간과 일상적 시간은 이제 순간적인 성화(聖化) 속에서 서로 만난다.

> 푸른 이정표 선명한
> 즈므 마을, 그곳으로 가는 산자락은 가파르다
> 화전을 일궜음직한 산자락엔 하얀 찔레꽃 머위넝쿨 우거지고
> 저물녘이면, 어스름들이 모여들어
> 아늑한 풀섶둥지에 맨발의 새들을 불러모은다
> 즈므 마을, 이미 지상에서 사라진

성소(聖所)를 세우고 싶은 곳, 나는

마을 입구에 들어서며 발에서 신발을 벗는다

—「즈므 마을 1」부분

즈므 마을은 강원도의 작은 산골마을이다. 화자는 이 마을 입구에 이르러 "이미 지상에서 사라진/성소(聖所)를 세우고 싶은 곳"이라며 신발을 벗는다. 그리고 그 낯설지만 근원적인 풍경 속에서 "가출(家出)의 하룻밤"을 지내고자 한다. 여기서 '성소'란 아득한 천상의 땅이 아니라 일상으로부터의 '가출'을 통해 이를 수 있는 곳이다. '신(발)'을 벗는 곳이 바로 '신(神)'을 만나는 자리이며, '가출(家出)'과 '출가(出家)'의 거리는 경쾌하게 무화된다. 신 역시 인간의 형상으로 등장한다. 특히 어머니를 비롯해 여성, 노인, 실업자, 전과자 등 현실에서 소외된 존재들이 신성을 발견하는 매개가 된다.

맑은 물이 뚝뚝 흐르는 행주를 쥔

주름투성이 손을

항아리에 얹고

세례를 베풀듯, 어머니는

어머니의 성소를 닦고 또 닦으신다

—「어머니의 성소」부분

비탈진 관동양묘원, 이글거리는 뙤약볕 아래 검게 그을은 늙은 아낙네들이 두더지처럼 납죽 엎디어 있다. 겨우 10cm쯤 될까 말까 한 어린 자작나무 묘목을 촘촘히 심고 있는 저 갈퀴손들은, 말하자면, 지금 뻥 구멍 뚫린 지구를 꿰매고 있는 것이다. 흰 머릿수건을 벗어 쏟아지는 구슬땀을 훔치며 바늘 대신 쪽삽으로, 한 땀 한 땀 지구의 뚫린 구멍을 푸르게푸르게 누비고 있는!

──「성스런 바느질」 전문

평범한 일상을 성화(聖化)의 순간으로 보여주는 이 시들에서 성소와 의례의 주관자는 어머니와 늙은 아낙들이다.「어머니의 성소」에서는 항아리를 닦는 어머니의 노동을 통해,「성스런 바느질」에서는 뙤약볕 아래 엎드려 자작나무 묘목을 심고 있는 늙은 아낙네들의 갈퀴손에 의해 정화와 치유의 공간이 마련되고 있다.

두 이미지가 그러하듯이, 흙(흙으로 빚은 항아리)과 여성은 생산과 자궁이라는 점에서 긴밀하게 연결되어 있다. 고대의 수많은 의례들이 대지모신(大地母神)의 상징[10]에서 나왔듯이 시인의 상상력은 그런 우주적 신성에 닿아 있다고 할 수 있다. 어머니가 닦아놓은 항아리는 "눈 밝은 햇님도" "달님도" "뒷산 솔숲의 청솔모 다람쥐도" 와서 깃드는 우주적 공간이다. 그리고 늙은 아낙네들이 작은 묘목을 심는 행위는 "한 땀 한 땀 지구의 뚫린 구멍을 푸르게푸르게 누비고 있는" 우주적인 바느질이다.

이 시들 외에도 『우주배꼽』에는 고통스러운 현실을 자연의 섭리로 감싸 안는 생태적 상상력이 풍요롭게 전개되고 있다.「장마」라는 시에서 시인은 지구 저편에서 들려오는 전쟁의 소식을 예수가 운명한 골고다에 비유한다. 하지만 그 죽음의 언덕을 '우주배꼽'이라 명명하면서 "거기,/여전히 신생아들의 울음소리도/들린다지?"라고 되묻는다. 이 신생의 자리에서 시인은 거대한 생명그물의 일부가 되어 다른 존재들에게 귀를 기울인다. 굳이 다원주의를 내세우지 않아도 이러한 생태적 상상력 속에는 자기중심적 사고에 대한 반성이 들어 있다.

생태적 상상력은 사물에 대한 태도에도 변화를 일으키게 된다. "시인에

---

10 M. 엘리아데 『종교형태론』, 이은봉 옮김, 한길사 1996, 323~52면 참조.

게 사물들은 의식 저편에 있는 객체가 아니다. 사물들은 대화의 상대자이며, 본질적인 삶을 말없이 보여주는 계시자이기도 하다"[11]는 김기석의 설명은 시인과 사물의 관계를 잘 압축하고 있다. 덕분에 『우주배꼽』의 시들은 종교적 진술을 간접화하는 대신 사물들의 생생한 형상을 감각적으로 복원해낼 수 있었다. 고진하의 시세계에서 이 시기를 다원주의적 영성이 시의 육체를 입은 가장 이상적인 경우로 보는 것도 그런 이유에서다.

연꽃과 십자가: 종교다원주의

『우주배꼽』이 생태적 상상력으로 만물과 교감하면서 부른 환희와 신생의 노래라면, 『얼음수도원』은 종교다원주의적 시각과 구도적 사유를 좀 더 본격적으로 밀고 나가면서 얻은 깨달음의 노래라고 할 수 있다. 그래서인지 『얼음수도원』은 그 사유의 파격성에도 불구하고 시적 대상의 육체성이 다소 약화된 인상을 주기도 한다. 크게 보면 연장선상에 있지만, 종교적 소재가 늘어나고 내적 성찰과 침묵의 여정을 구도적 자세로 기록한 시가 많은 것도 그런 인상을 보태준다. 이 시집에서 종교적 심화는 신에 대한 경배나 경건함의 강화가 아니라 신성이 주재하는 공간과 시간의 확장으로 나타난다. 다음은 『얼음수도원』 자서의 한 대목이다.

입 없는 침묵에도 빨간 혓바닥이 있음을 알겠다. 아마존 열대에서 남극 빙하까지, 북적대는 풍물시장에서 봉쇄수도원까지, 지상의 풀잎에서 카시오페이아 별까지, 붓다에서 예수까지, 의식의 광명에서 무의식의 심연까지, 소음에서 고요까지, 삶과 죽음을 변(邊)으로 삼아 시와 함께 걷는 오솔

---

11 김기석 「이곳과 저곳 사이의 서성거림」, 고진하 『우주배꼽』의 해설.

길이 있음도 알겠다.

시인은 왜 유한한 언어와 육체를 빌려 극과 극을 하나로 잇기 위해 노력하는 것일까. 백색의 설원과도 같은 침묵 속에서 빨간 혓바닥 같은 육체성을 발견하려고 하는 것일까. 극단을 잇는 이 수많은 길들 중에서 종교다원주의는 "붓다에서 예수까지"로 표명된 하나의 길에 해당된다. 결국 미완으로 끝날 수밖에 없는 이 험난한 여정에서 시와 종교는 다른 몸이 아니다. 그리고 그가 신성에 대한 탐구를 시의 본령으로 삼고 있는 한, 그 길은 다른 길들과 서로 통한다.

이 시집에서는 종교다원주의적 진술을 도처에서 찾아볼 수 있다. '보살' '다비식' '범종' '연꽃' '죽비' '천수관음보살' 등 불교적 소재가 자주 등장하거나 종교 간의 만남을 다룬 시들이 적지 않다. 다음 시도 그 대표적인 경우다.

벽이 허물어지는 아름다운 어울림을 보네.
저마다 가는 길이 다른
맨머리 스님과
십자성호를 긋는 신부님,
나란히 나란히 앉아 진리의 법을 나누는
아름다운 어울림을 보네.
늦은 깨달음이라도 깨달음은 아름답네.
자기보다 크고 둥근 원(圓)에
눈동자를 밀어넣고 보면
연꽃은 눈흘김을 모른다는 것,
십자가는 헐뜯음을 모른다는 것,
연꽃보다 십자가보다 크신 분 앞에서는

연꽃과 십자가는 둘이 아니라는 것,

하나도 아니지만 둘도 아니라는 것.

──「연꽃과 십자가 ── 법정 스님:김수환 추기경」 부분

　　법정 스님과 김수환 추기경의 만남을 다룬 이 시에서 서로 다른 종교인
들이 진리의 법을 나누는 아름다움은 '연꽃'과 '십자가'라는 상징으로 대
변된다. 길은 서로 달라도 연꽃과 십자가가 "하나도 아니지만 둘도 아니
라는" 구절은 종교다원주의를 시적 진술로 바꾸어놓은 것이다. 그런가 하
면, 다음 시에서는 편협한 그리스도 중심주의를 단호한 어조로 비판하고
있다.

나는 소금인 적이 없다.

그대 입으로 들어가는 밥이나 국에 간맞추기를 원하면

그대 집의 소금항아리를 열라.

나는 빛인 적이 없다.

해의 기생식물 해바라기처럼 나에게 기대어

그대 안의 어둠을 몰아내려 하지 말라.

세상이 오해하듯, 나는

세상의 중심(中心)인 적이 없다.

자꾸 날 맴돌며 그대의 중심이 되어달라고

떼쓰지 말라.

──「예수」 부분

　　이 시에서 "나는 세상의 중심(中心)인 적이 없다"는 예수의 목소리는

스스로를 탈중심화함으로써 참된 진리에 도달하려는 의지의 표명이다. 그리고 시의 말미에 나오는 "당신이 날 사랑한다는 것은/나를 풀어놓아 준다는 뜻이다 애시당초/내 안에 없는 족쇄를 풀어주기 위해/당신은 죽었다"는 인간의 목소리는 그에 대한 화답이다. 우리가 종교적 사랑이라고 부르는 것 속에 얼마나 많은 족쇄와 편견이 채워져 있었는지를 돌이켜보게 하는 대화다.

시, 거룩한 것의 발굴

이제까지 고진하의 시에 잠재해 있던 통종교적 성격이 종교다원주의적 입장으로 확장되어가는 과정을 살펴보았다. 이 글에서 종교다원주의는 신학적 사조라기보다는 종교에 대한 다원적이고 개방적인 태도 일반을 일컫는 용어다. 이러한 분석의 목적은 한 시인을 종교다원주의자로 규정하는 데 있지 않다. 다만, 기독교의 교리적 틀을 과감하게 깨뜨리고 좀더 보편적이고 새로운 신성을 추구해나간 시인의 내면을 따라가보려 했다.

고진하의 시는 줄곧 일상에 깃든 '거룩한 것'의 발굴에 바쳐지고 있다. 그런 점에서 그는 누구보다도 종교적인 시인이다. 그러나 동시에 신성에 대한 다원적인 해석과 자유의 행사로 인해 그의 시적 상상력은 종교적으로는 상당히 위험한 것이 되어왔다. 그 위험이란 대체 무엇이며, 누가 부여하는 것인가. 그리고 종교적 위험과 시적 성취 사이에는 어떤 관계가 있는가. 이 질문들은 시적 상상력과 종교적 상상력을 함께 견인해나가려는 시인들에게 매순간 주어질 수밖에 없다. 고진하의 시는 이 질문들에 대한 치열한 답변의 과정을 보여주고 있지만, 그와 동시에 고정된 답변에서 부단히 벗어나려는 과정이기도 하다.

범신론자가 아니냐구요?

범신론이든
유신론이든
유일신론이든
무신론이든……

내가 믿는 하느님은
그런…… 논(論)의 그물에 걸릴 분이 아니라니까요.
그분이 뭐 쏘가리나 참새라도 되나요.

그물에 걸리게……

──「어떤 인터뷰」 전문

시집 『수탉』(민음사 2005)에 실린 이 시에서처럼, 진정한 신성(神聖)은 무슨 주의(主義)나 논(論)으로는 포착할 수 없는 유현(幽玄)한 자유를 지니고 있다. 따라서 고진하에게 종교다원주의니, 범신론이니, 통종교적이니 하는 수식어를 구별하여 붙이는 일은 그리 큰 의미가 없을 듯하다. 다만 분명한 것은, 그의 종교적 태도를 무엇이라 부르든, 다원적이고 개방적인 시적 상상력은 종교적 상상력과 만나 새로운 육화를 이루어낼 수 있다는 사실이다.

이를 토대로 시적 상상력과 종교다원주의의 친연성을 몇가지로 정리해보기로 한다. 첫째, 시가 어떤 선험적 개념이나 인식보다 '경험'의 총체성을 지향하듯이, 종교다원주의가 주목하는 것도 각 종교의 역사적 상대성과 다양한 문화적 경험이라는 점이다. 인간은 특정한 문화적 틀을 통해 실재를 접하기 마련이라는 시각으로 보면, 순수한 종교적 경험이라는 것도 사실은 상당한 불순물을 포함하고 있다고 할 수 있다. 그런 점에서 다원주의적 태도는 시적 상상력을 억압하지 않을 뿐 아니라, 경험의 복합적인 측면을 희생시키지 않으면서 종교적 성찰을 가능케 한다.

둘째, 자기중심주의를 버리고 수많은 타자들과 상호공존할 수 있는 관계를 모색한다는 점이다. 종교다원주의는 원래 기독교에서 나왔는데, 이는 기독교 내부의 벽뿐 아니라 다른 종교와 벽을 허물고 대화하도록 주문하고 있다. 그 대화의 대상은 가톨릭, 불교, 유교, 이슬람교 등 제도화된 종교뿐 아니라 노장사상이나 민간신앙까지를 포함한다. 대화의 방식[12] 역시 담론적 대화, 인간적 대화, 사회운동의 공조, 내재적 체험 등 다양한 차원에서 전개될 수 있다. 시에서 상호공존의 원리는 생태적 사유와 상상력을 통해 실현될 수 있다. 여기서 '생태적'이라 함은 단순히 자연을 소재로 삼거나 문명비판적인 주제에 국한되는 게 아니라, 사물에 대한 선입견과 지배의지를 버리고 깊이 교감할 수 있는 감수성을 말한다. 종교적 소재를 다루지 않더라도 이러한 생태적 상상력에 기초한 시는 이미 그 속에 근본적인 의미의 종교성이 성취되어 있다고 말해야 할 것이다.

셋째, 신성이 우주 질서 속에 편재해 있다고 믿고, 그것을 상징적 언어로 이해하거나 표현하려고 한다는 점이다. 기독교 시인들의 경우, 유일신을 받아들이면서도 범신론적 경향을 어느 정도는 지니고 있는 것을 볼 수 있다. 이것은 유일신에 대한 부정이 아니라 만물을 통해 '거룩한 것'을 더 풍요롭게 체험하기 위해서다. 그 '거룩한 것'의 실체를 시는 논리나 설명이 아닌 은유와 상징을 통해 보여준다. 종교다원주의자인 존 힉(John Hick)은 성육신에 대한 산문적인 이해 대신 은유적 해석을 제안하면서 다음과 같이 말한다. "신의 육화의 사상이란 은유적인 것이다. 진리나 어

---

12 김영한 「기독교와 타종교, 종교대화」, 『한국기독교 연구논총』 11권(1999), 32~34면 참조.

떤 가치가 인간의 삶 속에 살아 있을 때, 그 삶에 육화되어 있는 것에 대해 말한다는 것은 자연스러운 은유이다."[13] 중요한 것은 신성에 대한 '지시'가 아니라 '표현'이며, 시와 종교에서 그 비의적 세계의 표현은 은유나 상징에 의존할 수밖에 없다.

이러한 친연성에도 불구하고, 현대 시인에게 시와 종교의 결합은 여전히 난제일 수밖에 없다. 근대의 합리주의는 시적 상상력과 종교적 상상력 모두를 약화시켰으며, 그 불확실성 속에서 어떤 제도의 뒷받침 없이 개체로서의 진실을 발견해내야 하기 때문이다. 그래도 "가장 훌륭한 종교시인은 교의의 도움을 받지도 않고 또 신앙을 포기하지도 않으면서 자기 시대의 소란한 삶을 포착하는 사람"[14]이라는 글릭스버그의 정의는 그 어려운 과제를 상당히 명쾌하게 제시해주고 있다.

13 존 힉 『하느님은 많은 이름을 가졌다』, 이찬수 옮김, 창 1991, 31면.
14 차알즈 I. 글릭스버그, 앞의 책 80면.

미학적 진원지로서의 기형도

'기원'이라는 소용돌이

누구 또는 무엇을 '기원'으로 부르는 일에는 일정한 위험이 따른다. 과거의 고정된 시공간에 그 존재를 붙박인 상태로 가두거나 신비화할 가능성이 많기 때문이다. 따라서 누군가를 기리는 동시에 절대화하지 않으려면 '기원'이라는 말을 고유한 영역을 점유한 '실체'가 아니라 끊임없는 움직이고 변화하는 '흐름'으로 파악할 필요가 있다.

기원(Ursprung)은 변화의 흐름 위에 하나의 소용돌이처럼 머물면서 고유의 운율에 따라 최초의 사건들을 그 안으로 끌어들인다. (…) 기원은 한편으로는 복원과 복구로 인식되기를, 다른 한편으로는 바로 그런 이유에서 아직 종결되지 않은 미완성의 상태로 인식되기를 원한다. 과거 세계가 역사의 총체적인 국면 속에 완성된 채로 묻혀 있는 한, 모든 기원의 현상 속에서는 과거와의 이념적 비교가 항상 새롭게 이루어지기 마련이다. 왜냐하면 기원은 일어난 사건들의 영역에서 모습을 드러내는 것이 아니라 역사적 사건들의 이전이나 이후와 관계하기 때문이다. (…) 따라서 기원의 범주는 코헨이 생각하는 것처럼 순수하게 논리적이라기보다는 역사적이다.[1]

조르조 아감벤은 '기원'을 하나의 '소용돌이'에 비유한 발터 벤야민의 이 말을 인용하면서, 기원에 대한 사람들의 태도를 두가지로 분류한다. "기원의 소용돌이 속으로 빨려 들어가기만을 기대하는" 사람들과 "기원에 대해 소극적이고 관조적인 태도를 유지하면서 가능한 한 소용돌이에 빨려들어가는 일을 피하려고" 애쓰는 사람들. 둘 중 후자처럼 소용돌이 속으로 빨려들어가지 않으려면 소용돌이 자체를 잘 들여다보면서 그 미학적 자장(磁場)을 가늠해보아야 한다.

1990년대 이후 기형도 시인이 끼친 영향에 대해 말하는 일도 마찬가지다. 기형도는 갑작스럽고 때 이른 죽음을 통해 강렬한 비극적 이미지를 부여받으며 한국 현대시의 중요한 기원 중 하나로 자리잡았다. 기형도의 시와 삶을 일종의 '기원'으로 부를 수 있는 이유는 우선 그의 생애가 죽음이라는 사건으로 종결되었기 때문이며, 이와 동시에 그의 시가 끝내 완성될 수 없는 해석의 지평 속에서 새로운 의미들을 부여받았기 때문이다.

나는 「얼음과 물의 경계」라는 산문에서 "그를 기억하는 일이 더이상 죽음의 성채를 쌓는 일이 아니라 삶으로 죽음을 녹여내는 일이 될 때, 그와 그의 시는 무연한 강물처럼 자연스러워질 것"이라고 쓴 적이 있다. 그의 죽음을 신비화된 기원으로 고정시키지 말아야 한다는 생각에는 변함이 없다. 사방이 절망의 얼음덩어리들로 둘러싸여 마치 정신적 빙하기가 들이닥친 것 같은 오늘의 한국사회. 이 폐허에서 기형도의 시를 다시 읽으며 되묻는다. 어떤 점에서 기형도는 2000년대 한국시의 미학적 기원이라고 말할 수 있는가.

---

1 조르조 아감벤 『불과 글』, 윤병언 옮김, 책세상 2016, 97면.

'기형도'라는 다면체

기형도 20주기 기념문집『정거장에서의 충고』(문학과지성사 2009)에 실린 좌담 「2000년대 젊은 시인들이 읽은 기형도」를 읽어보면, 2000년대 시인들의 습작기와 독서 체험에서 기형도라는 존재는 가장 돌올하게 자리잡고 있음을 확인할 수 있다. 1990년대에 본격적으로 시를 읽고 쓰기 시작한 시인들을 '포스트-기형도 세대'라고 부를 수 있는 이유도 거기에 있다. 이전의 서정적 전통을 단절과 극복의 대상으로 여겼던 그 세대에게 기형도의 시는 새로운 시대적 징후와 감수성, 시적 발화법 등을 학습하기에 매우 매력적인 텍스트였을 것이다.

그런데 기형도로부터 받은 영향을 말하는 대목을 보면 시인마다 각기 다르다. 어떤 시인은 기형도의 낭만적 비극성이나 나르시시즘의 미학을 공유하고, 어떤 시인은 잠언적 고백을 통해 세계의 진실에 다가가는 태도를 배웠다고 한다. 고백적 주체의 유동적인 인칭과 화자의 성격에 주목한 시인도 있다. 이처럼 다양한 영향을 줄 수 있었던 것은 기형도의 시세계 안에 서로 모순되거나 상반된 경향의 시들이 공존하기 때문이다. 멜랑콜리한 감수성을 지닌 고백체의 시들이 있는가 하면 객관적인 보고자의 목소리를 지닌 서사적인 시들이 있고, 개인적이고 내면적인 시들이 주류를 이루는 듯 보이지만 시대적 상황이나 사회적 고통에 대한 통각을 예민하게 보여주는 시들도 적지 않다.

이처럼 살아 있는 정전은 다양한 세대의 지향이나 취향에 따라 각기 다른 모습으로 해석의 지평을 열어 보인다. 그런 다면체적 특성이야말로 기형도의 시가 오늘날에도 수많은 독자들의 공감과 새로운 의미부여를 이끌어낼 수 있는 비결일 것이다. 일찍이 기형도는 "나는 살아 있다. 해빙의 강과 얼음산 속을 오가며 살아 있다"(「잎·눈(雪)·바람 속에서」)고 노래했다.

이 시구처럼 기형도의 시는 죽음이라는 얼음의 성채에 갇혀 있으면서도 수십년간 해빙의 강물 속으로 천천히 흘러들어왔다.

'서정'와 '비서정' 사이에서

2000년대 이후 미래파를 비롯해 새로운 세대의 시인들이 제출한 가장 강력한 이의제기는 서정적 주체에 관한 것이었다. 서정적 주체가 시적 대상을 단일한 감정이나 생각으로 동일화하는 것이 일종의 폭력일 수 있다는 반성과 함께 다양한 화자의 분화 또는 공존이 두드러지게 나타났다. 비개성적이고 중립적인 화자의 운용과 인칭의 복합적 성격 역시 서정시를 새로운 존재 생성의 장으로 만드는 데 기여했다. 이렇게 서정과 비서정 사이에서 탄력적으로 사유하고 발화하는 서정적 주체와 화자의 기원을 거슬러 올라가면 거기에 기형도의 시가 놓여 있다.

물론 유고시집 『입 속의 검은 잎』(문학과지성사 1989)을 보면, 서정과 비서정의 기류가 공존하고 있다. 시집의 전반부가 주로 3인칭 관찰자 시점이나 중립적 성격이 강한 1인칭 관찰자 시점으로 사회적 문제를 환기하는 서사적인 시들이 많다면, 후반부로 갈수록 유년의 가난과 상실감을 서정적인 톤으로 노래한 고백체의 시들과 청년기적 감상성이 채 가시지 않은 사랑 시편들이 주를 이룬다. 그러나 두 경향 모두 화자가 서정적 주체와 완전히 일치하거나 맨얼굴을 고스란히 드러내는 경우는 많지 않다. 외부적 대상뿐 아니라 화자의 내면조차도 미학적으로 재구성함으로써 객관화하는 것이다.

시집 전반부에 배치된 「안개」「전문가」「조치원」「오후 4시의 희망」「장밋빛 인생」「죽은 구름」 등에서는 객관적 진술이 한결 두드러진다. 인상적인 인물을 통해 현실의 특정한 국면을 알레고리화한 이 시들은 마치 한편의 소설이나 영화를 본 것처럼 서사적이거나 극적인 성격이 강하다. 그런데 흥미로운 것은 줄곧 관찰자적 거리를 유지하는 '나'가 어느새 '그는' '김(金)은' '사내가' 등의 3인칭 인물들과 뒤섞이면서 주체와 대상의 관계가 모호해진다는 점이다. 중간중간에 화자를 특정하지 않고 직접화법을 사용해 구어체의 대사가 끼어드는 것도 그런 모호성을 강화한다.

그는 말을 듣지 않는 자신의 육체를 침대 위에 집어던진다

그의 마음속에 가득 찬, 오래된 잡동사니들이 일제히 절그럭거린다

이 목소리는 누구의 것인가, 무슨 이야기부터 해야 할 것인가

나는 이곳까지 열심히 걸어왔었다, 시무룩한 낯짝을 보인 적도 없다

오오, 나는 알 수 없다, 이곳 사람들은 도대체 무엇을 보고 내 정체를 눈치챘을까

그는 탄식한다, 그는 완전히 다르게 살고 싶었다, 나에게도 그만한 권리는 있지 않은가

모퉁이에서 마주친 노파, 술집에서 만난 고양이까지 나를 거들떠보지도 않았다

중얼거린다, 무엇이 그를 이곳까지 질질 끌고 왔는지, 그는 더 이상 기억도 못 한다

그럴 수도 있다, 그는 낡아빠진 구두에 쑤셔박힌, 길쭉하고 가늘은

자신의 다리를 바라보고 동물처럼 울부짖는다, 그렇다면 도대체 또 어디로 간단 말인가!

—「여행자」 전문

이 시는 울부짖는 여행자의 모습을 담담하게 묘사하는 듯하면서도 '나'가 주어로 되어 있는 4~7행이나 마지막 행에서는 지칠 대로 지쳐버린 여행자의 탄식을 직접화법으로 들려준다. 그런데 '그'와 '나'의 독특한

혼재는 이 탄식과 울부짖음이 시적 대상인 여행자만이 아니라 서정적 주체의 것이기도 하다는 느낌을 불러일으킨다. 이처럼 화자와 인칭을 수시로 넘나들며 주체와 타자, 또는 개인의 내면과 사회적 대상을 결합시키는 방식은 기형도 이전의 시적 전통에서는 전례를 쉽게 찾아보기 어려운 것이었다.

'자연의 비유'와 '거리의 고통' 사이에서

기형도는 「밤눈」의 시작 메모에 이렇게 적었다.

> 나는 한동안 무책임한 자연의 비유를 경계하느라 거리에서 시를 만들었다. 거리의 상상력은 고통이었고 나는 그 고통을 사랑하였다. 그러나 가장 위대한 잠언이 자연 속에 있음을 지금도 나는 믿는다. 그러한 믿음이 언젠가 나를 부를 것이다.[2]

이 메모를 쓸 무렵 시인은 오랫동안 글을 쓰지 못했고, 그 이유를 "이 땅의 날씨가 나빴고 나는 그 날씨를 견디지 못했다"고 설명한다. 그가 존경하는 교수님이 "삶과 존재에 지칠 때 그 지친 것들을 구원해줄 수 있는 비유는 자연"이라고 말해주었지만, 그의 눈에는 여전히 "하늘과 지상 어느 곳에서도 눈은 받아들여지지 않"는 것처럼 보였다. 그럼에도 불구하고 그는 믿고 싶어한다. "그처럼 쓸쓸한 밤눈들이 언젠가는 지상에 내려앉을 것"임을. 하늘과 지상 어디에도 내려앉지 못하고 떠도는 '밤눈'처럼 이 모순된 갈망이 기형도로 하여금 시를 쓰게 한 동력이었다.

---

2 기형도 「시작 메모」, 『기형도전집』, 문학과지성사 1999, 333면.

그런 점에서 그가 살았던 내면의 계절은 내내 겨울이었던 듯하다. 고통으로 가득 찬 도시의 거리와 위대한 잠언이 깃들어 있는 자연, 그 사이에서 방황하며 그는 끝내 확고한 리얼리스트도 위대한 낭만주의자도 되지 못했다. 선언도 잠언도 온전히 그의 몫이 아니었다. 그러나 우리는 "무책임한 자연의 비유를 경계하느라 거리에서 시를 만들었다"는 진술에서 그가 지녔던 섬세한 윤리적 감수성을 읽어낼 수 있다. 여기엔 상투적인 자연의 비유에 안주하지 않겠다는 다짐과 함께 고통의 현장을 떠나지 않겠다는 책무감이 깃들어 있다. 진정성의 신화가 불가능해지고 역사적 전망마저 불투명한 시대에 시인이 할 수 있는 일이란 그 폐허를 정직하게 응시하는 것뿐이었다.

미안하지만 나는 이제 희망을 노래하련다
마른 나무에서 연거푸 물방울이 떨어지고
나는 천천히 노트를 덮는다
저녁의 정거장에 검은 구름은 멎는다
그러나 추억은 황량하다, 군데군데 쓰러져 있던
개들은 황혼이면 처량한 눈을 껌벅일 것이다
물방울은 손등 위를 굴러다닌다, 나는 기우뚱
망각을 본다, 어쩌다가 집을 떠나왔던가
그곳으로 흘러가는 길은 이미 지상에 없으니
추억이 덜 깬 개들은 내 딱딱한 손을 깨물 것이다
구름은 나부낀다, 얼마나 느린 속도로 사람들이 죽어갔는지
얼마나 많은 나뭇잎들이 그 좁고 어두운 입구로 들이닥쳤는지
내 노트는 알지 못한다, 그동안 의심 많은 길들은
끝없이 갈라졌으니 혀는 흉기처럼 단단하다
물방울이여, 나그네의 말을 귀담아들어선 안 된다

주저앉으면 그뿐, 어떤 구름이 비가 되는지 알게 되리
그렇다면 나는 저녁의 정거장을 마음속에 옮겨놓는다
내 희망을 감시해온 불안의 짐짝들에게 나는 쓴다
이 누추한 육체 속에 얼마든지 머물다 가시라고
모든 길들이 흘러온다, 나는 이미 늙은 것이다

—「정거장에서의 충고」 전문

기형도 시의 화자들은 대부분 길 위에 있다. 이 시의 '나' 역시 모든 길들이 흘러오는 저녁의 정거장에 서 있다. "어쩌다가 집을 떠나왔"는지 알지 못한 채 "그곳으로 흘러가는 길은 이미 지상에 없"다고 여기며 나그네는 이렇게 말한다, "미안하지만 나는 이제 희망을 노래하련다"라고. '나'는 짐짓 희망을 향해 몸을 돌린 것 같지만, 실은 "내 희망을 감시해온 불안의 짐짝들"을 처연하게 돌아보고 있는 것이다. 다가오는 어둠에 천천히 버무려지는 이 풍경에는 절망과 희망, 추억과 망각, 자연과 인간, 개인과 집단, 내면과 현실 등이 서로 교차하며 뒤섞인다. 그 대립되는 양극 사이에서 예민하게 작동하는 윤리적 감수성은 '미안하지만'이라는 말의 반어적 뉘앙스를 통해서도 잘 드러난다.

하재연은 기형도의 시가 독자들에게 '윤리적 대속자' 같은 느낌을 주는 것은 "모호한 자기로서 살아갔던 독자들이, 자신들이 말하지 못하고 있다고 느꼈던 회색의 느낌들이 기형도 시집에서 발화된 것을 목격"[3]했기 때문이라고 설명한다. 독자들뿐 아니라 기형도의 시적 후예들도 이와 비슷한 느낌을 공유했을 것이다. 이데올로기나 진영의 논리를 떠나 자기 안의 모순된 욕망과 감정에 충실하고 그 모호한 절망을 끝까지 밀고 나가는 것

---

3 좌담 「2000년대 젊은 시인들이 읽은 기형도」, 박해현·성석제·이광호 엮음 『정거장에서의 충고』, 문학과지성사 2009, 53면.

이 섣부른 희망을 말하는 것보다 더 윤리적인 일이 될 수도 있다는 것을 기형도의 시들은 잘 보여준다.

1990년대는 자연을 매개로 한 전통서정시에 대한 회의가 시작되면서 자본주의와 도시적 일상이 주된 시적 현실로 떠오르게 된 일종의 과도기였다. 이 시기에 시인들은 자연이 들려주는 위대한 잠언의 세계를 갈망하면서도 남루하고 우울한 도시의 거리를 배회할 수밖에 없었다. "시인은 더이상 숲으로 가지 못한다"는 도정일의 전언처럼 기형도는 스스로 자연의 비유를 경계하며 거리의 고통에 자신의 누추한 육체를 내맡겼다. "나는 이미 늙은 것이다"라는 마지막 문장은 마치 길 위에서 한 생을 마친 윤리적 대속자의 탄식처럼 들린다. 이렇게 기형도는 자신이 살지 않았던 1990년대의 징후들을 길지 않은 생애를 다해 예감하고 선취했던 시인이었다.

꽃의 뿌리를 향한 행려의 기록

"아, 사람들은 쉽게 모든 걸 참는구나. 사람들은 여전히 젊고 건강하기만 하다."

— 케테 콜비츠의 '전쟁일기' 중에서

행려와 불귀의 정신

박영근 시인, 그는 나에게 어둡고 황량한 거리를 터벅터벅 걷고 있는 모습으로 떠오른다. 한밤중 술 취한 목소리로 살아 있다고, 또는 살고 싶다고 타전해올 때에도 그의 한숨과 침묵 사이로 끼어들던 것은 밤거리를 질주하는 차 소리였다. 빗물을 으깨며 달리는 차들의 굉음 속에서 위태롭게 들리던 목소리는 늘 젖어 있었다. 그러나 길 위에서 느꼈을 통증이 얼마나 치명적이었는지를 실감한 것은 그가 갑작스럽게 세상을 떠나고 난 뒤였다.

할 수 있는 것은 가끔씩 찾아오는 통증뿐인가. 그 통증이 시시때때로 나를 텅 빈 공장 마당에 세워놓고 끝도 없이 기계를 돌리게 하고, 지쳐 녹슬어가는 사유의 뼈대 위에 톱밥 따위를 날려줄 것인가. 이제 나의 글쓰기 곁에는 서성거리는 그림자조차 없지 않은가. 고통만이 구원이라면 참으로 지나친 것이 아닐 수 없다.[1]

지나간 연대에 대한 어떤 강박으로부터 자유로울 수 없었던 시인들에게 '길'은 여전히 고통스러운 현재형의 은유일 수밖에 없다. 신경림의 『길』(창작과비평사 1990), 백무산의 『길은 광야의 것이다』(창작과비평사 1999), 최두석의 『꽃에게 길을 묻는다』(문학과지성사 2003) 등에서 '길'은 인생론적 범주를 넘어 한 시대를 건너는 일을 의미했다. 박영근이 줄곧 길 위에서 보여준 행려의 자취 역시 단순한 부랑이 아니라 속화된 세계에 안주하기를 거부하는 일종의 싸움이라고 말할 수 있다.

'행려(行旅)'의 의미는 '여행(旅行)'과 대비시켜보면 더 선명하게 드러난다. '여행'이 떠나온 곳과 돌아갈 곳이 분명한 이가 잠시 일상을 벗어난 상태라면, '행려'는 정해진 거처나 돌아갈 곳이 없는 이가 근원에 대한 갈망을 지니면서도 자신을 묶고 있는 현실을 벗어날 수 없는 상태에 가깝다. 따라서 귀환을 전제로 떠돎의 자유를 누리는 '여행'과 달리 '행려'는 어디로도 돌아갈 수 없음을 고유한 존재방식으로 수납한 자의 떠돎이다. '행려'라는 말에서 방외인으로서의 고독이나 남루하고 병적인 이미지가 읽히는 것은 그래서이다.

'행려'는 귀향과 해탈을 유보하거나 반납하고 길 위의 삶을 온몸으로 받아들인다는 점에서 '불귀(不歸)'의 정신과 통한다. 임우기는 「미당 시에

---

1 박영근 「오늘 살자, 모든 것은 지나간다」, 『실천문학』 2000년 봄호, 53면.

대하여」[2]에서 미당의 시에는 세속적 삶의 고투 속에서 얻어진 '그늘'이 없다고 비판하면서 그 원인으로 타성화된 영원회귀를 들었다. 그러고는 '회귀'의 반대편에 '불귀'를 놓고, 나그네 정신의 연원을 소월에게서 찾았다. "어제도 하룻밤/나그네 집에/까마귀 가왁가왁 울며 새었소"로 시작되는 소월의 「길」은 고향을 그리워하면서도 어디로도 돌아갈 수 없는 불귀의 운명을 노래하고 있다. 돌아갈 수 없음의 비애는 김지하의 「불귀(不歸)」에서 다시 빛나는 표현을 얻는데, 박영근의 행려의식은 그 '불귀'의 연장선상에 있는 것으로 보인다.

끝없는 행려의 길로 박영근을 이끌었던 것은 쉽게 정착할 수 없는 기질과 출분의 욕구만은 아니었다. 그에게 '길'은 제도화되지 않은 공간, 또는 자본주의적 질서에 포섭되지 않고 버텨내기 위한 참호와도 같은 것이었다. 하지만 그 고독과 절망이 너무 컸던지 박영근의 시적 여정은 '길' 위에서 시작되어 '길' 위에서 너무 일찍 멈추어버렸다. 봄비 속에서 누군가 그에게 "이제 그만 내려놓아라/힘든 네 몸을 내려놓아라" 속삭였던 것처럼, 아아, "냉동의 시간들, 그 감옥 한채"(「봄비」, 『저 꽃이 불편하다』, 창작과비평사 2002) 벗어두고 그는 영영 가버린 것인가.

취업 공고판 앞에서

취업 공고판 앞에 막막하게 서 있는 한 청년이 보인다. 제대를 하고 "갈 곳이 없"는 그는 모집공고 위에 내리치는 눈발을 보며 차라리 이력서도 구겨버리고 "내려앉고 싶"(「취업 공고판 앞에서」)다고 말한다. 노동자 계층에도 속하지 못한 채 도시변두리를 떠돌고 있는 화자에게 각성된 계급의식

---

2 임우기 『그늘에 대하여』, 강 1996.

같은 게 있을 리 없다. 박영근의 첫 시집은 노동현실을 사실적으로 묘사하거나 해방의 비전을 제시하기보다는 지상에 뿌리내리고 싶지만 어디로도 갈 수 없는 자의 실존적 슬픔과 절망을 보여주고 있다.

> 안양천. 비로소 떠날 곳조차 없는 이곳에서
> 흐를수록 목마름은 차오르고
> 어지러워라 헛발 디뎌 일당마저 빠뜨리고
> 돌아보면 성장이라는것이어찌쉽게손안에쥐어지랴
> 때때로가슴쥐어뜯고진흙밭에나뒹굴어도
> 소, 리, 내, 지, 마, 라
> 고개숙이고눈물씻고다시천천히걸어야한다
> 사소하게사소하게말이다 검은 물빛
> 상처 속엔 듯 깊어지고
>
> ──「비로소 떠나갈 곳조차 없는 이곳에서」 부분

'안양천'은 원형적 공간인 '고향(백제)'과 역사적 공간인 '수유리'와 함께 『취업 공고판 앞에서』(청사 1984)의 중심을 이루는 세 공간 중 하나로, 도시변두리 철거민이나 공장노동자의 일상적 공간이다. "비로소 떠날 곳조차 없는 이곳에서" 살아가는 그들의 고통은 검은 물빛처럼 깊어져간다. 그런데 그 암울한 실감은 구체적 묘사나 서사보다는 서정성이 긴박한 호흡을 얻으면서 살아난다. 먼저 '비로소'라는 부사어에 주목해보자. 이 말은 '떠나다'라는 동사에 걸릴 수도, '없는'이라는 형용사에 걸릴 수도, '이곳에서'라는 또다른 부사어에 걸릴 수도 있다. 수식관계가 모호할 뿐 아니라 어떤 경우든 '비로소'는 뒤에 오는 말들과 의미의 마찰을 빚으며 이런 의문을 갖게 한다. '비로소'는 어떤 일이나 상태가 이루어지고 난 뒤에서야 갖게 되는 변화의 시작을 나타내는데, 그렇다면 더이상 떠날 곳조차 없게 되는 상태를 기다리기라도 했다는 말인가. 하지만 좀더 되새김질해보면, 말의 돌연한 부딪침이 오히려 민중적 생존의 막다름을 강조하면서 거기에 이르기까지 겪어야 했던 신산한 삶의 무게를 시행 속으로 이끌고 들어오는 것을 느낄 수 있다. 만일 '비로소' 대신에 '더이상'과 같은 부사어가 쓰였다면 이러한 비극성의 부조(浮彫) 효과는 한결 약화되었을 것이다.

이외에도 긴장과 마찰의 어법은 역설적 표현, 도치와 생략, 띄어쓰기의 의도적 해체, 구두점의 변용 등으로 이어진다. 이런 기법들은 1980년대 초반 이성복, 황지우, 최승자 등의 시에서 이미 다채롭게 변주되었기 때문에 새롭다 하기는 어렵다. 하지만 1980년대의 다른 노동시들이 사실적 묘사나 풍자의 미학 등 산문적인 방식으로 현실을 재현했던 것에 비하면, 형식 실험이나 운문적 운용을 통해 감정을 섬세하게 전달하는 박영근의 노동시는 남다른 점이 있다. 이런 면모가 당대에는 시 읽기를 방해하는 "구문론적 결함"으로 이해되거나 계급의식에 충실하지 못한 "작자의 설익은 인텔리적 태도"[3]로 비판을 받았지만, 노동시의 구호적 한계를 극복하려는 박영근의 미학적 모색과 실험은 지금에 와서 오히려 소중하게 여겨진다.

『취업 공고판 앞에서』의 2부는 「고향의 말」 연작과 백제 시편들로 이루어져 있다. 이렇게 노동현실 속에 '들'의 기억, 곧 농민 공동체의 정서나 가락이 상당히 남아 있다는 것도 박영근의 시에서 주목할 만한 대목이다. 2부의 시들에는 도시 노동자의 연대의식이나 투쟁의지보다 고향의 식구들에 대한 연민과 그리움이 주조를 이룬다.

돌아오너라, 해창벌 밀물이 들어도 어둡고
돈 한푼에 팔려서 네 아우들
헛주먹 감추고 떠나고 있으니

---

3 이재현 「감상적 서정성과 건강한 현장성」, 박영근 『취업 공고판 앞에서』의 해설.

싸락눈 내려 쌓이는 노루목

흐린 서울길 지우며 큰 바람 울 때

보리밭 외진 두렁에서

네 어미, 옷고름마다 끓는 눈물로

시퍼런 쑥물을 들이고

보듬는 하늘 캄캄히 서리서리 피 적시는

눈송이여 뜨거운 맨발로 붉은 흙 한짐 다져지고

허기진 별빛으로 들잠 밝히며

발자욱들 시퍼렇게

돌아오너라, 봄빛 서러운 눈길 위에 네 어미

칼꽃 그려 접고 있으니

부르도져에 깎여버린 산허리 돌아

갯들을 건너

—「고향의 말 4」 전문

　고향 역시 근대화에 의해 파괴되고 상처 입기는 마찬가지지만, 그래도 시인은 "뜨거운 맨발로 붉은 흙 한짐 다져지고/허기진 별빛으로 들잠 밝히며" 고향으로 돌아가는 꿈을 포기하지 않는다. 그런데 귀향의지를 '나'의 입장에서 직접 드러내지 않고 '너'라는 2인칭을 향해 고향이 말하는 방식을 취한 점이 흥미롭다. 그로 인해 민요의 가락과 전통적 정서가 시행에 자연스럽게 배어들고 있다.

　최원식은 우리 문학이 "매우 뿌리 깊은 농업적 체질을 가지고 있"고, "그것이 바로 낭만주의의 온상"으로서 "자본주의를 움직이는 기제에 대한 집요한 분석 대신에 자본주의에 대한 체질적 거부에 기인한 일종의 투정 또는 낭만적 초월의 욕구가 혁명문학에도 계승"[4]되었다고 우려했다. 이 지적처럼 농업적 체질이 1980년대 문학에 긍정적으로 작용한 것만은 아니며 박영근의 시에서도 그런 폐해가 없지 않았다. 실제로 농본주의적 세계관이나 낭만주의적 서정성을 정치적 반동성과 동일시하면서 현장성을 약화시키는 요인으로 간주하던 관습이 1980년대 문학에 적지 않게 남아 있었다. 서정성의 한계를 극복하기 위해 판소리체를 도입하거나 장시, 이야기시 등의 형식에 지나치게 집착했던 현상에는 낭만적 서정성에 대한 피상적 이해도 한몫했다.

박영근 역시 새로운 민중적 형식을 고민하면서 장시 「김미순전(傳)」을 썼는데, 그런 모색이 시인의 기질이나 삶에 충분히 밀착되었다는 느낌이 들지는 않는다. 박영근의 시는 아무래도 풍자미보다 비애미에서 그 독자적 깊이를 열어 보이는 듯하다. '고향'이라는 근원에 대한 회귀 욕구를 지니고 있으면서도 '지금-여기'의 현실을 끝까지 놓지 않으려는 의식, "비로소 떠날 곳조차 없는 이곳"에서의 모순과 갈등이 바로 박영근의 비애가 생겨나는 자리다.

이런 특징들은 박영근의 시를 '노동시'라는 범주에 간단히 귀속시키는 것을 주저하게 만든다. 노동시의 계보 속에서 박영근의 시를 살펴보아도 그의 시는 노동시의 대세나 유행과는 조금씩 어긋난 자리에서 이루어지고 있었다. 1984년은 박영근의 『취업 공고판 앞에서』와 박노해의 『노동의 새벽』(풀빛 1984)이 나란히 나와 노동시의 물꼬를 열어놓았다는 점에서 기억될 만한 해다. 박영근과 박노해의 첫 시집은 공히 노동자에 의한, 노동자를 위한, 노동의 시집이지만, 그 질감은 사뭇 다르다. 강한 계급적 당파성을 지니고 노동해방을 외치던 박노해와 달리 박영근은 노동자를 실존적이고 미학적인 주체로서 부각시킨다. 당위적인 희망의 메시지를 남발하기보다 절망을 더듬더듬 발음하는 쪽을 선택했던 박영근의 목소리는

---

4 최원식 「80년대 문학운동의 비판적 점검」, 『생산적 대화를 위하여』, 창작과비평사 1997, 54면.

왜소하지만 정직한 것이었다. 현실의 대세나 문학적 주류에 대해 최소한의 염결성을 지키려는 자의식에서 나는 '행려'의 단초를 발견한다.

대열 속으로

박영근이 '대열'에 합류해 노동현장의 투쟁과 현실 풍자를 본격적으로 보여준 것은 『대열』(풀빛 1987)에 이르러서다. 「농성장의 밤」「어머니, 저는 왜 이 대열에 섰을까요」「자본가」「아메리카」「싸움 전야」「노동자」「구로동 일기」 등 시의 제목만으로도 싸움의 주체와 대상이 선명하게 드러나 있다. 이 시집은 그야말로 "80년대 노동현실의 거의 전국면이 다 들어 있"(『대열』 표지문구)다고 할 정도로 현장성이 강하다. 화자의 단일한 정서적 톤에서 벗어나 구어체를 활발하게 구사하면서 다양한 노동자 상을 실감 있게 그려내는가 하면, 「공장 비나리」 연작에서는 공장의 낙서판을 그대로 시각화해서 노동자의 육성을 전달한다.

> 친구들이 쓰러지고 있어요.
> 탈춤 팔목장단 가락에 해고의 사연을 담으며
> 끝까지 함께 싸우겠다고 하더니
> 어깨춤 한번 올리지도 못하고
> 어린 경실이 복숭아꽃처럼 어둡게 떨어져
> 병원으로 실려가고
> 호소문을 쓰던 정순이는
> 찬물만 들이켜다
> 한움큼 구역질로 물을 다시 토해내며
> 못다 쓴 호소문 구절을 깔고 바닥에 눕고

쓰러지고, 쓰러짐으로 하나가 되어 어우러지고.

어머니, 저는 왜 이 대열에 섰을까요

—「어머니, 저는 왜 이 대열에 섰을까요」 부분

그런데 여기서도 첫 시집을 지배하던 비애와 연민의 어조가 완전히 걷힌 것은 아니다. 투쟁의 이유를 말할 때도 확신 대신 질문의 방식을 취하고 있고, 농성장에서 기진한 몸을 일으키게 하는 힘의 원천도 '어머니' 또는 '고향땅'에 있다. 노동자들이 연대할 수 있는 것은 다만 "쓰러지고, 쓰러짐으로 하나가 되"는 연민에서 비롯되며, 그들이 꿈꾸는 '그날' 또한 "우리들 튼튼한 바윗돌이 되어 굴러가/서러운 눈물 터뜨리는 날/굴러가 오래 헐벗은 어머니의 들판에 박혀/곧게 설 날"로 그려진다. '대열' 속의 시간조차 그에게는 어머니의 들판으로 돌아가기 위한 '행려'의 한 과정이었는지도 모른다.

아아 살아온 짧은 한 생애
덧없는 외줄이었네
캄캄 세상에 외줄을 딛고
캄캄 허공 외줄에 매달렸네
(…)
내 이제 끊으리
이 외줄
굴종의 운명을 끊어
자유로운 바람이 되리
아아 허공에 저렇게 아름답게 피어나는 꽃들
하나둘 춤추는 벗들의 얼굴
나를 부르는 왈순이 언니 목소리

눈물도 고운 아아 우리 어머니

이것은 장시 「김미순전」(『김미순전』, 실천문학사 1993)의 마지막 부분이다. 「김미순전」은 『대열』에서 개진되기 시작한 서사성이 집약된 내용과 형식을 얻은 성과라고 할 수 있다. 이 장시는 "고향집 싸리울 밑 채송화 닮은 이름"을 가진 여성노동자 김미순이 자본의 유혹에 넘어가 공단 프락치가 되고, 그에 따라 노조가 탄압을 받는 상황과 김미순이 죽음에 이르는 과정을 그리고 있다. 여기서는 자본의 폭력에 상처 입은 '누이'가 호명되는데, 김미순이 짧지만 외줄에 매달린 듯 위태로웠던 생애를 마감하면서 회오의 순간에 부르는 이름 역시 '어머니'다.

그런데 이런 식의 비극적 결말은 상투적이고 감상적으로 느껴질 수 있고, 김미순의 변모과정 또한 자연스럽지 못하다. 김미순을 움직이는 권도(權道), 노조사무장인 왈순이 등의 인물들도 정형화되어 있다. 전반적으로 장시가 갖추어야 할 서사적 구조, 사건의 자연스러운 연결, 인물의 입체성 등이 약한 편이고, 주인공의 타락과 노동탄압의 배후인 '자본'에 대한 이해 역시 정교하다고 보기는 어렵다. 판소리의 풍자와 서정시의 비애미, 몽타주 기법 등을 결합하려는 야심찬 시도에도 불구하고 충분한 내면화를 거치지 않은 채 외화적(外華的) 형식에 머문 느낌이다.

박영근의 사유와 언어가 구체적 형상성을 얻게 된 것은 『지금도 그 별은 눈뜨는가』(창작과비평사 1997) 이후로 자본주의와 분단을 자신의 '몸'의 현실로 받아들이면서다. 박영근이 일찍이 사숙했던 김지하의 시(『화개』, 실천문학사 2002)나 동료 노동시인 백무산의 시(『초심』, 실천문학사 2003)에 대해 "사유가 아무리 도저하더라도 그것이 시에 있어서 서정적 울림과 설득력 있는 현실을 얻지 못한다면 앙상한 시적 관념으로 떨어질 것"[5]이라고 경계한 것은 스스로에 대한 엄정한 주문이기도 했다. 초월적 이념의 관성에서 벗어나 몸을 통해 현실과의 접점을 찾아가는 일, 그것은 한편 '대열'로부터 떨어져나와 개별자로서 감수해야 할 고통스러운 '해체'의 과정이자 '행려'의 고독을 요구하는 과제였다.

그 단칸방의 기억

1990년대가 끝나갈 무렵 노동문화제의 노래공연을 보다가 문득 시인은 "비애도, 노여움도, 하나가 되는 흥겨움도 없이 몸만이 자꾸만 굳어가는 것"을 느끼면서 "나는 어느새 구경꾼이 되어 있었"[6]다고 탄식한다. 다시 찾아간 방과 광장에는 더이상 그의 자리가 없었다. '대열' 밖의 현실을 지탱해주는 것은 이제 '기억'밖에 없다.

공단 골목에 자리잡고 있던 그 단칸방은 작고 초라했지만, 현실을 바꾸려는 공동체적 열기로 충만한 공간이었다. "그 방 용접불꽃에 먹혀 뜨거운 모래알이 구르는,/벌겋게 달아오른 쇳조각 같은 눈으로/문건을 읽었다 이 빠진 받침들과/시커멓게 뭉개진 활자들은 바로 세우고/읽고 나선 서둘러 아궁잇불에 태우던/한밤중, 어둠 속으로 피세일을 나갔다 달빛은/골목 어귀에 소식지 위에 날을 세우며 떨고/보안등 불빛에 쫓기며 한바퀴, 또 한바퀴…… 돌아와/새벽시장 봉지김치에 라면밥 말아먹던, 방"(「그 방」)의 기억. 시인은 문득 돌아갈 자리를 찾을 때마다 '그 방'을 떠올린다.

그래요, 뜨거운 물방울들이 내 몸속으로 아주 힘겹게 떨어지는, 그런 때가 자주 찾아오곤 했어요

---

5 박영근 「시인의 관념과 시적 소통」, 『실천문학』 2002년 가을호, 51면.
6 같은 글 53~54면.

당신과 내가 십오년 넘게 끌고 다닌 그 단칸방들이었어요. 시궁쥐들이 와서 조합신문을 쏠고, 쪽방 불빛을 가리고 학습을 하고, 짠지와 막걸리 잔으로 서로 건네주던 먼 지역의 소식들, 그리고 늦은 잔업에서 돌아오면 마당에서 눈을 맞고 있던 빨래들…… 그런데 그 단칸방에, 십여년이 흘렀는데 내가 다시 그 방에, 아파트를 돌며 아이들을 가르치는 내가 걸레쪽 같은 몸을 끌고 돌아와 흰 벽을 바라보고 있는 거야 분명 그 방들을 떠난 지 오랜데, 그 텅 빈 방에 주저앉아 한움큼씩 안정제를 먹고, 나가게 해달라고 쌍소리질을 하고 있는 거야 정말이지 그 방을 빠져나오지 못할 것 같았어

—「겨울비」 부분

그러나 기억 속의 '그 방'조차 현실에 대한 환멸과 광기에 의해 점점 침윤당하고 만다. 18평짜리 임대아파트에 "걸레쪽 같은 몸을 끌고" 돌아와 밤늦게 소주를 마시면서 시인의 넋두리는 계속된다. "다시 현장에 들어가 살아야겠다 이건 온통 사기다 북한에 한번 갔다 와야겠다 세상 보는 눈이 넓어질 텐데 아니야 자본주의를 더 깊게 보고 파들어가야 해 아직 껍데기만 보고 있어," 이 시대착오적인 헛소리말고는 이제 진실이 거할 자리가 모두 사라진 것일까. "현실이라는 위험을 겪지 않은 사람은 환영에 매혹될 수 없다"는 타데우시 칸토르(Tadeusz Kantor)의 말처럼, 『저 꽃이 불편하다』(창작과비평사 2002)에 일렁이는 환영과 환청의 그림자는 현실의 위험이 그만큼 몸 깊숙이 들어와 동거하고 있음을 말해준다. 그로 인해 생활의 훈기와 공동체적 활기가 넘치던 단칸방의 기억은 분열된 내면을 가두고 있는 '흰 벽'의 공포로 다가오게 된다. 시인은 다시 '거리'로 내쫓긴다.

신문을 구기고 나는 걷고 또 걷는다
(…)
비가 내린다

바람에 거세어지는 빗속에서

늘 분명했던 말들이 지금은 비틀거리는 말들과

엉망으로 하나가 되어 취해간다

—「나는 걷고 또 걷는다」 부분

나의 실업은 자주 사소한 것이었고

전화는 불통이었다

수직으로 솟은 거대한 탑에 새들이 내려앉아 노래를 불렀다

죽은 사람들이 다시 살아나 며칠 동안 신문을 팔았다

80년대와 90년대가 두서없이 찾아왔고

아, 지긋지긋한 불립문자(不立文字), 임시

막사의 희극, 찢어진

얼굴

나에게는 현실이 없었다

다시 시간이 흘러간다

—「나는 지금 어디를 바라보고 있는 것일까」 부분

    박영근의 『저 꽃이 불편하다』에 범람하는 이 취기와 착란을 어떻게 이해해야 할까. 1990년대 이후를 부재와 소멸의 시간으로 겪어내야 했던 것은 민중문학 진영에만 국한된 이야기는 아닌 듯하다. 노동자 시인이었던 박영근이 "나에게는 현실이 없었다"고 말할 때, 요절한 해체주의 시인인 진이정 역시 "내겐 추억 없다/찰나 찰나 연소할 뿐"(「추억 거지」)이라고 말하고 있지 않은가. 두 시인이 말하는 '현실'의 부재와 '추억'의 부재는 그 거리가 그리 멀지 않다. 역사적 현실의 차원이든 개인적 일상의 차원이든 중심이나 실감을 잃어버리기는 마찬가지였다. 한개비의 성냥처럼 순간적인 연소를 통해서만 실재성을 부여받을 수 있는 시간들이 지리멸렬하게

흩어져 있을 뿐이다.

그런 '임시 막사' 같은 삶 속에서 "나에게는 현실이 없었다"고 말하는 것은 얼핏 지나간 시절에 대한 전면적 부정처럼 들리기도 한다. 하지만 이 말의 진의는 전면적 부정과 해체의 과정 없이는 치유나 극복 또한 불가능하다는 데 있으리라. 또한 이 말은 변화된 세계를 표현할 새로운 내용과 형식을 얻고자 하는 간절한 허기(虛氣)의 표현이기도 하다. 그에게 '치유'란 섣부른 낙관이나 희망의 확인이 아니라 악몽을 악몽으로 드러내면서도 그 어둠의 바닥에서 '환한 빛'을 발견하는 것이었다. 난장(亂場)의 현실에서는 길을 잃는 것이 역설적으로 길을 찾아가는 행위일 수도 있지 않을까.

길 위에서, 길을 잃다

박영근은 "살아남는 일의 생존과 자신의 얼굴을 스스로 외면하는 자의 치욕이 나의 문학"[7]이라고 고백한 적이 있다. 그는 이 글에서 백무산의 '단절'에 대해 "외부 현실을 겨냥해야만 정당화될 수 있었던 비판의 시선을 그 자신과 자신이 속했던 진영의 내부를 향해 예각화하고, 그것을 통해 지나간 삶을 과거로 화석화하지 않고 오늘의 '절박한 오류들'로 다시 살게 하는" 노력이라고 설명했다. 이처럼 지나간 삶을 정리된 역사가 아니라 생생하게 살아 있는 현실의 내부로서 살아내기 위해서는 해체의 혼란과 고통을 감당해야 한다. '절박한 오류'로서의 시. 현실을 어떤 정언(定言)으로 추상화하지 않고, 있는 그대로 끌어안으려는 이 고투가 박영근에게는 길 잃음, 곧 '행려'의 형태로 나타났던 것이다.

---

7 박영근 「백무산 읽기, 변화의 의미와 그 미래」, 『내일을 여는 작가』 2005년 봄호, 74면.

길 위에서, 길을 잃으며

저를 찾고 있는
망가진 사내 하나를 보았다

온몸 환하게 얼어가는 겨울비 속에서

—「겨울비」 부분

그는 현실 속에서는 길을 잃었지만 시에서는 길을 잃지 않았다. 시가 세상의 '거짓'을 넘어서는 또다른 '속임수'라는 것을 그는 충분히 알고 있었던 듯하다. "그랜저가 전광판 속을 질주하는 밤하늘 아래/나는 고개를 숙"이지만, 이것을 자본에 대한 무력한 긍정으로 읽을 필요는 없다. "이제 정직한 것은 거리에 저렇게/넘쳐나는 불빛과 소란과 광기/그 속에 비치는/살을 섞지 않는 나의, 시(詩)의 속임수"(「고개를 숙인다」)라는 구절에는 자본주의의 현란한 불빛과 소란과 광기에 끝까지 살을 섞지 않으려는 의지가 들어 있다. 그리하여 시인은 이렇게 말한다.

그러나 집이 어디 있느냐고 성급하게 묻지 마라
길이 제가 가닿을 길을 모르듯이
풀씨들이 제가 날아갈 바람 속을 모르듯이
아무도 그 집 있는 곳을 가르쳐줄 수 없을 테니까
믿어야 할 것은 바람과
우리가 끝까지 지켜보아야 할 침묵
그리고 그 속에서 타오르고 있는 불

—「흰빛」 부분

이 시가 처음 발표될 때의 제목은 「서시」였는데, 박영근판 서시라고 부를 수 있을 만큼 그의 시적 지향을 함축하고 있다. "밤하늘에 막 생겨나기 시작한 별자리"를 보며 "고통은 그냥 지나가지 않는다"고 말하는 그에게는 "밥 한 그릇 앞에서 자신을 들여다보는 일이/치욕"이다. 그러나 삶의 순결한 의지를 고양시켜주는 것 또한 그 치욕이다. 중요한 것은 집이 어디 있는가를 알고 도달하는 데 있는 게 아니라, 정직하게 걸어가는 도정 자체에 있다. 그 고단한 '행려'의 스승은 바람과 침묵과 불이다.

'행려'의 길에서 겪는 온갖 감정의 회오리가 지나가고 그 어둠의 바닥에서 한점 빛이 비치는 순간, 시는, 문득, 침묵 속에서, 떠오른다. 그러하기에 "그래, 이제 시(詩)는 그만두기로 하자/그 숱한 비유들이 그치고/흰빛, 흰빛만 남을 때까지"라는 마지막 연은 시의 포기를 의미하는 것이 아니다. 여기엔 침묵 속에 타오르는 '불'처럼 자신의 시가 '흰빛'의 극점에 도달하기를 바라는 자의 간절한 기원이 서려 있다.

더 깊이 가라앉아

꽃의 뿌리에 닿도록

아픈 몸이여, 흘러라

나 있던 본디 자리로

―「물의 자리」 부분

이토록 순결한 갈망을 지닌 영혼이 어찌 세간에 오래도록 머물 수 있었겠는가. 박영근 시인의 서러운 뒤꿈치를 따라가는 심정으로 이 글을 쓰는 동안 내 안에 몇번이나 아프게 울려퍼지는 탄식이 있었다. "아, 사람들은 쉽게 모든 걸 참는구나. 사람들은 여전히 젊고 건강하기만 하다." 전쟁의 참혹한 현실 앞에서 케테 콜비츠가 탄식했던 것처럼 지금도 지구 한켠에서는 말할 수 없는 전쟁과 재해가 일어나고 있다. 그런데 아무 일도 없다는 듯이 꽃들은 활짝 피어 있고 사람들은 웃고 있지 않은가. 그래서 박영근 시인은 "저 꽃이 불편하다"고 말했던 것일까. 그 욕망의 꽃덩어리로부터 근원으로 거슬러 올라가는 길을 찾으려고 고단한 '행려'를 자처했던 것일까.

빛의 극점, 꽃의 뿌리를 향해 아픈 몸을 이끌고 가던 이여. 그대가 그림 속에서 보았다는 맹목조(盲目鳥)처럼 어둑한 허공을 응시하던 눈먼 새여. 이제 그대를 가두던 조롱 같은 세상을 벗어났으니 땅속의 하늘을 훨훨 날아가시라. 마침내 꽃의 뿌리에 닿을 때까지.

허공에 들린 발을 위하여

죽음, 미완의 검은 돌

어느 가을날 최영숙 시인이 죽음의 그림자에 쫓기며 정리한 시들과 미리 쓴 후기를 나는 너무 뒤늦게 읽게 되었다. 잘 가라는 이별의 말도, 시집을 축하한다는 말도 건넬 수 없게 된 지금에야. 그녀의 유고는 1996년 가을에 쓴 시부터 세상을 떠나기 직전까지의 시가 시기순으로 배열되어 있고, 시 제목 앞에는 번호가 매겨져 있다. 유독 마지막 세편의 제목에만 시를 쓴 날짜가 적혀 있다. 그리고 마지막 45라는 숫자 옆에는 제목과 날짜 대신 '허공'이 자리잡고 있다. 그녀가 숨을 거둔 것이 10월 말이었으니, 죽음이 임박한 순간까지 시를 붙안고 몸부림쳤을 모습이 눈에 선하다.

42. 그림 속으로 들어간 사람 — 9월 4일
43. 나뭇잎 얼굴 — 9월 7일
44. 소 잡는 날 — 9월 9일
45.

유고의 목차를 훑어 내려가던 내 손가락이 "36. 「검은 돌」(완성을 못해 작품이 없음)"에서 잠시 멈춘다. 그녀는 마지막 순간까지 「검은 돌」이라는 시를 완성해 자신의 묘비석이라도 삼으려 했던 것일까. 그러나 이 제목의 시는 끝내 지상의 언어에 의해 완성되지 못한 채 남겨졌다. 아니, 그녀의 유고시집 『모든 여자의 이름은』(창비 2006) 전체가 시인의 고통을 머금은 '검은 돌'인지 모른다.

동네에 정육점이 새로 생겼다
해우(亥牛), 피로 물든 깃발이 펄럭인다
'소 잡는 날'

몽둥이를 들고
돌도끼를 휘두르며
소를 좇아
우— 우— 초원을 달리는
나뭇잎으로 앞만 가린 크로마뇽인처럼

정육점을 향해 몰려가는 사람들
고함소리에 더 멀리 달아나는 소를 좇아
골목 안이 떠들썩한,
오늘은 소 잡는 날

맛나고 신선한 고기로
모처럼 벌인 생생한 육(肉)의 잔치
피 묻은 입술을 닦는다

기름진 미소를 흘리며

하늘 깊숙이 꽂힌
붉은 깃발 아래
잠든 사람들
지붕 위에 깃드는
배부른 평화,

늑대가 달을 물고 길게 우는 수만년 전의 밤

—「소 잡는 날」 전문

이 시는 최영숙의 마지막 작품으로, 수시로 찾아드는 죽음의 예감이 카
니발적 환상으로 펼쳐진다. 딜런 토머스(Dylan Thomas)는 맥박소리를
무덤을 파는 삽질소리에 비유했는데, 피가 돌지 않는 통증에 수시로 시달
렸던 그녀는 불규칙하게 울컥거리는 맥박소리를 자신의 피를 요구하며
쫓아오는 죽음의 발자국 소리로 들었다. 그런 공포 속에서도 시인은 오히
려 "맛나고 신선한 고기로/모처럼 벌인 생생한 육(肉)의 잔치"를 보여준
다. 가축의 도살, 음주와 포식, 시간과 공간을 넘나드는 행위 등은 카니발
의 전형적인 특징이다. 여기서 피는 포도주가 되고, 격전은 식사로, 현대
도시의 골목은 크로마뇽인의 초원으로 일순간 바뀐다. 프랑수아 라블레
(François Rabelais)의 소설에서 가축을 도살한 뒤 축제가 벌어지고 마침
내 가르강튀아가 태어난 것처럼, 이 시에서도 도살의 공포는 곧 "잠든 사
람들/지붕 위에 깃드는/배부른 평화"로 변이된다. 그 포만한 잠 속에서
세상은 "늑대가 달을 물고 길게 우는 수만년 전의 밤"으로 되돌아간다. 죽
음을 "육(肉)의 잔치"로 묘사한 것은 그만큼 그녀가 지녔던 삶의 무게와
억압이 컸다는 사실을 반증한다. 그리고 미하일 바흐친(Mikhail Bakhtin)

이 지적했듯이 카니발의 파괴적 충동은 재생의 욕망과 관련되어 있다.

임종에 임박해 쓰인 시들뿐 아니라 이 시집 전체가 허공에 들린 영혼의 기록이라고 느껴질 만큼 죽음과 관련된 시편들이 많다. 첫 시집(『골목하나를 사이로』, 창작과비평사 1996)에도 어머니의 죽음을 다룬 「모래의 집」「어머니」, 고정희 시인과 김남주 시인을 그린 「언약의 궤」「이별」「흐르는 나무」 등 고인에게 바쳐진 시들이 적지 않았다. "아, 눕고 싶어라/(…) 직립의 지친 다리 누이고/당신과 나란히 마주보는/땅 갖고 싶어라"(「흐르는 나무」)는 자신마저 지상의 삶을 내려놓고 싶어하는 갈망의 표현이다.

그런데 유고시집 『모든 여자의 이름은』에 오면 죽음이 막연한 동경이나 예감의 대상을 넘어 한결 뚜렷한 실체로 나타난다. 뜨겁고 강렬한 빛이 존재의 그림자를 한층 선명하게 하듯이, 질병이나 시간과의 싸움은 역설적으로 생의 의지를 더 강렬하게 만들어주었던 것 같다. 최영숙은 삶과 죽음의 문턱을 드나들며 두 세계 사이에 피가 도는 길 하나를 시로써 간신히 열어놓았다. 그 길을 되짚어 걸어가는 동안 우리는 삶이 죽음에 의해 양육되고 죽음이 또한 삶에 의해 양육되는 모습을 지켜보게 될 것이다. 도처에 박혀 있는 죽음의 징후와 절망의 페이지 사이에 생활의 훈기와 생기가 곳곳에서 아른거리는 모습을.

일상, 바구니 속의 계란

첫 시집이 독신자의 정갈한 내면을 보여주었다면 이번 유고시집에는 결혼 후 자경마을에 정착하고 아기를 낳아 키우는 일상이 자연스럽게 그려져 있어서 삶의 질감이 한결 풍부해진 느낌이다. "자경(自耕)마을, 이름도 아름다운 이 작은 마을"에서 시인은 "이곳에 오길 잘했다고 생각"(「96년 10월 자경마을의 저녁」)하며 산책을 나가거나 이웃들과 이야기를 나눈다.

줍고 폐쇄적인 '방'에서 '집'과 '마을'로의 이동은 단순히 시적 배경이 변화한 것에 그치지 않는다. 시인은 이제 연민 어린 시선으로 동네 사람들의 삶을 보여주기도 하고, 능청과 수다를 통해 자신의 일상을 천연덕스럽게 늘어놓기도 한다. 산문적 어조와 호흡이 두드러진 것도 이러한 관계의 소통이나 확장과 연관되어 있다.

> 나는 구보씨가 아니다 아침 선잠에 빠져 있을 때
> 무의식의 허공에서 일상의 바닥으로 서서히 나를 끌어내리는 것은
> 파리다 한두마리도 아닌 시골파리의 끈질김이란, 그럴 때마다
> 뒤척이는 내 몸은 비대한 산 난지도의 뭉툭한 매립지가 떠올라
> 그래도 썩은 몸 위로 초록의 풀들이 돋고 꽃은 피더라만,
> 무력감으로 하루는 시작되고 구보씨가 나는 아니지만
> 소설 속의 구보씨를 이해할 수 있다 어차피 인생은 비슷한 것
> 아침마다 주부프로에 나오는 똑같은 얼굴을 대하며
> 인생이 달라질 것이라고 생각하는 건 오산이다 생에 대한
> 부질없음이 일일 드라마의 대사를 따라가지 못하고,
> 나의 하루가 파리로 시끄럽다면 세상은 자고 깨면
> 아이 엠 에프다 결코 유쾌하지 않은 점수다 그러나
> 늦은 아침 겸 점심 메뉴로 틀어놓은 저 티브이 화면 속의
> 아이들은 누구의 책임인가 버려지는 아이와 쫓겨나는 어른이
> 한데 운다 입안의 밥알이 죄로다, 한다 그런데 오늘 아침
> 집 안이 왜 이리 조용한 걸까 마당가 권태로운 개밥그릇 속으로
> 다닥다닥한 파리들의 윤무만이,
>
> 거기 누구 없소? 들여다본다.
>
> ──「구보씨의 일일(一日)」 부분

소설 속의 구보씨가 현란한 도시의 고현학(考現學)에 몰두했다면, 이 시의 화자로 하여금 "집요함과 끈적거림으로 마침내 몸을 일으키게 하는" 대상은 극성스러운 시골파리들이다. "파리 꽁무니를 좇아 이리저리 두리번거"리는 쉰내 나는 삶에 대하여 화자는 김수영의 어법을 빌려 이렇게 탄식한다. "나는 얼마만큼 작은 것이냐/파리야 하늘아 나는 얼만큼 작아/너에게 나를 걸어 이렇게 사소해지는 것이냐". 파리를 비롯해 사소한 일상에서 거듭 확인하게 되는 것은 인간의 삶 역시 파리 목숨과 다를 바 없다는 사실이다. 이 쓸쓸한 탄식 속에는 "썩은 몸 위로 초록의 풀들이 돋고 꽃은 피더라"는 낙관 또한 깃들어 있다.

> 나는 치밀한 탈옥수
> 냉정을 가장하네
> 뒷덜미를 끄는 햇살, 파도를 밀고 나가면 어디가 될까
> 갈대방석 위에 양팔 벌리고 누워 두웅―둥
> 나 누더기 되어 난바다로 떠내려가네
> 파란 하늘 파아란 구름 힘껏 들이마시며
> 배 속의 아이에게 들릴 만큼 놀랄 만큼
> 소리 질러야지
> "계란 사시오, 계란 사시오오―"

—「바구니 속의 계란」부분

시적 화자는 임신 6개월의 배를 끌어안고서 일상으로부터의 탈출을 꿈꾼다. 이런 엄마 마음을 아는지 배 속의 태아가 나가겠다고 툭툭 발을 차고 가을 햇살이 자꾸만 뒷덜미를 잡아끈다. 화자는 못 이기는 척 대문 밖을 나서며 배 속의 아이가 놀랄 만큼 "계란 사시오, 계란 사시오오―"소

리를 지른다. 계란은 부화와 탄생을 상징하지만, 한편으로는 손에서 미끄러지는 순간 깨지기 쉬운 일상의 평화를 환기한다. "바구니 속의 계란 삼십개/고이 들고 온 이것이 인생의 황금기였나" 하는 질문에도 연민과 자조의 목소리가 뒤섞여 있다. 이 아슬아슬한 일상의 평화는 끊임없이 출분의 충동과 죽음의 예감으로부터 침범당한다.

스스로를 '바람의 자식'이나 '허공의 딸'이라고 부르는 시인은 언제부턴가 죽음을 삶보다 자연스러운 상태로, 심지어 삶의 완성태로 여기게 된다. 바람 든 무를 보면서 "속이 텅 빈 무의 생은 얼마나 가벼울 것인가 (…) 이제 무는 아무것도 아닌 무가 되었다 생을 완성하였다"(「바람 든 무」)고 말하는가 하면, 여름날 저수지에서 잡아 고무다라이에 넣어놓은 물고기들이 차례로 죽는 모습을 향해 "비로소 그들이 본래의 몸으로 돌아가는 중"(「열대야」)이라고 노래한다. 여기서 '죽음'은 몸의 물기를 바람에게 다 내주고 "아무것도 아닌 무(無)"가 되는 일이며, 열대야 같은 세상, 그 "빈 다라이 속의 검은 하늘 끈끈한 방바닥"으로부터 벗어나는 일에 다름 아니다.

분식집에서 김밥을 먹는 동안 주인여자가 만두를 빚는 모습을 바라보다가 "나의 오랜 출(出)이 여기서 끝나주었으면" 하는 바람과 함께 "가리라, 저 화엄의 거리로 지금 난 잘 익어가는 중이니"(「옛날 손만두집」)라고 중얼거리기도 한다. 삶이 근본적으로 죽음을 향해 있다는 인식은 불현듯 일상의 평범한 순간이나 대상을 아득히 먼 시공간으로 이끌고 간다. 잠든 아이의 배꼽을 보면서도 시인은 어머니와 살던 옛집을 떠올리며 여성의 혈통에 흐르는 슬픈 유전을 떠올린다. "그러나 아이야, 이 엄마를 닮지 말아라. 엄마는 바람의 자식 허공에 들린 발을 내려놓지 못하지"(「잠든 아이의 배꼽을 보면」)라는 구절에서는 허공에 들린 자신의 삶을 아이만은 반복하지 않기를 바라고 있다.

이처럼 최영숙의 시에는 남성이 거의 부재하고 '할머니―어머니―나―딸'로 이어지는 모성의 계보가 두드러진다. 아버지를 일찍 여의고 늦은 결혼을 했다는 사실 등을 통해 그 이유를 짐작해볼 뿐이지만, 최영숙은 자신의 고통이 '여성'이라는 조건에서 유래한다고 여기는 동시에 구원의 가능성 또한 '우주의 자궁'(「동거」)에서 찾으려 했다.

질병, 치명적인 너무나 치명적인

최영숙 시인이 몸과 마음의 균형을 급속도로 잃어버린 것은 어머니와 시의 스승인 고정희 시인을 연이어 떠나보낸 무렵이었던 듯하다. "허허벌 판 나무에도 돌에도 기댈 곳 없어 혼자 몸으로 삼남매의 바람을 막아주던 내 아픈 모태 육십 생애"(「모래의 집」), 어머니는 그녀에게 유일한 울타리였 다. 그러나 황사바람이 그 바람벽을 허물고 모래를 쌓기 시작했고, 이후 로 그녀의 삶은 모래의 '봉분' 속에 갇혀버렸다. 그런가 하면 스승을 잃고 "두 팔을 저어보아도//한겹 걸칠 바람조차 없네//눈을 떠보니 내 몸에// 가랑잎 한장 덮여 있어"(「이별」)라며 탄식하기도 한다. 이런 상실감은 결국 그녀에게까지 질병의 고통을 안겨주었다. 「입원기(入院記)」에서 "초가을 어느 날 심심한 병이 찾아왔다"라고 말하던 시인의 병세는 급속도로 악화 되어 나중에는 "입구는 있으나 출구는 없"(「응급실의 밤」)는 지경에 이르게 된다. 그녀를 괴롭힌 가장 치명적인 병은 루푸스였다.

여자의 자궁이 연상되는,

「루푸스는 자가면역질환으로 전신성 홍반성 낭창이라고도 한다 루푸스 와 같은 자가면역질환은 바이러스, 세균 등의 항원에 대하여 항체를 만드 는 면역체계가 무너진 것을 말한다 외부의 침입자인 항원과 자기 자신을 구별하는 능력을 잃어버리고 자기 자신에 대한 항체를 만드는 것이다 자기

항체라 불리는 이러한 항체는 자기 자신의 항원과 작용하여 면역복합체를
형성하는데 이 면역복합체는 조직에 축적되어 염증, 조직손상, 통증을 유
발한다 피부, 관절, 혈액과 신장 등 각 기관과 조직에 만성적인 염증을 일으
키며 때론 치명적이 될 수도 있다 이 병(病)의 원인은 확실하게 밝혀진 바
없다 대다수가 여자이며 그 이유와 증상의 주기적인 변화에 대해서는 아직
명확한 설명이 불가능하다」

　　설명이 안 되는 이 병(病)을 이해하고 받아들이는 데 7년이 걸렸다 언제
당겨질지 모르는, 관자놀이를 향해 장전된 총구 치명적인 너무나 치명적
인, 그 한발

——「치명적인 너무나 치명적인」 전문

루푸스는 면역체계에 이상이 생김으로써 몸에서 만들어진 항체가 외
부의 항원이 아니라 자기 몸의 세포를 공격하는 질병이다. 그런데 자신의
세포를 외부의 침입자처럼 적대시하는 몸의 증상은 그녀의 내면적 고통
과 사뭇 닮아 있다. 프란츠 카프카(Franz Kafka)가 말년에 '폐 속의 질병
은 내 정신적 질병이 넘쳐흐른 것에 불과하다'고 말했던 것처럼, 최영숙
의 시를 읽으면 그녀가 힘겹게 싸워야 했던 질병이 실은 내면에서 길러진
것이라는 생각이 든다. 또한 병의 원인이나 증상, 주기적인 변화에 대해
확실하게 밝혀진 바 없고 이 병을 앓는 대다수가 여성이라는 사실을 감안
할 때 루푸스는 여성의 삶에 대한 은유로도 읽을 수 있다. 더위와 습기 모
두에 약하고 햇빛에 노출되어서도 안 되는 루푸스 환자들의 고통은 수많
은 금기 속에 타자적 존재로 살아온 여성의 고통을 연상시킨다.
　그러나 수전 손택(Susan Sontag)은 특정한 감정이나 기질이 특정한 질
병을 일으킨다는 심리학적 설명을 단호하게 부정했다. 손택은 결핵으로
아버지를 잃었고, 폐암으로 어머니를 잃었고, 자신 역시 유방암과 자궁암

에 시달려야 했지만, 질병은 단지 질병일 뿐이라고 선언했다. 그리고 질병을 극복하기 위해서는 먼저 그 질병에 덮어씌운 은유를 걷어내고 질병 자체를 직시하라고 충고한다. "일단 사형선고를 받고 나면, 당신은 태양도 죽음도 똑바로 쳐다보지 않으려 할 겁니다. 당신의 마음은 슬픔으로 가득 차지요. 그러나 당신의 마음속에는 끊임없이 강해지고 깊어지는 뭔가가 있습니다. 우리는 그걸 생명이라고 부른답니다."(수전 손택 『은유로서의 질병』, 이재원 옮김, 이후 2002) 이 여전사는 실제로 두차례나 암과 맞서 싸워 그것을 극복했다.

하지만 이런 희망의 메시지가 모든 사람에게 힘을 발휘하는 것은 아니며, 모든 예술가가 병적인 자기암시로부터 자유로운 것은 아니다. 그것이 나약한 자기최면이든 절망에의 탐닉이든, 마음에 범람하는 '슬픔'이 '강해지고 깊어지는 뭔가'를 압도해버리는 경우가 적지 않다. 최영숙은 루푸스와 함께 찾아온 수많은 질병들, 정확한 병명도 병인도 알 수 없는 그 불청객들 앞에서 의연할 수만은 없었다. 하지만 그녀는 자신의 병을 신비화함으로써 낭만적 비극의 주인공이 되는 것 또한 담담하게 거절했다. "언제 당겨질지 모르는, 관자놀이를 향해 장전된 총구 치명적인 너무나 치명적인, 그 한발"의 공포가 결국 그녀를 관통하고 말았고, 그녀는 질병을 통해 자신의 운명을 받아들이려고 노력했다. "설명이 안 되는 이 병을 이해하고 받아들이는 데 7년이 걸렸다"는 세월은 "어쩌다 잘못 든 길도 길이어서/여기까지가 길의 전부가 된"(「말벌의 시간」)다는 것을 인정하는 데 필요한 시간이기도 했다.

여생, 저편의 옛집

고인이 병세의 심각성을 알게 된 것은 2000년 무렵이었다고 한다. 3년

정도의 시간밖에 남아 있지 않다는 선고를 받고 그녀는 자신이 통과해온 수많은 문들을 떠올려보았을 것이다. 그리고 '여생(餘生)'이라는 마지막 문 앞에 서 있는 자신을 발견했을 것이다. 마치 그 문 하나를 열기 위해 그동안 자신의 삶과 고통이 존재했던 것처럼 "밤새도록 문 앞에서 쩔쩔"매면서…… 이제 문제는 남은 시간을 '어떻게 살(견딜) 것인가'에 있다. 남은 생이란 "정거장 옆 낡은 공중전화"에 남겨진 60원처럼 "통화는 할 수 있으나 반환되지 않는 돈"(「비망록 2」)과도 같은 것이다. 그녀는 이렇게 묻는다.

> 통과하지 못한 문을
> 여느라 시간을 전부 써버렸다
> 내 앞에, 여생(餘生)이라는
> 문이 있다
> 어떻게 살 것인가
>
> ─「문(門)」부분

> 저 우연한 단돈 60원이
> 생의 비밀이라면
> 이미 써버린 지난 세월 속에서
> 무엇과 소통하고 무엇이 남아
> 앞으로 남은 시간을 견디게 할 것인가
>
> ─「비망록 2」부분

시집 후반부에서 '여생'의 의미는 여러가지 비유로 변주된다. 예컨대 땅에 떨어진 살구를 주우면서 화자는 이렇게 말한다. "살구는 자기가 살구인 줄 모를 거야/그렇지 않다면 저렇게 지천으로 땅에 떨어질까."(「살구를 주우며」) 화자는 땅에 떨어진 살구가 "후두두 떨어진 내 마음의 살점"이라고 생각하며 살구가 구르다 멈춘 자리에서 "마음의 진신사리"를 본다. 그 시를 쓸 무렵, 적어도 "익은 건 떨어져도 안 익은 건 가지를 꼬옥 잡고 있는다"고 쓸 무렵만 해도, 그녀는 생의 가지가 그토록 쉽게 자신의 육체를 내동댕이칠 줄 몰랐을 것이다. 살구가 자기가 살구인 줄 모르듯이, 모르면서 자신의 삶을 익혀가듯이, 그녀는 생의 가지를 꼬옥 붙들고 있었을 것이다. 하지만 그녀에게 허락된 '여생'은 그리 길지 않았다.

노르베르트 엘리아스(Norbert Elias)는 『죽어가는 자의 고독』(김수정 옮김, 문학동네 2012)에서 "죽음은 숨겨야 할 어떤 비밀도 가지지 않을뿐더러 그를 향한 문도 열어 보이지 않는다. 다만 열어야 할 문이 없다"고 말했지만, 그 문은 다만 이 세상에 남겨진 자들에게 닫혀 있을 뿐이다. 여생이라는 문 밖에는 어쩌면 생전에 그리던 '옛집'이 기다리고 있지 않을까. 최영숙의 시에서 '옛집'은 "폭력과 광기 눈물과 아우성 그날 산산히 깨진 우리집"(「비망록」)이기도 하지만, 긴 이야기시 「할머니의 수양어머니, 돈암정집」에서처럼 고즈넉하고 환상적인 이미지로 그려지기도 한다.

그녀가 저승의 터전으로 허공에 그렸던 집은 "어느 조촐한 한옥의 방문"에 "반듯한 문살이 목단꽃 그늘로 환하"고 "방은 노란 장판이 꽃잎인 양 펼쳐져 있고/이제 막 칠을 끝낸 콩기름 냄새 가득"(「그림 속으로 들어간 사람」)한 집이었다. "한번 날이기면 다시는 돌아오지 않는 물의 서쪽"(「비망록」)을 향해 "가슴속 새를 풀어"주며 그녀는 걸어 들어갔으리라. 방문에 목단꽃을 그려 넣으면서 "이 꽃은 이름 없는 대신 영원히 피어 있을 것이다"라고 스스로의 운명을 축복했던 것처럼, 우리 역시 그녀의 멀어져간 뒷모습을 향해 두 손을 모으고 같은 기원을 읊조릴 수밖에 없다.

"나는 오래도록 집으로 돌아가지 못하는 사람/허공에 들린 발을 내려놓지 못하네"(「오래된 저녁」)라고 노래하던 시인이여! 다리가 너무 많아 근심이 많던 벌레들도 모두 돌아가 문을 닫았으니, 부디 그대가 그리던 '옛집'에 두 발을 내려놓으시라.

　　　여기 지극히 부드러운 평화가 있다
　　　어떤 말도 불필요한 곳
　　　풍요와 고요가 영원을 향해 정지해 있을 뿐이다
　　　원하지 않는 한 깨지 않을 꿈의 세계
　　　그는 그림 속으로 걸어 들어갔다
　　　그리고 나오지 않았다
　　　　　　　　　　　　　　—「그림 속으로 들어간 사람」 부분

내향적 산책자의 수화

빛을 손으로 만지는 사람

조온윤의 첫 시집 『햇볕 쬐기』(창비 2022)에 등장하는 화자나 인물은 시인의 성정처럼 온화하고 사려 깊다. 공교롭게도 '온윤(溫潤)'이라는 시인의 이름 또한 '따뜻한 빛'이라는 뜻을 품고 있다. 그래서일까. 이 시집에는 햇볕에 몸과 마음을 내어 말리는 고즈넉한 시간과 침묵의 단단한 뼈가 만져진다. "왜 그렇게 말이 없냐고/말을 걸어오면/말이 없는 이유를 생각해보다/말이 없어"지는 사람. "말을 아끼기에는/나는 말이 너무 없어서/사랑받는 말을 배우고 싶다"(「묵시」)는 사람. 유난히 과묵한 그가 섬세하게 배우고 닦아온 사랑의 말이 있다면 그건 바로 '시'일 것이다.

시인은 사랑의 말을 하는 사람이지만, 그 이전에 누구보다도 잘 듣는 사람이다. 청각기관이 특별히 더 발달했다는 것이 아니라, 만물에 귀를 기울이는 경청의 태도나 윤리가 몸에 배어 있다는 뜻이다. 이 성실함은 우리의 말하기와 듣기가 매우 취약하고 무능하다는 것을 잘 알고 있는 데서 나온다. 김애령이 『듣기의 윤리』(봄날의박씨 2020)에서 말한 것처럼 "진정성을 담은 말하기와 윤리적 경청의 전제는 투명한 자기의식을 지닌 주체들의 동등한 상호 인정이 아니라, 주체화에 개입하는 타자성을 인식하는 것"이기 때문이다. 그런 태도로 '부서지기 쉬운 타자'나 '그림자 드리워진 말'에 민감하게 반응하는 이 시집은 "주체의 불투명성에서 출발하여 타자의 취약성에 응답하는 윤리적 실천의 가능성"을 잘 보여준다.

또한 시인은 눈으로 보고 귀로 듣고 손으로 만지고 코로 냄새 맡고 입으로 말하는 일반적 감각 방식보다는 여러 감각들이 서로 중첩되거나 역할을 바꾸는 공감각의 방식에 더 익숙하다. 조온윤의 시가 펼쳐 보여주는 감각세계에서 특히 '두 손'의 역할은 남다르다. 손으로 보고 듣고 만지고 냄새 맡고 말하는 법을 터득해온 시인은 '빛'도 눈으로 보기보다는 손으로 만진다. 시집에 편재하는 빛 이미지의 근원은 대체로 태양인데, 그 온도나 스펙트럼은 매우 다양하다. '뙤약볕'처럼 너무 강해 견디기 어려운 빛도 있지만, '햇볕'처럼 적절한 온기를 지닌 빛도 있다.

왼손과 오른손을 똑같이 사랑합니다

밥 먹는 법을 배운 건 오른손이 전부였으나
밥을 먹는 동안 조용히
무릎을 감싸고 있는 왼손에게도
식전의 기도는 중요합니다

사교적인 사람들과 식사 자리에 둘러앉아
뙤약볕 같은 외로움을 견디는 것도
침묵의 몫입니다

혼자가 되어야 외롭지 않은 혼자가 있습니다

내향적 화자에게 "사교적인 사람들과 식사 자리에 둘러앉아" 밥을 먹는 것은 "뙤약볕 같은 외로움을 견디는" 일이다. 줄곧 침묵을 지키던 '나'는 비로소 "혼자가 되어야 외롭지 않은 혼자"가 된다. 그리고는 식탁 위에 엎질러진 한줌 햇볕을 응시하며 "두 손을 컵처럼 만들어" 정성껏 담아낸다. 이때 햇볕은 시각적 눈부심보다 촉각적 따뜻함으로 감각된다. 투명한 햇볕처럼 '나'는 "당신의 곁에 찾아와/조용히 앉아만 있다/조용히 사라지는 사람"이 되어 "침묵을 오랫동안 사랑하는 사람들" 곁에 머물고자 한다. 이처럼 태양 또는 타인과 어느 정도의 거리를 유지하느냐에 따라 마음의 조도(照度)와 명암(明暗)은 미묘하게 달라진다.

그런 점에서 이 시집이 이카로스의 추락을 모티프로 한 「날개뼈」로 시작한다는 사실은 의미심장하다. 이카로스는 아버지 다이달로스가 밀랍으로 만든 날개를 달고 날아올랐지만, 태양에 너무 가까이 가는 바람에 날개가 녹아 떨어져 죽었다. 신화 속의 이카로스가 떨어진 곳이 바다였다면, 이 시에서 이카로스가 "녹은 밀랍을 뚝뚝 흘리며/부러진 발로 걸어가는 그곳"은 바로 "새들의 무덤"이다. 이카로스의 추락은 새의 죽음에 비유되고 있는데, 이는 자유로운 비상의 실패가 아니라 "길바닥에 웅크려 앉아" 삭은 벌레들에게 자신의 몸을 내주고 보살피는 '공양(供養)'의 의미로 전환된다. 시인의 시선은 비상하는 새의 가벼운 깃털보다 죽은 새의 날개뼈에 더 오래 머문다.

한 사람을 위해 팔을 꺾는 사람

새의 날개뼈에 해당하는 인간의 신체는 손일 것이다. 인간이 두 손을 가졌다는 것은 어떤 의미일까. 새처럼 날 수는 없지만 직립을 통해 손의 자유를 얻게 되면서 인간은 '호모 파베르'(Homo faber)라는 이름을 얻게 되었다. '도구를 제작하고 사용할 줄 아는 인간'이라는 이 말에는 유형 무형의 도구뿐 아니라 자기 자신을 만든다는 뜻도 포함되어 있다. 인간의 손은 도구를 다룰 뿐 아니라 다른 인간이나 생명체를 만지기도 한다. 심지어 다른 인간을 위해 팔을 꺾어 피를 내주기도 한다. 「날개뼈」에서 죽은 새의 날개뼈가 작은 생명들을 돌보았듯이, 직선의 팔을 꺾어 둥근 원을 만들어가는 사람들이 여기에 있다.

> 피 주머니가 빵 봉지처럼 부풀어 오르는 동안
>
> 원의 둘레를 재는 방법에 대해 생각했다
> 무수한 직선을 잇고 이어서
> 곡선을 만들었을 수학자에 대해
> 사실 휘어짐이란 착시일 뿐이라고
>
> (…)
>
> 한 사람을 위해 팔을 꺾는 사람들과 있었다
> 우리가 햇빛 속에 함께 있음을
> 무수한 뼈를 엮어 만든 포옹이라 느낄 때
> 지평선은 물결이 되어
> 일렁거리고
>
> ──「원주율」 부분

이 시의 화자는 헌혈을 하며 "피를 뽑고 약해질 때마다 착해지는 기분이 된다". "피 주머니가 빵 봉지처럼 부풀어 오르는 동안" 직선의 뼈들을 서로 비스듬히 잇고 또 이어서 "둥그런 원을 만들 수도 있겠다"는 생각, 이것이 바로 시인이 고통의 세계 속에서 고안해낸 원주율의 방식이다. 다른 존재를 향한 휘어짐이 착시에 불과할지라도 그 순간만은 "우리가 햇빛 속에 함께 있음을" 느낀다. "한 사람을 위해 팔을 꺾는 사람들과" 함께 피를 내주는 일은 "무수한 뼈를 엮어 만든 포옹"이자 아름다운 원주를 만들어가는 행위가 된다. 그런데 '나'는 이 이타적 행위를 헌신이나 자기희생이라고 여기지 않는다. 그 원주 속에서 "돌고/돌아서/나의 차례"가 왔을 뿐이라고, 그래서 "바늘자국을 만져도 아무렇지 않"다고 말한다. 이러한 화자에게 '햇볕 쬐기'란 '햇볕 되기'와 동의어이다.

> 매일 빠짐없이 햇볕 쬐기
> 근면하고 성실하기
> 버스에 승차할 땐 기사님께 인사를 하고
> 걸을 땐 벨을 누르지 않아도 열리는 마음이 되며
>
> 도무지 인간적이지 않은 감정으로
> 인간을 위할 줄도 아는 것
> 혹은
>
> 자기희생
> 거기까지 가닿을 순 없더라도
>
> ──「중심 잡기」 부분

'햇볕 쬐기' 또는 '햇볕 되기'는 "언 땅 위를 혼자 힘으로 살아가는 방법에 골몰"하다가 발견한 '중심 잡기'의 방식이다. 넘어졌다가 눈을 떴을 때 자신을 지켜준 것은 신이나 천사가 아니라 내 곁에서 나를 부축해주었던 "낯선 사람들"이었다고, "겨드랑이가 따뜻했던 이유는/그들의 손이 거기 있었기 때문"이라고, 그러느라 "사람들의 발이 젖어 있곤 했다"고 '나'는 말한다. 나를 위해 누군가 햇볕이 되어주었듯이 누군가를 부축해주는 환대의 주체가 된다는 것, 이 수행성을 실천하는 화자의 태도는 지나칠 정도로 근면 성실하다. "매일 빠짐없이 햇볕 쬐기"를 잊지 않는 것. "도무지 인간적이지 않은 감정으로/인간을 위할 줄도 아는 것". 그것이 '손'을 가진 인간의 윤리라고 시인은 여기는 듯하다.

그림자와 나란히 걷는 사람

이 시집에는 '손'을 가진 존재인 인간뿐 아니라 '발'을 가진 존재인 '산책자'가 자주 등장한다. 여러 시편에서 '나'는 홀로 걷고 있다. 그런데 엄밀하게 말하면 '나'는 혼자가 아니다. '나'는 산책 중에 '그림자'를 만나기도 하고(「그림자 무사」), 기억 속의 '너'를 떠올리기도 한다(「유리 행성」). '유령들'이 출몰하는 걸 보거나(「시월의 유령들」) '설인'처럼 비현실적인 존재를 따라나서기도 한다(「설인」). 이처럼 '나'에게 산책은 '없는 존재'나 '다른 세계'를 찾아 헤매는 탐색의 행위이자 구도의 행위에 가깝다.

오랫동안
우리는 길고 긴 복도 같은 일인칭을 걷고 있었다
눈이 어두운 우리는 불빛만을 향해 걸어서
누군가 옆에 함께 있으리라고는 상상하지 못했었는데

눈이 어두워서

밤과 낮을 구분할 줄 모르는 심해어처럼
우리는 꿈과 꿈 아닌 것을 구분할 줄 몰랐다
시선을 꺾는 순간 풍경이 되어 멀어지던 너는 마른 목초지였던가
폭설같이 빛이 내린 설원이었던가

(⋯)

네가 눈 속에 들어온 것처럼 가까워졌다가
저 멀리 지평선처럼 멀어졌다가
아득히 사라지는 뒷모습으로
나란한 옆모습으로

─「유리 행성」부분

「유리 행성」의 산책자는 "길고 긴 복도 같은 일인칭을 걷고 있었"던
'우리'의 시절을 기억해낸다. 그 시절 '우리'는 눈이 어두워 "누군가 옆에
함께 있으리라고는 상상하지 못했"다. "꿈과 꿈 아닌 것을 구분할 줄"도
몰랐다. '너'가 까마득한 풍경이 되어 멀어지고 나서야 '우리'가 함께 걸
었던 시간들을 이해하게 된 것이다. "슬픔을 똑바로 보기 위해 안경을 썼"
는데, 세상이 "너무 빠르게 회전하는 행성"처럼 보인다. 그리고 뒤늦게 깨
닫는다, "이 유리알 같은 행성 속에 네가 들어 있"음을, 아득히 사라진 너
의 "뒷모습"이 어느새 "나란한 옆모습"이 되어 "같은 문을 열고 같은 너머
를 열고/같은 빛을 향해 걸어갔"음을. '너'의 부재를 통해 오히려 '너'의
존재를 더 충만하게 느끼는 순간이다. 이제 '너'는 "나란한 옆모습"으로
내 곁에 있다. 이렇게 '나'와 '너'가 사랑과 이별을 통해 원주를 그려가는
과정을 '옆의 존재론'이라고 불러도 좋겠다.
　「유리 행성」외에도 2부에는 사랑에 관한 쓸쓸하고 아름다운 시편들이

가득하다. '너'와 '나'를 포개어 '우리'라고 부를 때 얼마나 많은 기억이 모여드는가. "우리가 한 몸이었던 때를 기억해?"라는 질문으로 시작되는 「사랑의 기원」에서 "전혀 다른 풍경을 바라보던" '우리'는 "탁자에 마주 앉아/닮은 듯 닮지 않은 정면을 바라보고 있"다. "팔과 다리를 공평하게 나눠 갖고서/눈 코 입을 나눠 갖고서" 말이다. "하나의 운명체"로서 "우리의 운명을 공평하게/동전 던지기로 정"했던 사랑은 이내 깨지고 만다. 그 사랑의 끝은 이미 사랑이 시작될 때 예견된 일이었는지도 모른다. 하지만 사랑의 실패가 마냥 아프고 무용한 것만은 아니다. 사랑은 동전의 앞면과 뒷면처럼 간명하게 설명하거나 공평하게 나눠 가질 수 없다는 사실을 알게 되었으니.

> 내가 거기에 없어도
> 밤이면 거리는 어두컴컴해지고
> 가로등엔 불이 켜진다는 걸 안다
> 아, 실재하는 세계를 걷고 싶다
>
> 네가 거기 있다는 걸 안다
> 따라오지 말고 나란히 걷자고 말한다
>
> ——「그림자 무사」 부분

'나'는 더이상 '너'와 걷고 있지 않지만, '그림자'와 함께 있다. '그림자'는 당분간 "나를 대신해서 명랑하게 살아줄" 페르소나(persona) 같은 것이다. 그림자는 "나를 대신해서 친구들을 만나 하하호호/농담을 주고받"고, "주말에는 낯선 애인과 영화도 봐주었다". "모든 게 가짜라는 걸" 알지만, '나'는 그 사실을 들키지 않은 걸 다행으로 여긴다. 그러면서 '나'는 그림자를 향해 다시 묻는다. "그림자야/진심이고자 하는 게 곧 진심일 수 있다면/가짜였던 마음은 언젠가 펄떡이는 심장이 되어/살아갈 수 있을까"라고. '페르소나'라는 말이 연극에서 사용하던 '가면'(personando)에서 왔듯이, 도덕적 염결성이 강한 자아에게 '그림자'는 '가면'처럼 느껴지기도 한다.

자신의 그림자를 보며 묻고 답하는 모습에서 윤동주의 시 「또다른 고향」과 「흰 그림자」를 떠올리게 된다. 「또다른 고향」의 '백골'이나 「흰 그림자」의 '그림자'는 청년기의 시인이 자아의 분화와 개성화 과정에서 대면하게 되는 '또다른 자아'와도 같은 것이다. 「그림자 무사」에서 그림자를 향해 "따라오지 말고 나란히 걷자고" 말하는 것은 자신 안의 그림자를 받아들였음을 의미한다. 그런 점에서 「그림자 무사」는 시인에게 통과의례와도 같은 시라고 할 수 있다. 이제 "아, 실재하는 세계를 걷고 싶다"고 말하는 산책자를 좀더 따라가보자.

종점까지 걸어가는 사람

종점이 있다는 사실이 우리를 끝까지 걷게 했다
잠시 무너지고 나면 끝까지
걸어갈 수 있었다

—「콘크리트 산책법」 부분

산책자는 "종점까지" 걷는다. "손목에 생긴 실금 위로 펴 바르는 회반죽"이 콘크리트처럼 천천히 굳어가는 것을 느끼면서 그는 "끝까지" 걷고 또 걷는다. 그러는 동안 "눈을 감고 귀를 막고 숨을 참아보아도 정말로/죽어 있는 시간은 없었다"는 걸 깨닫게 된다. 그가 어떤 종점에 도착했는지는 그리 중요하지 않다. "먼 훗날의 복원을 위해 흙 속에/묻어두기로 한 꿈"을 실제로 발굴하고 실현할 수 있는지의 여부도 중요하지 않다. 콘크리트 같은 공간을 끝까지 걸으면서 그는 "시간은/부서지기 위해 지어지고/지어지기 위해 부서지는 모래성과 같"다는 사실을 알게 되었기 때문이다. 길고 어두운 복도를 "전부 걸은" 자만이 "복도의 끝이/복도의 시작을 닮아 있"고, "복도의 시작이 복도의 끝을/닮아 있"(「끝과 끝」)음을 알게 된 것처럼.

"실재하는 세계를 걷고 싶다"던 산책자에게 세계는 여전히 "들어온 문이 나가는 문이었던 미로"와도 같다. 다만, "사라지고 없는 처음을 향해" (「끝과 끝」) 걸어가는 것만이 이 세계로부터 나가는 문이라는 것을 알 뿐이다. 그런데 "오직 텅 빈 배후만이 남아 있는/그 환한 거리에서"(「공통점」) 새로운 빛을 만나기도 한다. 역설적이게도 빛을 눈으로 보는 게 아니라 손끝으로 만지는 맹인을 통해 '빛'이 세계의 '울타리'임이 드러난다.

> 잠든 개의 털을 쓰다듬을 때
> 맹인에게는 그 개가 빛이라서
> 밤 속에서도 어두워, 말하지 않네
>
> 그리고 머지않아
> 모든 온도를 손끝으로 옮겨놓은 뒤
> 모든 얼굴을 손끝으로 옮겨놓은 뒤
> 맹인은 문득 깨닫게 되네
>
> ──「빛과 산책」 부분

이미 눈이 어두워진 자는, 그리하여 다른 빛을 보게 된 자는 밤에도 어둡다고 말하지 않는다. 그가 만지고 쓰다듬는 모든 것이 빛이 되기 때문이다. 반면, 앞을 볼 수 있는 자는 눈을 감는 순간 모든 풍경이 "툭, 끊어지

내향적 산책자의 수화 203

는" 것을 경험한다. "밤의 경계를 자르고 지나가는 열차의 긴 절취선"도, "주차장에서 줄넘기를 하는 아이들의 흰 발목"도, "밤 속으로 하나둘씩 사라지는 아파트의 베란다"도 볼 수 없게 된다. 그 소등된 풍경 속에서는 시야를 나누고 구분하던 경계와 절취선들도 함께 사라진다. 바로 이때, 잠든 개를 쓰다듬는 맹인의 손끝에서처럼 "불현듯 밝아진 세계" 또는 "아무것도 소등되지 않는 바깥"이 피어난다. 산책자는 이제 빛 없이도 빛과 산책할 수 있다.

> 환한 빛에 관한 일이라면 잘 알 수 있다
> 빛은 눈을 뜨게 하지만
> 눈을 멀게도 하지
> 빛은 눈을 감게도 하지만 손을 더듬어
> 다른 손을 찾게도 한다
>
> 눈을 감아야 볼 수 있는 꿈에서는
> 그 손이 빛이었구나
> 그 빛을 잡아보려고 우리는 오래도 헤매었구나
> ──「백야행」 부분

가장 마지막까지 보는 사람

산책자가 그토록 열심히 걸어온 길 끝에서 만난 "환한 빛"은 시집 도처에 '빛 웅덩이'들을 만든다. 그가 주로 밤에 산책하는 이유도 빛의 배면으로서 어둠이 필요하기 때문이 아닐까. "나는 너무 무거워서/이대로 가다간 밤이 찢어질 것만 같다"(「밤도 밖도 밝던」)고 할 만큼 밤 산책은 '고행'처럼 보이기도 한다. 하지만 구름은 "매일 다른 하늘"을 보여주고 "매일 다른 기분" "매일 다른 노래"로 살게 한다. 그리고 "아직 아무도 모르게 고여 있는/빛 웅덩이를 만나면//누군가는 거기 멈춰 더운 땀을 말리고/누군가는 차가워진 발등을/씻어보기도 하겠지"(「계절 산책」)라는 믿음이 그를 계속 걷게 한다.

> 걸어가야 할 마땅한 이유도 없이
> 걸어가고 있었다
> 하염없이 살아가야 하는 이유에 대해
> 한가지 대답을 만나고 싶었지
>
> (…)
>
> 허기가 생각을 이길 때
> 나는 텅 빈 몸을 채우러 외출하고 있을 뿐이었다
>
> ──「공복 산책」 부분

이 시에서는 산책의 이유를 '허기' 때문이라고 말한다. 산책자는 거리에서 또다른 산책자들을 만난다. "제 몸을 끊임없이 마르게 하는 것으로/싸움을 하는 사람들"을. "하염없이 살아가야 하는 이유에" 대한 대답을 만나고 싶었던 '나'에게 그들은 대답 대신 "아주아주 단순한 풍경"을 보여준다. '나'는 "검불처럼 가벼워진 빈속으로 오늘은 많이도 걸었구나" 말하며 그 풍경 속에 "지친 마음"을 내려놓는다.

시집 후반부로 갈수록 산책자의 시야가 넓어지면서 공간이 확장될 뿐 아니라 시간의 진폭도 매우 커진다. 특히 3부와 4부에는 '시간'에 대한 사유를 보여주는 시들이 포진되어 있다. 「계절 산책」 「시간의 바다」 「연소 시계」「검은 돌 흰 돌의 시간」 등이 그렇다. 이 시들에 대해 말하기 전에 그 시간의 원류를 더듬어보기 위해 조온윤의 등단작인 「마지막 할머니와 아무르강 가에서」를 먼저 읽어보자.

아무르강 가에서 늙고 지친 호랑이가
밀렵꾼들에게 가족을 잃은 마지막 호랑이가
수면 위로 얼굴을 비추는 순간
마르고 거친 혓바닥을 내밀어 적시는 순간
늙은 호랑이는 마주하게 되지
마지막 할머니를

(…)

머지않아 모든 할머니들이 사라진 시대가 온다고 해도
목을 축이러 찾아간 아무르강 가에서
저 멀리 초원 위를 뛰어다니는 사슴들밖엔 바라볼 수 없다고 해도

호랑이는 그 눈을 죽는 순간까지 기억하지
죽은 뒤에도 시선을 잃지 않아서
흔들의자는 혼자서도 오랫동안 흔들거리지
　　　　　　　　　　　　　　　——「마지막 할머니와 아무르강 가에서」 부분

　아무르강 가에서 마지막 할머니와 마지막 호랑이가 만나는 장면은 비장미가 느껴진다. 시인은 "아득한 세월의 흔들의자에 앉아 여전히/이승의 장경을 관망하고 있는" 할머니와 "그 눈을 죽는 순간까지 기억하"는 마지막 호랑이를 통해 까마득한 신화적 시간을 불러낸다. "심해어의 눈"

과도 같이 "수심을 도무지 헤아릴 수가 없"는 "위구르족 여자의 시선"은 대지모신을 연상케 하는데, 그 시선에는 현대문명이 잃어버린 오랜 서사가 담겨 있다. 오늘날에는 그 시선을 가장 마지막까지 보고, 죽는 순간까지 기억하는 호랑이의 역할을 시인이 대신하고 있다.

「십오행」「십오행을 쓰기 위하여」에서 '마지막 할머니'는 좀더 일상적인 존재로 되살아난다. "하루에 한행씩 십오행"을 쓰는 '나'는 '십오행'이 '영원'을 담기에는 너무 짧다고 느끼지만, 할머니의 깊은 잠 속에서 '다른 시간' '다른 세계'를 발견한다. 현대의 시인은 그러한 난경과 가능성을 동시에 안고 살아가는 존재다. 조온윤 역시 이 시집에서 서정시라는 형식 속에 영원의 숨결과 원형적 서사를 담아내려는 노력을 기울이고 있다. 그 역할을 수행하기 위해 직선적이고 불가역적인 시간과 순환적이고 원형적인 시간을 넘나드는 시인의 보폭은 넓고 유연하다.

그리하여 다시 두 손을 모으는 사람

「검은 돌 흰 돌의 시간」에 나오는 표현처럼 현대인은 "빛의 테두리가 지워진 시간"을 살고 있다. 시인의 기나긴 산책이 그 "빛의 테두리"를 살려내는 일에 바쳐져왔음을 이제야 알겠다. 어둠 속에서 '나'는 사물들의 경계를 구별하기 위해 손을 뻗어보지만, "내 손들"은 "길을 잃고 헤매"기 십상이다. 그러면서도 어두운 방 안에 갇혀 "웅크린 시간을 하염없이 쓰다듬다 만지게 되는/반려동물의 울퉁불퉁한 등뼈" 같은 문고리를 찾는다. 하지만 어렵사리 문을 열고 나가서 만나게 되는 세계의 풍경 역시 참담하기는 마찬가지다.

빙하가 사라지기까지의 세월을 가늠하는 기후학자와

오지 않은 종말을 두려워하며 죄목을 세어보는 신도들
세계대전으로 떠나간 연인을 기억하는 연인과
술잔이 식기 전에 돌아오겠다던 중국 장수처럼
우리는 되풀이되는 이야기가 되어 여기 머물지

네가 태어난 날로부터 얼마나 지나온 걸까?
얼마쯤 녹아버린 몸을 보면 알 수 있지
시간의 혈관은 내내 굳었다 흐르기를 반복하고
그동안 많은 전쟁이 이 식탁 위를 휩쓸고 지나갔어

—「연소 시계」 부분

   '연소 시계'를 화자로 삼은 이 시에서는 "스스로 시계가 되어버린 이들의 박동"이 들려온다. 현대문명의 폭력과 전쟁에 대한 기억이 묵시록적인 풍경처럼 펼쳐지지만, 스스로의 몸을 태우며 사라지는 시계는 전혀 다른 시간으로 우리를 초대한다. "시계의 역사가 곧 기다림"이라는 시계공의 깨달음처럼, 연소 시계는 "역사의 박동 대신 갓 지은 음식"들이 차려진 식탁으로 지친 이들을 맞아들인다. "시간의 혈관"이 "굳었다 흐르기를 반복하"는 역사 속에서 영원이나 구원이 있다면 이런 순간일까.
   「낮 크리스천의 아침 식사」에서 '나'는 찬밥처럼 굳어가는 관습이나 습관들, 예컨대 "밥상 앞에만 앉으면/크리스천의 자세로 손을 모으고" 기도를 하는 것이나 "일요일마다/천원짜리 한장으로 면죄부를 받"는 것에 불편함을 느낀다. 그래도 "이 지붕 아래 모든 것/배고프지 않기를" 기원하는 마음마저 거둘 수는 없다. 「불행 연습」에서는 예고 없이 찾아드는 불행 앞에 놀라며 "우리의 불행을 처음 발견할 사람이 곤란하지 않도록/우리를 불행이었다고 생각하지 않도록" 불행조차 열심히 연습하겠다고 말한다. 대체 이 지극한 선량함은 어디서 오는 것일까. 자기중심적인 면이라고는 찾을 수 없는 시인의 순한 눈빛을 떠올려보니, 그 속엔 "위구르족 여자의 시선"(「마지막 할머니와 아무르강 가에서」)이 들어 있다.

　　도마뱀이 말했다
　　무족한 것은
　　넘어지지 않고 살아남아 영원하겠지
　　하지만 넘어진 이들에게 다가가
　　내밀어볼 수 있는 손이 없다면
　　영원 따위는 주머니에 넣어두고 꺼내보지 않는
　　슬픔일 것 같다

　　몸뚱이만 남은 도마뱀의 몸이 내 다리를 휘감았다
　　냉혈동물의 육각형 피부
　　따뜻한 피가 흐르는 무릎 위로
　　눈송이처럼 내리고 있었다

　　　　　　　　　　　　　　　　　　　　　　　—「무족영원」 부분

　시집 마지막에 이르러 우리는 끝까지 살아남기 위해 "꼬리와 다리를 뚝뚝 떼어낸 뒤 바닥을 기어다니"는 도마뱀을 만나게 된다. '도마뱀'은 넘어져서 무릎을 감싸고 있는 '나'에게 "넘어지는 기분을/발목을 빼앗기듯 쓰러지는 그 기분을 알려달라"고 하지만, '나'는 직립의 슬픔과 고단함을 설명해줄 수가 없다. 오히려 무족한 존재야말로 넘어지지 않고 영원히 살아남을 수 있지 않은가. 그러나 다행히도 인간에게는 걸을 수 있는 두 발과 함께 "넘어진 이들에게 다가가/내밀어볼 수 있는 손"이 남아 있다. 수없이 넘어지더라도 '무족한 존재의 영원'보다는 '부족한 존재의 온기'가 인간의 몫인 것이다.

이제 첫 시집을 냈으니, 시인은 몇번은 넘어질 것이고 무릎을 감싸고 있을 때마다 듣게 될 것이다. "오래 머무를 수 있는 문장은 아름답지 않아도 된다고/애쓰지 않아도 괜찮다고"(「십오행」) 등을 다독여주는 소리를 들을 것이다. 한때 그의 선생이었던 나는 이렇게 말해주고 싶다. 오래 머무를 수 있는 아름다운 문장을 당신은 이미 써왔다고, 그동안 정말 애썼다고, 고맙다고. 물론 굳이 말하지 않아도 그의 겸손한 두 손은 이 말을 잘 알아들을 것이다. 그의 시를 따라 함께 걷는 동안 나 역시 내향적 산책자의 수화(手話)를 좀더 이해하게 되었으니.

그녀는 아주 오래 시를 쓸 것이다

'아주'의 새로운 용법

박규현의 첫 시집 『모든 나는 사랑받는다』(아침달 2022)에는 「아주 오래」라는 같은 제목의 시가 네편이나 실려 있다. 이 네편의 시는 연관성이 크게 없어 보이고 연작 형식도 아니다. 이 시들에서 '아주'는 여성 인물의 이름인 고유명사이기도 하고 다른 부사나 형용사, 동사 등을 수식하는 부사로 쓰이기도 한다. 어떤 부분에서는 '아주'를 부사인 동시에 조사가 생략된 주어 또는 목적어로 중첩해 읽어낼 수도 있다.

특히 2부에 있는 「아주 오래」는 꽤 긴 시로 '아주'의 다양한 사용법을 한껏 펼쳐 보여준다. "아주 한여름이었는데" "누가 아주 찌르고 간다" "뭔가를 아주 죽였더라도" "아주 모르게" "아주 얌전한 기분" "제발 선명하지 않기를 바라는 아주는" "아무도 아주 깨우지 않는 새벽을 생각했다" "아주 남겨져" "아주 한 명 세 명 열 여덟 명" "아주 밥도 먹고 잠도 자고" "아주 귀한 것을 받기라도 한 것같이" 등이 그 예다.

누군가 아주 찌르고 간다 순간 아니면 오래
밤새도록 아랫배를 문질러서 맑은 날 널어두고 싶었다

생리컵에 담긴 피를 처음 버렸을 때
손은 아주 피범벅이 되어 있었다
그런 빨강은 처음이었고 냄새도 안 났고
화장실 바닥에 뿌린 것은 물 아니라 피였고

뭔가를 아주 죽였더라도 모르는 척하자
화장실 문에다가 썼다 누구의 글씨체인지

아주 모르게
아주 모르게

—「아주 오래」부분

 일반적으로 '아주'는 '너무' '매우'와 마찬가지로 강한 정도를 나타내
는 부사어다. 일반적으로 시에서 이런 강조의 부사어를 많이 쓸 경우 감
정의 낭비나 산만한 인상을 주기 쉬운데, 박규현의 「아주 오래」 시편들에
서는 '아주'가 새로운 단어로 발명되고 있는 것을 볼 수 있다. 한 단어로
품사를 넘나들 뿐 아니라 주술 관계와 수식 관계 등을 겹치거나 뒤섞으며
복합적 의미와 관계를 파생시키기 때문이다. 시적 언어란 문법적 규범에
서 벗어남으로써 오히려 새로운 의미를 창안해낸다는 사실을 잘 보여주
는 대목이다.
 박규현의 시어들은 단어와 단어, 문장과 문장의 간격이 넓고 인과적 순
서나 논리를 따르지 않는다. 단절되거나 도치된 문장들이 많고, 때로는 동
사 하나만 먼저 던져두고 다른 말들을 기다리고 있다. 그런데 조금씩 어

긋나고 비껴가는 듯한 단어들과 문장들이 자리를 바꾸면서 몇바퀴 돌다 보면 어느새 나란히 연결되어 있다. 이질적인 시행들이 나선형의 구조를 따라 움직이면서 시상을 확장하고 읽는 이의 감각과 정동을 자극한다. 이처럼 박규현의 시에서 세계에 대한 인식은 직설적 고백이나 주장이 아니라 언어의 배치와 운동을 통해 우회적으로 드러난다.

그런데 여기서 주목할 것은 박규현의 시에서 얼핏 경쾌하고 리드미컬하게 구사되는 시어들 사이로 세계에 대한 불안과 공포가 파편처럼 박혀 있다는 사실이다. 폭력과 죽음에 대해 유난히 예민한 감각을 지닌 시인의 내면은 수시로 피를 흘리면서도 열심히 닦아낸다. "성실해지자 어떻게든 이곳에서"(「클레이」) 다짐하면서 '나'는 찰흙으로 된 지구와 "함께 구르기로" 한다. 그래서인지 그의 단정해 보이는 시어들은 끊임없이 뒤척이며 어디론가 굴러가고 있다. 별로 힘을 주지 않으며 얘기하는 것 같은데, 안간힘을 쓰고 있는 표정이 필사적으로 느껴진다. '밧줄'과 '식칼'이 나란히 놓여 있는 집, '도끼'와 '덫'이 숨겨진 숲, 불안과 공포가 장전된 이 기이한 고요와 평화를 대체 무어라 불러야 할까. 그 속에서 시인은 '추락'을 '게임'이라고 부르고, '울다'와 '웃다'를 동의어로 발음한다.

'여전히'와 '오히려'

골치 아프지 않다.
자연사가 제일 어렵다 해도

집을 청소하는 대가로 집을 확장시키는 게임을 한다.
아주 베란다가 있었다면 잘해줬을 것이다.
매일 먼지를 쓸어줬을 텐데

당산역에서 합정역으로 건너가는 동안에

열차가 한강 한가운데서 멈추는 건 아주가 베란다를 갖게 되는 것만큼
희박한 일

서울이니까.

이 구간은 사라지지 않고. 사람들은

어깨를 밀치기도 하고 발을 밟기도 하면서

사과하지 않는다. 대화하지 않는다. 죽지 않는다. 열차가 흔들리며 달려
가듯이

개의치 않고

원자력 발전소가 폭발한 이후의 이야기부터 시작되는 게임을 다운로드
한다. 핵폐기물을 처리하고 땅을 사고 실종된 시민들을 찾아 마을을 가꿔
낼 것이다.

순환선을 타고 있다. 비상시에는 어떻게 해야 좋을까. 앞 열차와 충돌하
거나 선로를 이탈하는 경우에는. 검지와 엄지를 이용해 아주 집어 올려 줄
사람은

아치교를 설치한다. 무너뜨린다. 추락한다. 아주 새롭게 호명되고

다음엔 어떤 게임을 해볼까. 어떤 역에서 내려야 할까. 놓치고 있다. 맴돌
고 있다.

모르는 사람이 무릎에 종이 한 장을 올려둔다. 그의 사연이 적혀 있다.
현금이 아주 있었더라면

옆사람은 벌떡 일어나 내린다. 흰 종이가 바닥에 떨어진다. 작고 네모나
고 희다. 엄지와 검지를 이용해 그것을 집어 올린다.

성가신 일은 일어나지 않는다. 여전히
오히려 서울인 만큼

──「아주 오래」 전문

이 시는 6부의 첫머리에 실려 있다. 서울이라는 도시가 거느린 어두운
그림자가 담담한 톤으로 그려지고 있지만, 디스토피아를 비추는 시인의
시선은 다층적이다. "서울이니까"에 담긴 체념과 함께 "여전히/오히려 서
울인 만큼"에서 읽히는 냉소에 이르기까지 '지금 여기'의 현실에 대한 시
인의 감정 또한 복잡하다.

지하철 순환선을 타고 가는 사람들은 대체로 집이 없거나 베란다를 갖
지 못한 서민들이다. 그들은 베란다가 있었다면 매일 먼지를 쓸어줬을 거
라고 아쉬워하며 "집을 확장시키는 게임"을 한다. "어깨를 밀치기도 하고
발을 밟기도 하면서" 어디론가 실려가는 사람들은 서로에 대해 무감해진
지 오래다. 그들은 서로 사과하지 않고 대화하지 않으며 "열차가 흔들리
며 달려가듯이" 함께 달려갈 뿐이다. 그 무심함 속으로 '죽음' '폭발' '핵
폐기물' '실종' '충돌' '이탈' '추락' 등의 단어들이 툭툭 튀어나온다. "열
차가 한강 한가운데서 멈추는 건 아주가 베란다를 갖게 되는 것만큼 희박
한 일"이지만, 독자는 이 대목에서 대구지하철참사(2003), 용산참사(2009),
세월호참사(2014), 이태원참사(2022) 등을 떠올리게 된다. 이 시의 서두에서
"자연사가 제일 어렵다"고 할 만큼 재난과 참사의 기억은 일상 깊숙이 스

며들어 있다.

그런 속에서 시적 화자는 현실을 변화시킬 필요성이나 적극적 의지를 표명하기보다는 "원자력 발전소가 폭발한 이후의 이야기부터 시작되는 게임을" 다운로드한다. 아주가 베란다를 갖는 것도, 마을을 재건하는 것도 모두 '게임' 속에서만 가능한 일이다. 그들은 비상시에 자신을 "검지와 엄지를 이용해 아주 집어 올려 줄 사람"을 떠올려보지만, 그러한 구원자는 나타나지 않는다. 다만, 옆 사람이 일어나 내리면서 바닥에 떨어진 걸인의 종이 한장을 "엄지와 검지를 이용해" 집어 올릴 수 있을 뿐이다. "현금이 아주 있었더라면" 아쉬워하고, 성가신 일이 일어나지 않은 것만으로도 다행이라 여긴다.

마지막으로 시의 결말 부분에 나오는 두개의 부사어에 시선이 오래 머문다. '여전히'와 '오히려'. '서울'을 둘러싼 이 부사어들이야말로 위험도시 서울에 갇힌 채 살아가는 이들이 처한 딜레마를 대변하고 있는 것처럼 보인다.

낮고 고요한 파열음의 세계

'서울'이라는 도시에서 살아가는 불안과 피로 때문일까.『모든 나는 사랑받는다』에 등장하는 존재들은 현실을 피해 게임에 몰두하거나 멀고 낯선 곳에 있을 때가 많다. 로쿄, 안미츠, 이국적 이름을 지닌 그들은 비명도 절망도 없이 "외국어로 된 간판을 읽으면서" "다만 선량한 표정으로" "다음을 향해 이송되는 자세로"(「도쿄, 로쿄」) 서로를 데리고 간다. 그런데 아무리 멀리 떠나도 완전히 떠날 수 없다. 폭력과 죽음으로 얼룩진 이 세계로부터 도망칠 수가 없다.

그들은 "천국의 문" 앞에서 기다리며 "죽지 않고서/천국에 갈 수 있는 포즈에 대해 고민”(「렘뿌양」)한다. 하지만 언제라도 “던져질 수 있고 뭉개질 수 있고 짓밟힐 수 있는”(「나의 가정용 사람들」) 현실이 눈앞에 현상될 뿐이다. “사람이기 때문에 사람이기를 포기한 자들을 두고 이곳에 와 있으”(「80571」)면서 ‘사람이라는 것’을 생각한다. 여행이든 야영이든 산책이든 시의 화자들은 ‘그곳’에서도 여전히 ‘지금 여기’의 고통을 되새김질하고 있을 뿐이다. 따라서 박규현의 시를 읽는다는 것은 그 미세하고 고통스러운 파동을 몸으로 느끼는 일이다. 시인이 고통을 직접적으로 드러내는 경우는 아주 드물다. ‘아주’의 반복과 변주가 그러하듯, 고통은 유사한 단어나 음운의 반복을 통해 일종의 주문처럼 발화된다.

> 그곳에 벗어둔 신발의 매듭은 풀려 있었다
> 계속해서 방향이 있다고 믿었다
>
> 파열음
>
> 너의 어깨를
> 작고 무르지 않은 그 언덕을 감싸 쥐면
> 면목 없이 너를 미워하게 된다
>
> 파열음
> 파수꾼으로부터
> 파괴되지 않으려고
>
> 우리의 일에 역사가 만들어지지 않는다 해도
> 그 누구도 우리를 단번에 삼켜버리지는 못할 것이다
>
> ──「파의 기분」 부분

서사의 내용이 많이 생략되어서인지 이 시에 등장하는 '너'가 누구인지, '나'와 '너'의 관계가 무엇인지는 잘 잡히지 않는다. "우리의 일"이 무엇인지도 구체적으로 드러나지 않는다. 다만 "그곳에 벗어둔 신발"이나 "파괴되지 않으려고" "우리를 단번에 삼켜버리지는 못할 것이다" 등에서 누군가의 죽음과 관련된 시라는 걸 짐작할 수 있다. 죽음에 대한 공포나 그에 저항하려는 몸부림이 낮고 고요한 파열음에 실려 전해질 뿐이다. "파열음/파수꾼으로부터/파괴되지 않으려고"에서 연이어 터지는 'ㅍ'은 제목의 '파'와 본문에 네번이나 반복되는 '파열음'이라는 단어와 함께 정서적 파열을 일으킨다.

이처럼 박규현의 시에서는 의미론적 연결보다 음성적 연쇄작용이 만들어내는 소리의 물질성이 더 중요하다. "방 밖에 방이 있는/방 안에 방이 있는"(「무대는 무대」)이나 "숨이 막혀버린다는/숨이 먹혀버린다는"(「신의」) 등과 같은 반복과 변주 역시 밀폐된 공간이나 알 수 없는 폭력에 대한 공포와 불안을 내장하고 있다. "아주 모르게/아주 모르게"(「아주 오래」) 또는 "외국어로 된 간판을 읽으면서/외국어로 된 간판을 읽으면서"(「도쿄, 로쿄」)에서처럼 어떤 상태나 행위의 무력한 반복이 화자의 심리를 대변하기도 한다. 이 낮고 고요한 파열음의 세계 속에서 고통의 감각은 긴 여진과 파문을 동반하며 지속된다.

서울에서 여자로 살아간다는 것

다시 시집을 펼쳐 시인의 약력을 읽는다. 시인의 이름 밑에 "1996년 서울에서 나고 자랐다"는 단 한 문장이 있을 뿐이다. 2022년 한국경제 신춘문예에 「이것은 이해가 아니다」라는 시로 등단한 시인은 꼭 한달 만에 첫 시집『모든 나는 사랑받는다』를 출간했다. 그럼에도 등단 사실도 명기하지 않은 채 서울에서 나고 자란 사실만이 적혀 있는 약력이 나에겐 의미심장하게 느껴진다. 그 아래 자리한 흰 여백이 시인이 살아내야 할 수많은 날들과 써야 할 수많은 시들을 머금고 있는 것만 같다. 이 젊은 시인에게 '서울'이란 대체 어떤 의미와 무게를 지닌 것일까.

서울에서 산다는 것에 대해 생각해. 아니. 서울에서 살아간다는 것에 대해 생각해. 아니. 서울에서 죽지 않는다는 것에 대해 생각해. 아니. 서울에서 여자로 산다는 것에 대해 생각해. 아니. 서울에서 여자로 살아간다는 것에 대해 생각해. 아니. 서울에서 여자로 죽지 않는다는 것에 대해 생각해. 서울에서 나고 자라 죽음까지 바라는 건 어딘가 무섭지 않냐면서.

시집 뒤에 부록으로 실린 글(연작시로 읽히기도 한다)「안미츠와 성실하고 배고픈 친구들」의 한 대목이다. 서울에서 산다는 것과 살아간다는 것과 죽지 않는다는 것. 이 세가지 표현은 시인에게 동의어에 가까워 보인다. 그리고 서울에서 여자로 산다는 것과 살아간다는 것과 죽지 않는다는 것도 크게 다르지 않다. "서울에서 나고 자라 죽음까지 바라는 건 어딘가 무섭지 않냐"고 말하면서도 화자는 누구보다도 '서울'에서의 죽음을 예감하고 두려워하고 있는 듯하다. 가까운 친구의 죽음을 겪은 시인에게 '서울'은 출생과 성장의 터전이자 생존을 위한 공간이다. '서울'이 누군가에게 죽음의 장소가 되지 않기를 시인은 간절히 기원한다. 인용문 바로 뒤에는 이런 문장이 나온다. "안미츠 씨는 자신의 소중한 사람들이/모두 무사히 늙기를 바란다고 말한다". 시인이 「아주 오래」라는 제목의 시를 여러편 쓴 이유도 이러한 바람과 관련이 있지 않을까.

시집 속에서 '나'는 조용히, 그러나 끈질기게 세포분열을 하면서 살아간다. 사람이되 사람이 아닐 때까지, "너와 도마뱀"이 가족이 될 때까지,

동물과 식물이 가족이 될 때까지. '나의 가정용 사람들'을 통해 '가족'의 새로운 정의와 윤리가 생겨난다. 이렇게 태어난 '모든 나'는 「안미츠와 성실하고 배고픈 친구들」에서처럼 서로를 쓰다듬으며 사랑받고 있다고 느낀다. 그것만이 죽음의 세계를 견디는 최선의 길이라는 걸 잘 알고 있다는 듯이. 시집 『모든 나는 사랑받는다』는 이렇게 끝을 맺는다.

> 소중하고 귀한
> 나의 친구
>
> 우리는 또 살아가자
> 이 소름끼치도록 이상한 세상을 정면으로 마주하자
>
> 사납게 또한 꼿꼿한 자세를 하고

이 말을 할 수 있기까지 시인은 참담한 세상과 죽음의 소식 앞에서 얼마나 절망하고 슬퍼했을까. 절망과 애도를 건너온 시인이 이제 세상을 정면으로 마주하려는 용기를 내고 있으니 참 다행이다. 친구를 향해 "우리는 또 살아가자"고 말했듯이, 그녀는 아주 오래 살아갈 것이다. 그리고 그녀는 아주 오래 시를 쓸 것이다. 이보다 간절한 축원을 나는 알지 못한다.

제3부

김종삼의 「라산스카」 시편들에 대하여

'라산스카'는 무엇/누구/어디인가

『김종삼 전집』(권명옥 엮음, 나남 2005)에는 「라산스카」라는 제목을 가진 시가 여섯편 실려 있다. 그런데 2014년 두편의 「라산스카」가 새롭게 발굴되어 여덟편이 되었다. 신철규는 최초의 「라산스카」가 『신동아』 1967년 10월호에 앞서 『현대문학』 1961년 7월호에 실렸다는 사실과 함께 전집에 누락된 두편의 「라산스카」를 소개했다.[1]

일련번호 없이 여기저기 흩어져 있으니 연작이라고 보기는 어렵지만, 꽤 오랜 기간에 걸쳐 같은 제목으로 여덟편의 시를 발표했다는 것은 그만큼 '라산스카'라는 말이 김종삼에게 지속적인 창작동기를 제공했음을 의미한다. 그런데 「라산스카」 시편은 제목부터가 논란이 많고 해석이 분분하다. 그 뜻을 묻는 이에게 시인이 "라산스카가 뭐냐고? 밑천을 왜 드러

---

[1] 신철규 「하늘과 땅 사이를 비껴가는 노래, '라산스카'」, 『현대시학』 2014년 11월호. 새로 발굴된 두편은 『자유문학』 1961년 12월호와 『월간문학』 1976년 11월호에 각각 수록된 작품이다.

내. 그걸로 또 장사할 건데. 묻는 사람이 여럿 있어요. 안 가르쳐줘요"²라고 대답했던 걸 보면, 그 모호성은 의도된 것인 듯하다. 이 말이 나오는 전후 문맥을 살펴보아도 그것이 고유명사인지 새로운 조어(造語)인지 가늠하기 어렵고, 장소인지 사람인지도 확실치 않다.

권명옥은 '라산스카'를 "시인이 꿈꾸는 내세의 어떤 장소, 귀거래의 처소"³를 가리킨다고 했다. 그러면서 시인이 꿈꾸는 내세적 풍경을 담은 「동산」 「헨셀과 그레텔」 「꿈속의 나라」 「꿈의 나라」 「그날이 오며는」 「꿈속의 향기」 등도 넓은 의미에서 '라산스카 환영시편'에 포함시켰다. 류순태는 '라산스카'가 '바로크 시대 음악'과 '팔레스트리나의 음악'을 노래한 성악가 이름이라고 보았다. 1919년 무렵 뉴욕 출신의 훌다 라샨스카(Hulda Lashanska, 1893~1974)가 녹음한 레코드 「Annie Laurie」가 큰 성공을 거두었는데, "김종삼은 「Annie Laurie」를 비롯한 그녀의 노래들을 매우 좋아했"⁴을 것이라고 추측한다. 이승훈은 '라산스카'가 특정한 대상 없이 유니크한 음상만으로도 자기 충족적 성격을 지닌다고 보았다. '라산스카'라는 기표가 하나의 기의로 환원되지 않고 그 공백 속에서 오히려 김종삼 특유의 이미지와 상징이 만들어진다는 것이다.⁵

어느 쪽의 해석을 따르든 '라산스카'라는 말이 성악가 개인의 이미지에 국한되는 것이 아니라, 김종삼이 추구하는 이상적 세계를 대변하고 그 지향성을 보여준다는 것은 분명하다. '라산스카'뿐 아니라 김종삼 시에는 음악가의 이름이나 곡명, 음악용어 등이 빈번하게 등장한다. 그 기표들은 현학적인 예술 취미나 서구 취향을 넘어 예술가의 생애와 음악적 뉘앙스

2 강석경 「문명의 배에서 침몰하는 토끼」, 장석주 엮음 『김종삼 전집』, 청하 1988, 293면.
3 권명옥 「적막과 환영」, 『김종삼 전집』, 나남 2005, 36면.
4 류순태 「예술의 세계에서 살다 간 전후시인, 김종삼」, 『오늘의 문예비평』 2007년 봄호, 276면.
5 이승훈 「현대시의 종언과 미학」, 『시와사상』 2006년 가을호, 39면.

를 연상시키며 시의 공간 속으로 자연스럽게 녹아든다. 이런 점을 염두에 둘 때, "그는 '라산스카'라는 성악가와 그녀의 노래에서 영감을 받아 시를 짓기는 했지만 그녀의 노래가 주는 어떤 분위기와 그것을 들었을 때의 영혼의 고양 상태를 시적으로 변용시키려고 노력한 것"[6]이라는 신철규의 지적은 타당해 보인다.

같은 제목 아래 여러편의 시들이 창작된 예는 많이 있다. 「장편(掌篇)」이라는 시는 무려 아홉편이나 되고, 「나」 「원정(園丁)」 「소리」 「투병기(鬪病記)」 「실기(實記)」 「샹뺑」 「나의 주(主)」 등도 두편 이상이다. 「라산스카」 시편들을 포함해 이런 경우들을 면밀히 비교 분석해보면, 시의식의 변화는 물론이고 퇴고과정에 나타난 리듬과 형식의 변화 등도 흥미롭게 드러날 것이다.

'라산스카'에 이르는 '소리의 길'

그렇다면 이질적인 시상들이 '라산스카'라는 하나의 기표를 중심으로 연결된 「라산스카」 시편들을 어떻게 볼 것인가. 앞에서 「라산스카」라는 제목의 시가 여덟편이라고 했지만, 이 모두를 독립된 작품으로 인정할 수 있을지는 의문이다. 같은 시라 하더라도 문예지에 발표된 본문과 시집에 수록된 본문이 차이를 보이는 경우도 있고, 한편의 시를 두 부분으로 나누어 각각 개별적인 시로 발표한 경우도 있기 때문이다. 이런 작품을 단순한 퇴고나 개작으로 볼 것인지 독립된 시로 볼 것인지는 논란의 여지가 있다.[7]

---

6 신철규, 앞의 글, 114면.
7 이숭원은 『김종삼 전집』(권명옥 엮음, 나남 2005)에 실린 여섯편 중에서 두편(① 「라산스카」, 『시인학교』, 신현실사 1977.8, ② 「라산스카」, 『문학사상』 1983.7)은 어떤 사정에

다음에 인용한 〈A〉는 『현대문학』 1961년 7월호에 처음 발표된 「라산스카」이고, 〈B〉는 김종삼·문덕수·김광림의 공동사화집인 『본적지』(성문각 1968)에 수록된 「라산스카」다. 〈A〉와 〈B〉를 비교해보면, '스콜'이 '스콥'으로 외래어 표기만 바뀌었을 뿐 단어나 문장이 직접 달라진 것은 없다. 다만, 전체적으로 행과 연의 구분이나 띄어쓰기가 달라졌고, 〈A〉에서 1연을 제외한 모든 연의 끝에 찍힌 마침표가 〈B〉에서는 모두 삭제되었다. 이런 차이는 김종삼이 언어의 사소한 배치나 운용에 얼마나 섬세한 공력을 기울였는지를 짐작케 한다.

〈A〉
미구에 이른 아침

하늘을
파헤치는 스콜
소리.

하늘속 맑은
변두리.

새 소리 하나.

물 방울 소리 하나.

의해 뒷부분이 잘렸다고 보고 독립된 작품으로 인정하지 않는다. 그 견해에 따른다면 새로 발굴된 두편을 포함해도 「라산스카」는 여섯편이 된다.(이숭원 「김종삼 시의 정본 확정 문제」, 『한국 현대시 연구의 맥락』, 태학사 2014, 297~300면 참조.)

마음 한 줄기 비추이는
라산스카.

〈B〉
미구에 이른 아침
하늘을 파헤치는
스콥 소리

하늘 속
맑은
변두리
새 소리 하나
물방울 소리 하나

마음 한 줄기 비추이는
라산스카

　6연으로 된 〈A〉가 〈B〉에서는 3연으로 압축되었는데, 이에 따라 시의
리듬감이나 감각의 집중도는 사뭇 달라진다. 6연의 분산된 구조를 지닌
〈A〉에서 가장 두드러진 것은 2연, 4연, 5연에 나타난 개별적 소리의 물질
성이다. "스콥/소리." "새 소리 하나." "물 방울 소리 하나."에서처럼 행과
연의 구분과 띄어쓰기를 극대화하고 마침표를 찍음으로써 소리들이 시
차와 거리를 두고 또렷하게 들려오는 듯하다. '하나'와 '한 줄기'라는 개
체성의 강조는 그 소리가 독자적이고 일회적인 감각의 순간임을 일깨워
준다. 이 소리들이 차례로 지나간 뒤에 시의 구심점은 마지막 연 "마음 한

줄기 비추이는/라산스카."에 집중된다.

그에 비해 3연으로 된 〈B〉에서는 1연과 3연의 거리가 단축됨으로써 이미지의 밀집도가 높아지는 반면, 2연에 나열된 소리들의 물리적 인상이나 독립성은 상대적으로 약화된다. 〈A〉에서는 1연의 "미구에 이른 아침"이 시간적 배경으로, 3연의 "하늘속 맑은/변두리"가 공간적 배경으로 뚜렷하게 제시되었다면, 〈B〉에서는 시간적 배경과 공간적 배경이 다른 시행들에 묻힌 느낌이 든다. 이에 따라 〈A〉의 구조를 지탱하는 기본축이 3연-6연(변두리-라산스카)이었다면, 〈B〉의 기본축은 1연-3연(스콥 소리-라산스카)으로 이동한다. 〈A〉에서 주요한 청각 이미지 중 하나였던 '스콥 소리'가 〈B〉에서는 '라산스카'를 환기하고 상상하게 하는 촉매로 작용한다. 행과 연의 조절만으로도 이렇게 시의 구조와 이미지의 중심이 바뀐다는 사실이 흥미롭다.

시에서 구두점이 차지하는 비중에 대해서도 두편의 차이는 시사해주는 바가 많다. 〈A〉에서 전면적으로 사용된 마침표가 〈B〉에서는 제거되었는데, 이는 〈B〉를 열린 구조로 만들어준다. 6연 구조에서 3연 구조로 바뀌면서 언어의 밀집도가 높아졌는데, 마침표까지 찍었다면 시행 사이의 연결이 자연스럽지 못하고 답답하게 느껴졌을 것이다. 〈B〉가 개별적 소리의 물질성보다 그 소리에 의해 환기되는 세계에 집중한다고 할 때, 마침표가 없으면 소리들이 서로 넘나들고 결합하기에 한결 원활해진다. 그로 인해 '마음 한 줄기 비추이는/라산스카'가 아련하게 떠오르면서 시적 여운이 증폭된다. 라산스카에 이르는 두가지 '소리의 길' 중에서 김종삼은 결국 후자를 선택한 것이다. 이러한 시행 배치나 구두점의 운용은 김종삼이 운문적 압축미를 만들어내는 중요한 방법이었다.

그는 마침내 '라산스카'에 닿았을까

그런데 우리를 곤혹스럽게 하는 것은, 김종삼이 라산스카에 이르는 '소리의 길'을 이후에도 계속 다른 방식으로 변주했다는 사실이다. 앞에서 분석한 〈B〉는 문덕수·김광림과 펴낸 공동사화집 『본적지』에만 실려 있고, 정작 첫 개인시집인 『십이음계』(삼애사 1969)와 두번째 시집인 『시인학교』(신현실사 1977)에는 실려 있지 않다. 이것은 그가 '라산스카' 시편에 대한 시적 모색을 종료하지 않았음을 의미한다.

〈C〉
하늘 속 맑은
변두리
새 소리 하나
물방울 소리 하나
마음 한 줄기 비추이는
라산스카

〈D〉
미구에 이른
아침

하늘을
파헤치는
스콥소리

1980년대 들어 김종삼은 〈B〉를 변형해 두편의 시를 발표한다. 그 한편이 『문학사상』 1983년 7월호에 발표한 〈C〉인데, 〈B〉의 2연과 3연을 그대로 옮기되 두연을 한연으로 합치고 독립된 시행이던 '맑은'을 1행의 '하늘 속'과 같은 행으로 배치한 것만 다르다. 〈D〉는 시선집 『평화롭게』(고려원 1984)에 실려 있으니, 발표 시기로는 「라산스카」의 마지막 버전인 셈이다. 〈D〉에서는 〈B〉의 1연을 그대로 옮기되 한연을 두연으로 나누고, 1행의 '아침'과 2행의 '파헤치는'에서 각각 행갈이를 했다. 그러니까 〈C〉는 시행의 통합을 통해 유기성을 강화하고, 〈D〉는 시행을 분산시켜 여백미를 강조한 것이라고 볼 수 있다.

이러한 분리와 재생성 과정은 〈B〉가 원래 두개의 심층구조가 결합된 것이었음을 역으로 보여준다. 〈C〉가 '변두리-라산스카'로 연결되는 공간적 특성이 강하다면, 〈D〉는 '아침-스콥소리'로 연결되는 시간적 특성이 강하다. 그 결과 〈C〉에서는 여러 소리들이 하나로 어우러져 "마음 한 줄기 비추이는/라산스카"로 모이고, 〈D〉에서는 "하늘을/파헤치는/스콥소리"의 물질성이 선명하게 부각된다.

김종삼은 시선집 『평화롭게』를 1984년 5월에 펴내고 그해 12월에 숨을 거두었다. 시인은 죽음이 미구(未久)에 이른 어느 아침, 문득 스콥소리를 들었을까.

'스콥'이란 무엇/누구/어디인가

'라산스카'라는 기표를 둘러싼 일련의 논의를 통해 우리는 김종삼이 소리의 길을 통해 닿으려 했던 세계 가까이 따라가볼 수 있었다. 그곳은 "하늘 속 맑은/변두리"이며 "하늘을/파헤치는/스콥소리"가 들려오는 곳이다. 그런데 우리는 다시 '스콥소리'란 무엇인가 하는 질문과 만나게 된다.

분명한 해석을 내놓은 이는 별로 없지만, 일반적으로는 '스콥'을 '삽'이라는 뜻의 네덜란드어 'schop'으로 이해[8]하는 듯하다. 그런데 '삽'이라는 아름다운 우리말을 두고 시인은 굳이 낯선 외래어를 쓸 필요가 있었을까. '스콥'이 '삽'을 뜻하는 일반명사가 아니라 고유명사일 수도 있다는 생각에 찾아보니, 바로크 시대 작곡가이자 바이올리니스트로 요한 쇼프(Johann Schop, 1590~1667)가 있다. 특히 그의 '코랄 콘체르토와 코랄 변주곡'은 바로크 음악의 대표적인 곡으로, 바흐를 비롯해 후대 음악가들에 의해 자주 인용되거나 연주되었다. 김종삼이 바로크 음악에 경도되었고 그 시대의 음악이 라산스카와 관련이 깊다는 것은 또다른 「라산스카」(『누군가 나에게 물었다』, 민음사 1982)에도 나타나 있다.

〈E〉
바로크 시대 음악 들을 때마다
팔레스트리나 들을 때마다
그 시대 풍경 다가올 때마다
하늘나라 다가올 때마다
맑은 물가 다가올 때마다
라산스카
나 지은 죄 많아
죽어서도
영혼이
없으리

---

8 이 구절에 대해 권명옥은 "지상에서라면 소음이 될 스콥(schop)이 정작 하늘을 파헤칠 때 내는 소리는 얼마나 평화롭고 또 감미로운 소리일까"라고 해석했다(권명옥 엮음 『김종삼 전집』 372면).

이 시에 등장하는 '팔레스트리나'(Giovanni Pierluigi da Palestrina, 1525~94)가 16세기의 대표적인 교회음악 작곡가였다는 사실[9]은 이미 밝혀진 바 있다. 요한 쇼프[10]는 바로 다음 세대를 잇는 음악가로서, "바로크 시대 음악 들을 때"에 그의 음악이 포함되었을 개연성은 충분히 있어 보인다. 바로크 음악에서 현악기의 움직임은 〈D〉의 "하늘을 파헤치는"이라는 구절과 잘 어울린다. 현악기 활의 움직임은 허공을 파헤치는 삽의 움직임과 닮아 있기 때문이다. '스콥소리'를 하늘을 퍼내는 '삽질소리'로 보든, 요한 쇼프의 음악에서 들리는 '악기소리'로 보든 '스콥'이 '라산스카'를 환기하는 촉매이기는 마찬가지다.

'라산스카'처럼 '스콥' 역시 그것이 무엇/누구/어디인지 쉽게 단정할 수 없다. 바로 이 점이 「라산스카」 시편들을 단일한 정의나 해석으로 한정하지 않고 그 의미가 쉽게 탕진되지 않도록 해준다. 사실 김종삼의 시에서 이 모호한 기표들이 인명인지, 지명인지, 추상명사인지를 두고 논란을 벌이는 것은 그리 생산적이지 못하다. 어느 하나로 확정하기보다는 경계를 넘나들며 그 낯선 기표를 둘러싼 아우라를 풍부하게 경험하는 편이 현명한 노릇일 것이다.

라산스카, 신발을 엎어끌고서

이제까지 살펴본 다섯편의 「라산스카」에서 시인의 시선은 천상을 향하

---

9 김정배 「김종삼 시의 소리지향성 연구」, 원광대 인문학연구소 『인문학연구』 11권 1호 (2010), 121면.

10 현행 외래어 표기법에 따르면 독일 음악가 Johann Schop는 '요한 쇼프'인데, 김종삼은 'Schop'를 '스콥'으로 읽었을 수도 있다. 최초로 발표된 「라산스카」(『현대문학 1961년 7월호』)에서 '스콥'이라고 표기한 것도 외래어 표기의 혼란을 보여주는 대목이다.

고 있다. 보이지 않는 그 세계는 음악이나 자연의 소리를 통해서나마 감지될 수 있을 뿐이다. 그래서 황동규는 김종삼의 시세계를 '잔상(殘像)의 미학'이라고 부르며 이러한 '내용 없는 아름다움'의 추구를 "미학주의의 한 극치"[11]라고 표현했다. 그러나 '라산스카'로 대변되는 음악의 세계는 단순히 현실을 초월한 낭만적 동경에 그치지 않고 추악한 현실을 비추는 거울이자 '풍경(風景)의 배음(背音)'[12]이 되기도 한다.

한 산문에서 김종삼은 시를 쓰고 싶은 날은 "굴욕 따위를 맛볼 때"라고 하면서 "한동안 일과 빚에 쫓기다가 단 하루라도 휴식이 얻어진다면 죽음에서 소생하는 찰나와 같은 맑은 공기가 주위를 감돌았다"[13]고 썼다. '라산스카'가 비루한 현실의 어둠을 뚫고 드러나는 바로 그때가 '시적 현현(顯現)'의 순간일 것이다. 다음 두편의 「라산스카」는 누추한 현실 속을 걸어가는 시인의 모습을 담담하게 보여준다.

⟨F⟩
녹이슬었던
두꺼운 철문(鐵門)안에서

높은 석산(石山)에서 퍼부어져 내렸던
올갠 속에서

거기서 준
신발을 얻어끌고서

---

11 황동규 「잔상(殘像)의 미학」, 장석주 엮음 『김종삼 전집』 254면.
12 오형엽 「풍경의 배음과 존재의 감춤」, 『한국 근대시와 시론의 구조적 연구』, 태학사 1999.
13 김종삼 「이 공백을」, 권명옥 엮음 『김종삼 전집』 300면.

라산스카
늦가을이면 광채 속에
기어가는 벌레를 보다가

라산스카
오래되어서 쓰러져가지만
세모진 벽돌집 뜰이 되어서

〈G〉
집이라곤 비인 오두막 하나밖에 없는
초목(草木)의 나라

새로 낳은
한 줄기의 거미줄처럼
수변(水邊)의
라산스카

라산스카,
인간되었던 모진 시련 모든 추함 다 겪고서
작대기를 짚고서.

　〈F〉는 『신동아』 1963년 10월호에 발표된 「라산스카」이고, 〈G〉는 시선집 『평화롭게』(고려원 1984)에 실려 있는 「라산스카」다. 〈G〉를 〈F〉의 수정본이라고 볼 수 있다면, 20년의 세월이 흘러서야 시집에 정착된 셈이다.

두 시는 구체적인 시어나 이미지가 다소 다르지만, '라산스카'가 "인간되었던 모진 시련 모든 추함 다 겪고서/작대기를 짚고서" 도달할 수 있는 세계라는 점에서는 유사하다. 〈F〉의 표현을 빌리자면, "거기서 준/신발을 얻어끌고서" 걸어가는 길이다. 그 신발은 "높은 석산(石山)에서 퍼부어져 내렸던/올갠 속에서" 얻은 것으로, 높은 곳에서 은총처럼 쏟아져 내리는 음악의 세례야말로 그의 영혼을 라산스카로 이끄는 힘이 되어주었음을 말해준다.

다른 「라산스카」 시편들과는 달리, 이 두편의 시에는 공통적으로 지상의 집이 등장한다. "오래되어서 쓰러져가지만/세모진 벽돌집 뜰"과 "집이라곤 비인 오두막 하나밖에 없는/초목(草木)의 나라"가 그것이다. 그 뜰과 초목의 나라에서 시적 화자는 "늦가을이면 광채 속에/기어가는 벌레를 보"거나 "새로 낳은/한 줄기의 거미줄처럼/수변(水邊)의/라산스카"를 떠올린다. 이처럼 "신발을 얻어끌고서" 또는 "작대기를 짚고서" 힘겹게 걸어간 궤적들이 「라산스카」 시편들에는 고스란히 담겨 있다.

김종삼은 「평범한 이야기」라는 시에서 이렇게 말했다. "한 걸음이라도 흠잡히지 않으려고 생존하여갔다"고. "세상 욕심이라곤 없는 불치의 환자처럼 생존하여갔다"고. 그러다가 "환멸의 습지에서 가끔 헤어나게 되면은 남다른 햇볕과 푸름이 자라고 있으므로 서글펐다"고. "서글퍼서 자리 잡으려는 샘터 손을 담그면 어질게 반영되는 것들 그 주변으론 색다른 영원이 벌어지고 있었다"고. 김종삼이 「라산스카」 시편들을 쓸 때는 아마도 환멸의 습지에서 잠시 놓여나 맑은 샘가에 어른거리는 '색다른 영원'을 발견한 순간이 아니었을까.

김수영을 바라보는 두개의 시각

『거대한 뿌리』와 『사랑의 변주곡』

하나의 선택 속에는 이미 다른 어떤 것에 대한 배제가 포함되어 있기 마련이다. 그러므로 무엇을 취하고 무엇을 버릴 것인가 하는 것은 주관적 시각이나 기준에 의해 결정될 수밖에 없다. 특히 그 선택의 대상이 문학 작품일 경우, 드러나는 시각의 차이는 생각의 단순한 개진보다 오히려 더 첨예해지는 것을 종종 볼 수 있다.

그런 점에서 김수영의 사후에 가장 먼저 간행된 두 시선집 『거대한 뿌리』(민음사 1974)와 『사랑의 변주곡』(창작과비평사 1988)을 비교해보는 일은 흥미 있는 작업이다. 1970년대에 김현이 엮은 『거대한 뿌리』가 모더니즘 시인으로서의 김수영을 부각시킨다면, 1980년대에 백낙청이 엮은 『사랑의 변주곡』은 리얼리즘 시인으로서의 김수영을 조명하고 있다. 이렇게 두 시선집은 대조적인 문학적 태도를 견지해온 두 선자(選者)의 차이로 인해 김수영을 바라보는 두개의 시각이 서로 상충되기도 하고 보완되기도 한다. 그 차이를 비교해보는 일은 김수영의 시에 대한 입체적인 이해에 도움이 되고, 나아가 김수영을 매개로 한 문학적 진영의 대화로서도 의미가 없지 않다. 먼저 두 시선집에 공통된 시들과 서로 다른 시들의 목록은 다음과 같다.

	『거대한 뿌리』	『사랑의 변주곡』
공통된 시	달나라의 장난/구라중화(九羅重花)/나의 가족/거미/헬리콥터/병풍(屛風)/눈/폭포(瀑布)/서시(序詩)/사령(死靈)/가옥찬가(家屋讚歌)/하…… 그림자가 없다/푸른 하늘을/그 방을 생각하며/사랑/여편네의 방에 와서/누이야 장하고나!/먼 곳에서부터/적(敵)/장시(長詩) 1/피아노/후란넬 저고리/반달/거대(巨大)한 뿌리/말/현대식(現代式) 교량(橋梁)/적(敵) 1/적(敵) 2/절망(絶望)/어느 날 고궁(古宮)을 나오면서/이 한국문학사(韓國文學史)/H/눈/설사의 알리바이/사랑의 변주곡(變奏曲)/거짓말의 여운 속에서/꽃잎 1/꽃잎 2/꽃잎 3/미농인찰지(美濃印札紙)/성(性)/풀 (42편)	
공통되지 않은 시	공자(孔子)의 생활난(生活難)/아버지의 사진/풍뎅이/시골선물/거리 2/구름의 파수병/여름 뜰/백의(白蟻)/말복(末伏)/파리와 더불어/거미잡이/피곤한 하루의 나머지 시간/등나무/모르지?/시(詩)/마아케팅/여자/돈/우리들의 웃음/참음은/강가에서/엔카운터지(誌)/전화(電話)이야기 (23편)	도취(陶醉)의 피안(彼岸)/구슬픈 육체(肉體)/긍지(矜持)의 날/휴식(休息)/연기(煙氣)/여름 아침/봄밤/채소밭 가에서/하루살이/초봄의 뜰 안에/사치(奢侈)/비/밤/자장가/모리배(謀利輩)/생활(生活)/달밤/파밭 가에서/우선 그놈의 사진을 떼어서 밑씻개로 하자/축도(祝禱)/육법전서(六法全書)와 혁명/만시지탄(晩時之嘆)은 있지만/가다오 나가다오/눈/쌀난리/격문(檄文)/누이의 방/여수(旅愁)/백지(白紙)에서부터/파자마바람으로/만주(滿洲)의 여자/장시(長詩) 2/전향기(轉向記)/거위소리/미역국/이혼취소(離婚取消)/풀의 영상(影像)/네 얼굴은/VOGUE야/여름밤/세계일주(世界一周)/의자가 많아서 걸린다 (42편)

물론 『사랑의 변주곡』의 수록작품이 『거대한 뿌리』보다 19편이나 많고, 출판계의 관행상 앞서 나온 선집과 변별성을 가질 필요가 있었을 것이기에 두 시집을 단순 비교할 수는 없다. 두 선집에 공통적으로 포함된 42편은 『사랑의 변주곡』에 실린 전체 작품수의 꼭 절반에 해당한다. 이렇게 두 선집은 꽤 큰 차이를 보여주고 있고, 그 선별 과정을 통해 드러난 김수영 시의 면모 또한 사뭇 다르다. 그 차이는 표제작으로 내세운 두 작품만 읽어보아도 우선 가늠해볼 수 있다.

4·19 이전의 시들

제일 먼저 흥미를 끄는 것은 『사랑의 변주곡』에서는 "자료적인 흥미 이상을 갖기 힘든 습작들"이라는 판단으로 1940년대에 쓰인 시를 제외시킨 반면, 『거대한 뿌리』에서는 『달나라의 장난』(춘조사 1959) 이전의 초기 시로서 「공자의 생활난」이나 「아버지의 사진」을 포함시키고 있다는 점이다. 그것은 이 두 작품이 「묘정(廟庭)의 노래」에서 보여준 복고주의에서 벗어나 "명확하게 대상을 관찰하고 이해하겠다는 의지를 보여준다"고 인정했기 때문이다. 그래서 김현은 "동무여 이제 나는 바로 보마."(「공자의 생활난」) 등에 빈번하게 나타나는 동사 '보다'를 주목한다.

김수영에게 있어서 '바로 본다'는 것은 "대상을 사람들이 그 대상에 부여한 의미 그대로 이해하지 않고, 그 나름으로 본다는 것을 뜻한다."(김현) 관습과 상식을 벗어나 대상을 자유롭게 인식하려는 태도에서 김수영 시의 파격성은 시작된다. 그래서 비시적(非詩的)인 요소를 시에 끌어들이고 미학적인 완결성을 의도적으로 깨뜨림으로써 시적 관습으로부터 벗어나려고 하였다. 그에게는 '바로 보기'가 상식에 비추어볼 때는 '뒤집어 보기' '거꾸로 보기'의 일종인 것이다.

김수영의 시세계를 가르는 중요한 분기점이 4·19혁명이라고 할 때, 4·19혁명 이전의 시들 중에서 김현이 주목하고 있는 시는 주로 모더니즘적 경향을 드러내고 있다. 이 시기의 시에는 문명적 소재나 외래어가 빈번히 등장하고, 대체로 길고 난해한 관념시들이 많다. 김수영 시의 난해성은 중층적 구조나 논리적 비약에서 생겨나지만, 언어질서의 파격(파괴로 느껴지는 경우도 있다)이나 사변의 나열에서 비롯되기도 한다. 전자의 경우보다 후자의 경우가 더 문제인데, 그런 점에서 「거리 2」「여름뜰」「백의(白蟻)」 등은 「말복」의 한 구절처럼 "거역하라 거역하라…"는 내면적 절규 이상의 설득력을 얻지 못하고 있는 듯하다. 생경한 관념적 토로나 절규에 머무는 한, 시를 통한 '바로 보기'는 그리 성공했다고 보기 어렵다.

이와 대조적으로 『사랑의 변주곡』에 수록되어 있는 4·19혁명 이전의 시들은 대체로 길이가 짧고 단순해서 이해하기 쉬운 편이다. 구체적이고 일상적인 소재를 통해 단형서정시에 근접한 형태를 보여주고 있다. 어조나 정서 또한 여유와 관조를 느낄 수 있다. 「휴식」이라는 시가 있기도 하지만, 이 시들은 휴식의 순간, 또는 육체적인 노동(밭일)을 통해 정신적 긴장이 이완된 순간에 태어난 것처럼 보인다.

김수영에게 있어서 휴식이란 그리 편안한 것만은 아니다. "나는 나를 속이고 역사까지 속이고/구태여 낯익은 하늘을 보지 않고/구렁이같이 태연하게 앉아서/마음을 쉬다"(「휴식」)라고 하면서 화자는 남의 집 마당에 와서 잠시 마음을 쉬고 있는 자신을 자책한다. 그리고 밭일을 하느라 얼굴이 검게 탄 아내의 얼굴을 보면서 "가장 아름다운 이기적인 시간 우에서/나는 나의 검게 타야 할 정신을 생각하며/구별(區別)을 용사(容赦)하지 않는/밭고랑 사이를 무겁게 걸어간다"(「여름 아침」). 애써 숙련되지 않은 영혼이 되어보려 하지만, 그 발걸음은 무겁기만 하다.

김수영은 자신과 역사에 대한 책무의식이나 정신의 치열함에 대한 강박관념으로부터 한시도 자유롭지 못했던 것 같다. 휴식은 바로 그런 의무감이나 강박관념을 잠시나마 내려놓고 정신을 재충전하는 무위의 순간이다. 조급성이나 경직성의 위험을 벗어나는 순간이기도 하다. 그런 흔치 않은 고요와 평화의 순간에 그는 스스로를 다독거린다. "눈을 뜨지 않은 땅속의 벌레같이/아둔하고 가난한 마음은 서둘지 말라/애타도록 마음에 서둘지 말라/절제(節制)여"(「봄밤」)라고.

이러한 정신적 절제는 형식적인 절제미로도 나타난다. 「여름 아침」「봄밤」「초봄의 뜰 안에」「채소밭 가에서」 등은 단순한 소품처럼 보이지만, 서정시로서 뛰어난 대목들을 장전하고 있다. "50년대의 끝머리로 다가갈수록 정서에 새로운 힘이 깃들고 한결 활달한 가락을 띠게 됨을 볼 수 있다"는 백낙청의 평가도 이 시들을 염두에 둔 것이라는 생각이 든다. 이 '서정에 깃들인 새로운 힘'은 '생활과 무위의 극점' 사이의 긴장감에서 생겨난 것이다. 김수영에게 무위(無爲) 또는 휴식(休息)의 시간이 없었다면 과연 그렇게 삶의 세목이 살아 있는 절제된 시를 쓸 수 있었을까.

그런데 두 시선집에서 비슷한 시기에 쓰였다고 믿기 어려울 만큼 상반된 작품들이 공존하는 이유는 어떻게 설명해야 할까. 그 어렴풋한 대답을 「서시」에서 들을 수 있을 것 같다. "나는 너무나 많은 첨단(尖端)의 노래만을 불러왔다/나는 정지(停止)의 미(美)에 너무나 등한(等閑)하였다"라고 하면서 피곤한 몸을 나뭇가지 위에 앉힌다. 모든 현인들이 이룩한 문화적 성장이나 20세기 시인들이 정리해놓은 따위도 다 잊으려 하지만, 나무가 자라듯이 시대가 점점 부과해오는 '명령의 과잉'에 그는 다시 노래를 부른다. 그러나 그것은 부엉이의 노래처럼 "지지한 노래, 더러운 노래, 생기(生氣) 없는 노래"로 들릴 뿐이다.

모더니즘을 표방한 '첨단의 노래'와 전통서정시라는 '정지의 노래' 사이에서 그가 부단히 갈등했다는 사실을 「서시」는 잘 보여준다. 다양한 내면적 요구에 따라 여러 포즈를 취해보지만, 그는 그 어느 것에도 만족하거나 안주하지 못했다. 자기분열에 가까워 보일 정도로 그가 끊임없이 세계를 부정하고 스스로를 부정할 수밖에 없었던 이유도 여기에 있다. 이는 또한 김수영이 모더니즘을 문학적 기교로서가 아니라 세계를 이해하고 비판하는 하나의 태도로서 받아들였음을 뜻한다.

4·19 이후의 시들

이제 4·19혁명을 계기로 김수영의 의식이 어떻게 확산되고 좌절되었는가를 살펴보는 일이 남아 있다. 4·19혁명 직전에 쓰인 「하…… 그림자가 없다」부터 이미 혁명에 대한 예감이나 폭발력 같은 것을 느낄 수가 있다. 여기서 반복되는 "하……"는 놀람이나 감탄의 뜻이 담긴 감탄사로서, 시인은 그림자가 생길 틈도 없이 부단히 싸워야 하며 언제 어디서든 싸움이 계속되어야 함을 열거와 반복을 통해 역설하고 있다. 이 시에서는 그런 선취된 열기 같은 게 느껴진다.

그런데 혁명과 관계된 시들에 대해서 두 시선집이 보여주고 있는 태도나 선택 기준은 매우 다르다. 「하…… 그림자가 없다」를 포함해서 「푸른 하늘을」 「그 방을 생각하며」의 단 세편만이 공통적이다. 혁명을 노래한 그 외의 시들을 『거대한 뿌리』에서는 모두 제외시키고 있는 걸 볼 수 있다. 4·19혁명 직후의 정치시들을 가리켜 "추고 한번 한 것 같지 아니한, 그저 기뻐서 외친 절규 그것이다"라고 김현은 지적했다. 그가 1950년대 자유에의 추구로서 행해진 생경한 관념시들에 관대했던 것에 비해 이 시들에 대해서는 매우 엄격한 자세를 보이고 있는 점이 흥미롭다. 관념적이든 정치적이든 그것이 구호나 절규에 가깝다는 점에서는 마찬가지이기 때문이다.

반면 『사랑의 변주곡』에서는 「우선 그놈의 사진을 떼어서 밑씻개로 하자」「축도(祝禱)」「육법전서(六法全書)와 혁명」「만시지탄(晚時之嘆)은 있지만」「가다오 나가다오」「눈」「쌀난리」「격문(檄文)」등 현실참여적인 일련의 시들을 대거 채택하고 있다. 그래서 문학적 완성도로 본다면『거대한 뿌리』에 비해 다소 느슨한 느낌을 주는 것도 사실이다. 혁명의 감격과 그 좌절로 인한 울분이 별 여과 없이 매우 강경하고 다급한 어조로 토로된 이 시들은 당시의 격동적 시대 분위기를 감안할 때 문학적 완성도만을 기준으로 평가하기는 어렵다.『사랑의 변주곡』에서는 문학적으로 "아직도 자기극복의 과제가 남은 단계"임을 인정하면서도 이 시들을 적극적으로 수용함으로써 김수영을 참여시인으로 부각하고 있다. "근년(1980년대)의 저항시 독자들에게도 제법 친숙한 느낌을 줄 것"이라는 선자의 말을 통해 역사 속에서 현재적 살아 있음을 보여주고자 한 선집의 의도를 짐작할 수 있다.

그런데 목소리만 높고 미학적 긴장감이 떨어지는 1980년대 저항시들과 마찬가지로, 4·19 직후 김수영의 구호적인 정치시들을 어떻게 평가할 것인지는 재고의 여지가 있다. 그런 시편들과 비교해볼 때, 혁명의 좌절 속에서 느끼는 고독의 중요성을 노래한「푸른 하늘을」이나, 소시민적 일상으로 침잠해 들어가면서도 "실망의 가벼움을 재산으로 삼"으며 역사의 새로운 발견을 모색해가는「그 방을 생각하며」가 지닌 시적 위엄은 작은 것이 아니다.

김수영의 시가 때로 소시민적이라거나 모호하고 난해하다는 비판을 받기도 하지만, 그것은 현실과 문학 사이의 긴장감을 잃어버리지 않으면서 최소한의 자기 정직성을 지켜내려는 의지에서 비롯된다. 더러운 역사조차 사랑으로 끌어안으려는「거대한 뿌리」나 조그마한 일에만 분개하는 자신을 향해 "모래야 나는 얼마큼 적으냐/바람아 먼지야 풀아 나는 얼마큼 적으냐"고 반문하는「어느날 고궁을 나오면서」등이 그 예이다. 이때의 김수영은 혁명 직후의 시들에서보다 훨씬 정직하고 치열해 보인다.

역설적으로, 시인이 그렇게 작아지고 왜소해지는 순간이야말로 시적 자아가 극대화되는 순간일 수도 있지 않을까. 1950년대 후반 그가 무위와 휴식 속에서 자기발견을 할 수 있었다면, 혁명의 좌절감이 어느 정도 가라앉고 난 후에 그는 소시민적 삶에서 또다른 자신을 발견할 수 있었다. 그의 시선이 거의 마지막에 「꽃잎」이나 「먼지」나 「풀」과 같은 작은 존재들을 향해 열렸다는 사실이 내게는 우연 이상으로 여겨진다.

두개의 시각 사이를 오가며 김수영의 시를 살펴보는 동안, 얼핏 대조적으로 보이는 두 모습이 김수영 속에는 모두 자리잡고 있다는 생각이 들었다. 『거대한 뿌리』가 완전한 자유를 향한 불가능한(그래서 불온한) 싸움을 해나가는 현대적 예술가의 초상을 그려냈다면, 『사랑의 변주곡』은 시대에 대응해간 시적 내력을 가감 없이 더듬어봄으로써 그의 독자성과 현재성을 새롭게 조명하였다. 이 글에서는 두 시각의 차이점을 중심으로 논의를 전개했지만, 실상 두 시각이 만나고 교감하는 곳에 김수영 문학의 핵심이 있음은 말할 것도 없다.

저항과 사랑, 현실과 문학, 김수영에게는 그 모든 게 하나였다. 그러나 실제로 그가 남긴 시들은 저항을 자각하지 못한 개인적 설움과 연민에 그치거나 사랑과 설움의 목소리를 잃어버린 생경한 메시지에 머무를 때도 적지 않았다. 그럼에도 불구하고, 실패를 스스로 인식하고 극복하기 위해 김수영만큼 정직하게 노력했던 시인을 찾기는 어렵다. 그는 성취의 무게로서보다는 미완의 무게로서, 그가 밀고 나가려고 했던 고통의 무게로서 오늘 우리에게 남아 있다.

바로 보려는 자의 비애와 설움

본다는 것과 쓴다는 것

내가 김수영의 시를 처음 읽은 것은 고등학교 때였다. 시쓰기에 관심을 가지게 되면서 즐겨 읽었던 민음사 '오늘의 시인총서'의 첫번째 책이 『거대한 뿌리』(1974)였다. 김수영에 이어 김춘수, 김종삼, 황동규, 정현종, 강은교 등의 시집을 끼고 다니며 나는 점차 '시쓰는 아이'로 불리기 시작했다. 늦은 밤 밑줄 그은 구절들을 무슨 주문처럼 소리 내어 읽다보면 내 속에서도 시적인 문장들이 조금씩 흘러나왔다.

그 모더니스트들의 언어는 좀처럼 이해하기 어려웠지만, 알 듯 모를 듯한 난해함이 오히려 묘한 매력을 불러일으켰다. 『거대한 뿌리』에 실린 첫 시 「공자의 생활난」부터가 생경한 단어들과 암호 같은 문장들로 이루어져 있었다. 그럼에도 "동무여 이제 나는 바로 보마/사물과 사물의 생리와/사물의 수량과 한도와/사물의 우매와 사물의 명석성을"이라는 구절이 시인의 의미심장한 선언처럼 여겨져 수시로 중얼거리곤 했다. 과연 '바로 본다는 것'은 무엇일까. 이 질문은 비슷한 시기에 읽었던 릴케

(R. M. Rilke)의 소설 『말테의 수기』에 나오는 구절 "나는 보는 법을 배우고 있다"와 겹쳐지면서 내 시 공부의 첫자리에 자리잡았다. "예술가는 보는 사람"이라는 생각은 조각가 로댕(A. Rodin)뿐 아니라 시인을 '견자(見者)'라고 불렀던 랭보(A. Rimbaud)에 이르기까지 누누이 강조되어온 바이지만, 제대로 본다는 것은 참으로 어려운 일이다.

청소년기부터 흥미로운 대상을 발견하면 그 앞에 오래 쪼그려 앉아 들여다보는 게 습관이 된 것은 시인이란 '쓰는 자'이기 이전에 '보는 자'라는 생각 때문이었다. 사물의 생리와 수량과 한도, 그리고 사물의 우매와 명석성 등을 발견하기 위해서는 사물의 외부와 내부를 두루 보아야 하고, 모든 사물과 현상에 깃든 양면성을 고려해야 한다. 또한 눈으로만 관찰하는 것이 아니라 몸의 모든 감각들을 활용해 대상을 겪어내야만 입체적이고 살아 있는 이미지를 얻을 수 있다.

김수영에게 '바로 보기'란 때로는 "숨어 보는 것"(「아버지의 사진」)이고, "정말 속임 없는 눈으로"(「달나라의 장난」) 보는 것이다. 또한 "남을 보기 전에 네 자신을 먼저 보이는/긍지와 선의"(「헬리콥터」)를 담은 행위이기도 하다. 「구름의 파수병」에서는 "나라는 사람을 유심히 들여다"보며 "내가 시와는 반역된 생활을 하고 있다는 것을" 알게 되고, "이 메마른 산정에서 오랫동안 꿈도 없이 바라보아야 할 구름/그리고 그 구름의 파수병인 나"의 운명을 깨닫는다. 그러면서 "묵연히 묵연히/그러나 속지 않고 보고 있을 것"(「여름 뜰」)이라고 다짐한다.

이렇게 제대로 보려는 부단한 노력 없이는 제대로 된 시를 쓸 수 없다는 것을 나는 김수영을 통해 배웠다. 그의 시를 읽으면서 가장 먼저 떠올리게 되는 것도 보는 자의 '시선과 표정'이다. 물론 제대로 보았다 해도 시적 발견이 늘 최선의 글쓰기로 순조롭게 이어지는 것은 아니다. 글쓰기를 가로막는 환경이나 수많은 요인들과 싸우는 과정을 통해 우리는 시를 온전히 허락하는 한뼘의 영토를 확보할 수 있다.

당시의 김수영에게는 가난과 생활이 가장 당면한 문제였던 것 같다. 원고료만으로는 생활이 어려워 번역을 하고, 월평을 쓰고, 라디오 원고를 쓰고, 어느 기간엔 양계를 생업으로 삼았다. 그러면서 '매문(賣文)'에 대한 강박으로부터 한시도 자유롭지 못했다. 글을 쓴다는 것과 글을 판다는 것 사이에서 고민하며 스스로의 글쓰기에 대해 못마땅해한 것은 비단 그만의 문제가 아닐 것이다. 쓰고 싶은 글보다 써야 할 글빚에 쫓겨 사는 나 역시 김수영의 이런 푸념에 고개를 끄덕이게 된다.

그런데 나는 왜 이렇게 글이 쓰기 싫은지 모르겠다. 왜 이렇게 글을 막 쓰는지 모르겠다. 쓰고 싶은 글을 써보지도 못한 주제에, 또 제법 글다운 글을 써보지도 못한 주제에 이런 말을 하는 것은 주제 넘은 소리이지만, 오늘도 나는 타골의 훌륭한 글을 읽으면서 겁이 버쩍버쩍 난다. 매문을 하지 않으려고 주의를 하면서 매문을 한다. 그것은 구공탄 냄새를 안 맡으려고 경계를 하면서 자기도 모르게 맡게 되는 것과 똑같다.

—「이 일 저 일」 부분

김수영은 눈에 보이지 않고 소리도 나지 않지만 어느 순간 의식하지 못한 채 맡게 되는 구공탄 냄새처럼 생활에 스며드는 정신의 나태와 거짓을 무엇보다도 경계했다. 같은 글에서 그는 "구공탄 중독보다도 나의 정신 속에 얼마만큼 구공탄 가스가 스며 있는지를 모르고 있다는 것이 더 무섭다"고 고백했다. 이처럼 얼마간의 낭만적 미화마저 거부하고 구질구질한 생활의 발견과 반성적 의식을 견지하는 태도야말로 김수영을 '끝까지 바로 보려는 자'로 남게 했을 것이다.

구수동 시절과 생활의 발견

1955년 6월 김수영 일가는 성북동에서 마포 구수동으로 이사를 했다. 1968년 집 근처에서 교통사고로 숨을 거두기까지 그 집에서 13년을 살았다. 한겨레신문사가 주최하는 문학기행에 참여해 김수영 시인의 부인 김현경 선생에게서 구수동 시절 이야기를 들은 적이 있다. 연립주택이 들어선 옛 집터도 둘러보았는데, 집의 구조를 자세히 설명해주신 덕분에 당시의 모습이 눈에 선하게 떠올랐다. 한강이 내려다보이는 구수동 집에서 김수영은 전쟁과 포로수용소 생활로 지친 몸과 마음을 내려놓고 안착할 수 있었다. 4·19혁명과 5·16군사쿠데타로 이어질 역사의 격랑을 앞두고 그 몇년이 김수영에게는 폭풍 전야의 휴식기와도 같았다.

이 시기에 김수영은 주로 번역과 양계로 생업을 이어갔다. 그의 아내가 병아리 열한마리를 사와서 시작한 양계는 그 규모가 꽤 커져서 750마리까지 늘었고, 채소밭은 1000평 정도 되었다고 한다. 「양계(養鷄) 변명」이라는 산문에 썼듯이 김수영은 아내와 양계를 하면서 "되잖은 원고벌이보다는 한결 마음이 편하"고, "난생처음으로 직업을 가진 것 같은 자홀감(自惚感)을" 느꼈다. 사료 파동이 난 후에는 번역료마저 사료값으로 쏟아 붓다가 양계를 접어야 했지만, 책상머리에만 앉아 있던 그가 양계를 통해 노동의 실감을 느끼게 된 것은 새로운 경험이라고 할 만하다.

1950년대만 해도 구수동은 온통 채소밭이어서 시골의 정취를 누릴 수 있었다. 그 무렵 쓴 시들에는 노동의 활기와 생활의 체취가 묻어난다. 가족들과도 서로 애틋하게 여기며 얼크러진 관계를 회복해가는 모습이 보인다. "보석 같은 아내와 아들은/화롯불을 피워가며 병아리를 기르고/짓이긴 파 냄새가 술 취한/내 이마에 신약(神藥)처럼 생긋하다"(「초봄의 뜰 안에」)는 대목은 그 시절의 정경을 한눈에 보여준다. 다음 연에는 "옷을 벗어놓은 나의 정신은/늙은 바위에 앉은 이끼처럼 추워라"라는 구절이 이어지는데, 여기서 느끼는 '한기(寒氣)'는 한겨울의 추위가 아니라 정신의 얼음이 녹아가는 '해빙'의 감각에 가깝다.

이 시기의 대표작이라고 할 만한 「여름 아침」에서 '나'는 검게 탄 아내의 얼굴을 보며 시골 동리 사람들의 얼굴을 닮아간다고 생각하지만, 그런 변화가 나쁘지만은 않은 듯하다. 밭을 고르고 있는 이웃들도 식구처럼 여기게 된 '나'는 그들을 향해 "차라리 숙련이 없는 영혼이 되어/씨를 뿌리고 밭을 갈고 가래질을 하고 고물개질을 하자"고 말한다. '숙련'이나 '구별'을 모르는 영혼의 노동이야말로 숭고하다는 이 말은 어쩌면 시인이 자기 자신에게 하는 말인지도 모른다. "가장 아름다운 이기적인 시간 우에서/나는 나의 검게 타야 할 정신을 생각"한다는 대목에서 시인으로서의 고뇌가 드러나기도 하지만, "밭고랑 사이를 무겁게 걸어"가는 '나' 역시 "자비로운 하늘"이 찍은 "단 한장의 사진" 속에 사람들과 함께 있다.

> 여름 아침의 시골은 가족과 같다
> 햇살을 모자같이 이고 앉은 사람들이 밭을 고르고
> 우리집에도 어저께는 무씨를 뿌렸다
> 원활하게 굽은 산등성이를 바라보며
> 나는 지금 간밤의 쓰디쓴 후각과 청각과 미각과 통각마저 잊어버리려고
> 한다
>
> 물을 뜨러 나온 아내의 얼굴은
> 어느 틈에 저렇게 검어졌는지 모르나
> 차차 시골 동리 사람들의 얼굴을 닮아간다
> 뜨거워질 햇살이 산 위를 걸어내려온다
> 가장 아름다운 이기적인 시간 우에서
> 나는 나의 검게 타야 할 정신을 생각하며

구별(區別)을 용사(容赦)하지 않는
밭고랑 사이를 무겁게 걸어간다

고뇌여

강물은 도도하게 흘러 내려가는데
천국도 지옥도 너무나 가까운 곳

사람들이여
차라리 숙련(熟練)이 없는 영혼이 되어
씨를 뿌리고 밭을 갈고 가래질을 하고 고물개질을 하자

여름 아침에는
자애로운 하늘이 무수한 우리들의 사진을 찍으리라
단 한장의 사진을 찍으리라

——「여름 아침」 전문

  이 무렵 쓴 시들에는 '생활'이라는 단어가 자주 등장하는데, '생활'에
대한 김수영의 태도는 양가적이었다. 먹고사는 문제가 중요한 시기이기
도 했지만, 생활에 골몰할수록 느슨해지는 정신을 다잡으려는 긴장감 또
한 강해진다. 「이 일 저 일」이라는 산문에서 그는 매문뿐 아니라 "매문을
하지 않으려고 주의를 하면서 매문을" 하는 것까지도 경계했다. "구공탄
중독보다도 나의 정신 속에 얼마만큼 구공탄 가스가 스며 있는지를 모르
고 있다는 것이 더 무섭다"고 생각했기 때문이다. 「구름의 파수병」에서는
"시와는 반역된 생활을 하고 있다"고 고백하며 "외양만이라도 남들과 같
이 살아간다는 것이 이다지도 쑥스러울 수가 있을까" 반문한다. 아예 「생

활」이라는 제목을 붙인 시도 있다. "무위와 생활의 극점을 돌아서/나는 또 하나의 생활의 좁은 골목 속으로/들어서면서/이 골목이라고 생각하고 무릎을" 치는 그에게 생활은 "고절(孤絶)이며/비애"였다.

반면 「여름 뜰」에서는 "질서와 무질서와의 사이에/움직이는 나의 생활은/섧지가 않아 시체나 다름없는 것"이라며 담담한 태도를 보인다. 이처럼 김수영의 시나 산문에는 서로 상반된 구절이나 반어적 표현들이 자주 보인다. 그의 시에 나타난 설움이나 비애의 감정 역시 매우 복합적이다. 이 시에서 화자는 "조심하여라! 자중하여라! 무서워할 줄 알아라!"라는 외침이 비 오듯 들려오는 여름 뜰을 바라보고 있다. 그러면서 "합리와 비합리와의 사이에 묵연히 앉아 있는/나의 표정에는 무엇인지 우스웁고 간지럽고 서먹하고 쓰디쓴 것마저 섞여 있다"고 묘사한다. 이렇게 김수영은 생활의 운산과 무위의 글쓰기 사이에서, 질서와 무질서 사이에서, 합리와 비합리 사이에서, 무거움과 가벼움 사이에서 수없이 번민하며 내적 싸움을 이어갔다.

시인에게 생활의 안정이란 글쓰기의 최소조건인 동시에 정신의 치열성을 약화시키는 가장 강력한 적(敵)이 되기도 한다. 「바뀌어진 지평선」의 화자는 "이 어지러운 세상을 살아가기 위하여/나에게는 약간의 경박성이 필요하다"고 말한다. 하지만 이와 동시에 그러한 자신을 보며 "세상에 배를 대고 날아가는 정신이여/너무나 가벼워서 내 자신이/스스로 무서워지는 놀라운 육체여"라고 탄식한다. 마치 물 위를 아슬아슬하게 날아가는 돌처럼 세상이라는 더러운 물에 빠지지도 않고 하늘로 날아오르거나 초월하지도 않는 것, 생활이 뮤즈를 너무 앞서지도 뒤서지도 않는 것, 이것이 바로 김수영이 생활에서 얻어낸 균형감각 또는 속도감각이다. 생활과 예술 사이에 이 중용(中庸)의 길을 내기 위해 그는 부단히도 자신 속의 뮤즈에게 "노래의 음계를 조금만 낮"출 필요가 있다고 속삭였을 것이다.

「물부리」나 「밀물」 등의 산문에서는 분노와 자학을 애써 다스리는 김수영의 모습을 읽을 수 있다. "애타도록 마음에 서둘지 말라"로 시작되는 시「봄밤」에서도 화자는 "술에서 깨어난 무거운 몸"과 "아둔하고 가난한 마음"을 향해 서둘지 말라고 다독거린다. 이 시는 "절제여/나의 귀여운 아들이여/오오 나의 영감(靈感)이여"로 끝을 맺는데, 이것은 그가 '절제'를 시의 새로운 자산으로 삼게 되었음을 의미한다. 김수영 시에서 자주 돌출되던 성마름이나 예민하고 날카로운 기질이 어느 정도 순화되고 생활을 관조할 수 있는 지혜가 생겨난 듯하다. 그런 점에서 김수영에게 구수동 시절은 '중용'과 '절제'의 정신을 배우는 기간이었다.

김수영은 이제 시에 대한 조급한 욕심을 내려놓고 시를 기다리는 자세를 취할 수 있게 되었다. 가족에 대한 기대나 집착도 내려놓을 수 있게 되었고, 이러한 '거리두기'를 통해 김수영은 사물을 바라보는 법과 사랑의 기술을 익혀나갔다. "모든 사물을 외부에서 보지 말고 내부로부터 볼 때, 모든 사태는 행동이 되고, 내가 되고, 기쁨이 된다"고 담뱃갑에 썼던 메모처럼 그는 보는 법을 배움으로써 '사물의 발견'과 '생활의 발견', 나아가 '내면의 발견'을 이루어내려고 했다. 김수영의 연보를 살펴보면, 1950년대 후반은 생활이 안착되면서 문학적으로도 첫 결실을 거둔 시기였다. 1957년에는 김종문, 김춘수, 김경린, 김규동 등과 앤솔로지『평화에의 증언』(삼중당)을 펴냈고 1958년에는 제1회 한국시인협회상을 받기도 했다. 또한 1959년에 펴낸 첫 시집『달나라의 장난』(춘조사)에는 4·19혁명이 일어나기 전까지의 초기 시들이 망라되어 있다.

"나는 지금 산정에 있다"(「구름의 파수병」)고 말했던 '나'는 메마른 산정에서 내려와 나지막한 지상의 마을에 머물러 있다. 채소밭에서, 양계장에서, 뜰에서, 골목에서 묵연히 앉아 있는 그의 모습을 떠올려본다. 「광야」라는 시에서 "이제 나는 광야에 드러누워도/시대에 뒤떨어지지 않는 나를 발견하였다"고, "시대에 뒤떨어지는 것이 무서운 게 아니라/어떻게 뒤떨어지느냐가 무서운 것"이라고 그는 썼다. 이처럼 시대에 뒤떨어지지 않으면서 자신만의 고유한 속도와 사랑을 발견한 시기로 나는 김수영의 구수동 시절을 이해한다. 묵은 사랑이 껍질을 벗고 거듭나는 이 시절의 조용한 발견이 없었다면, 말년에 쓴 「사랑의 변주곡」이나 「거대한 뿌리」에 울려퍼지는 대긍정의 선언도 그토록 장엄하게 태어나지는 못했을 것이다.

그의 연보를 보면 힘이 났다

김수영의 시보다는 산문을, 산문보다는 연보를 즐겨 읽던 시절이 있었다. "설움이 설움을 먹었던 시절"(「헬리콥터」)이었다. 김수영은 일제시대에 성장기를 보냈고, 해방과 6·25전쟁, 4·19혁명과 5·16군사쿠데타 등 한국 현대사의 온갖 격랑을 겪으며 살았다. 그런 삶의 고비들을 1960년대 후반에 태어난 내가 제대로 짐작하기는 어렵지만, 김수영의 삶에 잣대를 대보곤 하는 것은 그의 소시민적 비애와 설움이 내 것처럼 느껴졌기 때문이다.

시인으로 살아가며 혼란스럽고 막막할 때면 내 나이에 김수영은 어떤 삶을 살았는지, 어떤 시를 썼는지, 그의 연보를 자주 들춰보곤 했다. 그러면 김수영의 가난과 연민과 오기와 자조가 내 것처럼 느껴졌고, 그의 삶에 나의 삶을 포개며 위로받았던 때가 많았다. 남편이 진 빚으로 집을 잃고 부모님 집에서 더부살이를 하던 서른살 무렵, '김수영은 내 나이에 포로수용소 생활도 했는데……' 하면서 짐짓 내 고통의 무게를 덜어내려고 애썼다. 힘든 고비를 넘기고 서른다섯살에 광주로 이사할 때에는 마포 구수동으로 이사해 번역일과 양계를 하며 조금씩 안정을 찾아가던 그를 떠올렸다. 채마밭을 일구던 김수영처럼 담양 지실마을에 작은 밭을 빌려 푸성귀를 키우기도 했다. "차라리 숙련이 없는 영혼이 되어/씨를 뿌리고 밭을 갈고 가래질을 하고 고물개질을 하자"(「여름 아침」)고, "기운을 주라 더 기운을 주라"(「채소밭 가에서」)고 되뇌이면서.

마흔살 무렵 다섯번째 시집 『사라진 손바닥』(문학과지성사 2004)을 낸 후로 시에 대한 피로감과 무력감이 찾아들었다. 몸과 마음에 물기 한점 남아 있지 않은 듯했고, 더이상 시를 쓸 수 없을 것만 같았다. 다시 김수영의 연보를 펼쳐 들었다. 그런데 그가 첫 시집 『달나라의 장난』을 낸 나이가 서른아홉살이 아닌가. 김수영에 대한 열등감으로 점철된 긴 시간 끝에 희미한 자존감이 생겨나는 순간이었다. '그가 시집 한권 낼 나이에 시원찮은 시집이나마 다섯권을 냈으니, 내 나름으로 애는 쓴 거야. 얼마간 쉬어가면 좀 어때. 괜찮아.' 스스로를 다독이며 또 한 고비를 넘겼다.

김수영문학상이 준 질문과 숙제

김수영에게서 받은 가장 큰 선물은 시집 『그곳이 멀지 않다』(민음사 1997)로 제17회 김수영문학상을 수상한 것이었다. 등단한 지 10년 만에 첫 문학상을 받았는데, 그 상이 김수영의 이름으로 주어진 것이라는 사실이 기쁘면서도 버겁게 느껴졌다. 시집 해설을 쓴 황현산 선생의 글 제목부터가 「단정한 기억」이니, 내 시가 김수영과는 대척점에 놓여 있는 게 아닌가 하는 자격지심마저 들었다. 물론 시집 해설자가 내 시의 "절제와 단정함" 속에서 "견고함에 대한 의지"를 읽어내고, "이 의지 속에 삶과 미래에 대한 열정이 자기모멸의 감정과 구별할 수 없는 방식으로 섞여 있다는 것"에 주목해준 것은 고마운 일이다. "정열은 대답을 무(無)의 자리에 남겨둠으로써 제 줄기참을 유지한다. 단정한 시는 들뜬 시를 환멸의 감정 속에 무화함으로써 제 '시'에 의지를 세운다"는 대목에 이르면 내 시에도 김수영적인 면모가 없지 않구나 싶기도 했다.

그 시절 나에게 주어진 김수영문학상은 상찬과 격려라기보다는 나에게 결핍된 어떤 요소나 태도에 대한 자각의 기회로 받아들여졌다. 그러하기에 "구제할 수 없는 분란이 곧 질서이며, 요지부동한 정지가 가장 속도 높은 운동이기도 할 그런 언어를 완전하게 누리기까지 그녀에게는 준비할 것들이 아직 남아 있다"는 해설자의 말에 흔쾌히 동의했다. 그리고 그런 언어의 자유를 누리기 위해 준비할 것들이 무엇인지 곰곰이 생각해보았다. 하지만 분란과 질서 사이에서, 정지와 운동 사이에서 부단한 진자운동을 해나가기에 나의 시선은 지나치게 조심스러웠고, 집중할 시간과 에너지가 늘 부족했다.

그런 가운데서도 내 문학에 주어졌던 몇개의 단어들을 떠올려본다. 정직함. 자기반성적 태도. 모순과 역설. 균형과 절제. 인내심. 김수영이 지닌 정신의 열도(熱度)를 따라잡을 수는 없지만, 내 시의 적지 않은 것들이 김수영에게서 왔음을 고백하지 않을 수 없다. 내가 추구하는 정직성은 "곧은 소리는 곧은/소리를 부른다"(「폭포」)는 믿음에 가닿아 있고, "나는 너무나 많은 첨단의 노래만을 불러왔다/나는 정지의 미에 너무나 등한하였다"(「서시」)는 자기반성적 태도는 나로 하여금 균형과 절제의 지혜를 배우게 해주었다. 그리고 "지지한 노래를/더러운 노래를 생기없는 노래를"(「서시」) 시대의 명령(그것이 명령의 과잉일지라도)에 따라 멈추지 않고 부르는 끈기는 이 어둠의 시대에 내가 부를 '부엉이의 노래'는 무엇일까 생각하도록 만들었다.

나는 어떤 적(敵)과 싸우고 있는가

김수영 50주기를 맞아 이영준이 엮은 『김수영 전집』 1·2권이 개정판(민음사 2018)으로 나왔다. 대학원 수업에서 두권의 전집을 함께 읽으면서 김수영은 한명의 시인이 아니라 한국 현대시의 다양한 혈맥을 연결하는 대동맥 같은 존재라는 걸 새삼 느꼈다. 우리의 김수영 읽기는 매주 한가지씩 질문을 던지며 진행되었다. 나에게 '아버지'란 어떤 존재인가. 나는 어떤 '적'과 싸우고 있는가. 내 속의 '욕망'과 '사랑'은 무엇인가. '생활'과 '예술'은 어떤 관계를 지니고 있는가. 시의 '정치성'과 '심미성'은 어떻게 합류할 수 있는가…… 이런 질문들을 각자 던지고 그 생각을 시로 써보면서, 우리는 매주 수업마다 가슴이 뜨거워지는 걸 경험했다. 김수영이라는 살아 있는 용광로를 중심에 두고 우리는 그 열기를 마음껏 나누어 가졌다.

김수영은 무엇보다도 문학이 일종의 싸움이라는 것을 몸소 보여준 시인이다. 그는 자신의 내부와 외부의 적(敵)에 대해 한순간도 경계를 늦추지 않았다. 하지만 적에 대해 깊이 생각할수록 이 '적'이라는 놈은 어디론가 숨어버리고 정체를 쉽게 드러내지 않는다. 그래서 김수영도 "적이란 해면(海綿) 같다/나의 양심과 독기를 빨아먹는/문어발 같다"(「적」)고 말하지 않았던가. 적들은 도처에서 해면처럼, 문어발처럼 끊임없이 움직이며 내적인 기운을 빼앗아간다.

4·19혁명 직전에 발표한 시「하…… 그림자가 없다」에서 그는 이렇게 말했다. "우리들의 싸움의 모습은 초토작전이나「건 힐의 혈투」모양으로 활발하지도 않고 보기 좋은 것도 아니다/그러나 우리들은 언제나 싸우고 있다"고. "밥을 먹을 때도/거리를 걸을 때도 환담을 할 때도/장사를 할 때도 토목공사를 할 때도/여행을 할 때도 울 때도 웃을 때도/(…)/연애를 할 때도 졸음이 올 때도 꿈속에서도/깨어나서도 또 깨어나서도 또 깨어나서도……/수업을 할 때도 퇴근시에도" "우리들의 싸움은 쉬지 않는다"고. 그러니까 싸움은 혁명이니 역사니 하는 거창한 차원에서만 일어나는 게 아니라 사소한 일상의 순간순간마다 우리 내면에서 일어나는 사건이라는 것이다.

일상의 지리멸렬한 싸움 속에서는 싸우는 주체와 대상을 뚜렷하게 구별하기가 어렵다. 다만 분명한 것은 우리가 매번 어떤 힘이나 대상 앞에 무릎 꿇고 있다는 느낌이다.「적」「적 1」「적 2」등 '적'을 제목으로 한 시를 여러편 쓴 걸 보면, 그 역시 번번이 적에게 지는 경험을 하면서 적들과 함께 사는 법을 배웠던 듯하다. 「아픈 몸이」라는 시에서 그는 이렇게 스스로를 다독인다.

> 아픈 몸이
> 아프지 않을 때까지 가자
> 온갖 식구와 온갖 친구와
> 온갖 적들과 함께
> 적들의 적들과 함께
> 무한한 연습과 함께

적과 식구와 친구는 더이상 다른 존재가 아니다. "온갖 적들과 함께/적들의 적들과 함께" 무한한 연습을 하며 나아가는 수밖에 없다. "아픈 몸이/아프지 않을 때까지", 그리하여 마침내 적을 사랑하게 될 때까지 싸우고 또 싸울 수밖에 없다. 여기서 적을 사랑한다는 것은 '원수를 사랑하라'는 기독교의 교훈처럼 무조건적인 용서와 화해를 의미하지 않는다. 굳이 설명하자면 그것은 니체(F. Nietzsche)가 『도덕의 계보』에서 보여준 '적(敵)'에 대한 성찰에 가깝다.

도대체 이 지상에 진정 '적에 대한 사랑'이 있을 수 있다면, 그것은 오직 그러한 인간에게서만 가능할 것이다. 고귀한 인간은 이미 자신의 적에게 얼마나 큰 경외심을 가지고 있는 것일까! ─그리고 그러한 경외심은 이미 사랑에 이르는 다리이다…… 그는 자신을 두드러지게 하기 위해 스스로 자신의 적을 요구한다. 그는 경멸할 것이 전혀 없고, 아주 크게 존경할 만한 적이 아니면 참을 수 없다! 이에 반해 원한을 지닌 인간이 생각할 수 있는 '적'을 상상해보자─바로 여기에 그의 행위가 있고 그의 창조가 있다: 그는 '나쁜 적'을, '악한 사람'을 생각해내고, 사실 그것을 근본 개념으로 거기에서 그것의 잔상(殘像) 또는 대립물로 다시 한번 '선한 인간'을 생각해낸다—그것이 자기 자신인 것이다!¹⁴

고귀한 인간은 자기보다 열등한 '나쁜 적'을 상정하고 싸움을 벌이지 않는다. 자신을 선하게 보이기 위해 악인을 적으로 선택하는 것이 아니라, 자신이 추구하는 이상을 위해 스스로 자신의 적을 요구하되 그 적은 존경할 만한 대상이어야 한다. 그 경외심이야말로 제대로 된 적과 제대로 싸울 때 가질 수 있는 감정이다. 니체의 이 대목을 읽으면서 나는 김수영의 '적'에 대한 모순된 진술들을 이해할 수 있었다. 그러니 적과 최선을 다해 싸운다는 것은 적을 최선을 다해 사랑하는 것이다.

죽은 김수영보다 이미 늙어버렸지만

김수영은 48세에 세상을 떠났다. 어느새 나는 죽은 김수영보다 훌쩍 많은 나이가 되었다. 새로 나온 『김수영 전집』 속표지에 인쇄된 김수영의 초상화를 가만히 어루만지며, 김수영과 마찬가지로 교통사고로 갑자기 세상을 떠난 남동생을 떠올린다. 그리고 그들보다 오래 살아남아 시를 써온, 그리고 써나가야 할 시간을 헤아려본다. 김수영의 초상 아래 "시(詩)는 나의 닻[錨]이다"라는 문장이 새삼 눈에 들어온다. 그리고 이 문장을 되새김질하며 나는 여덟번째 시집 『파일명 서정시』(창비 2018) '시인의 말'에 이렇게 적었다.

---

14 프리드리히 니체 『선악의 저편·도덕의 계보』, 김정현 옮김, 책세상 2002, 371면.

시는 나의 닻이고 돛이고 덫이다.

시인이 된 지 삼십년 만에야 이 고백을 하게 된다.

윤동주라는 시의 거울

그 보리수 그늘을 생각하며

대학시절 내가 자주 앉아 있던 도서관 4층 참고열람실 벽에는 윤동주의 연희전문 시절 흑백사진이 걸려 있었다. 나는 그 사진 바로 앞자리에서 가만히 숨을 고르며 책을 읽고 시를 쓰고 단잠을 자기도 했다. 윤동주의 온화한 표정과 서늘한 눈빛 아래 앉아 있으면 마치 따뜻한 햇볕을 쬐는 것처럼 맑은 기운이 내 속으로 흘러드는 것 같았다. 도서관 열람실까지 경찰이 난입해 최루탄을 쏘아대던 황량한 시절, 그래도 시에 대한 갈망이 내 안에서 완전히 사그라들지 않았던 것은 아마도 그가 베풀어준 정신적 온기 덕분이었을 것이다. 1980년대를 보내는 동안 윤동주는 내게 기쁘나 슬플 때나 찾아가던 '성문 앞 보리수' 같은 존재였다.

그런데 언제부턴가 나는 그의 '맑음'이 불편해지기 시작했다. 내가 호흡 깊숙이 끌어들이고 싶었던 윤동주의 '맑음'이 갈수록 단순하고 왜소하게 보였다. "하늘을 우러러/한 점 부끄럼이 없기를,/잎새에 이는 바람에도/나는 괴로워했다"(「서시」)처럼 무균질의 도덕적 염결성이란 과연 가능한 것일까 하는 회의가 들었고, "괴로웠던 사나이,/행복한 예수 그리스도에게/처럼/십자가가 허락된다면//모가지를 드리우고 꽃처럼 피어나는 피를/어두워가는 하늘 밑에/조용히 흘리겠습니다"(「십자가」)와 같은 비장한 순교의식이 현실 속에서 얼마나 허망하게 무너져 내리는가를 수없이 목격해야만 했기 때문이다.

내 시에 대한 평론들에는 꽤 오랫동안 '따뜻함' '건강함' '맑음' 등의 수식어가 따라다녔다. 물론 이러한 시적 감수성이 형성되는 과정에는 윤동주의 영향이 적지 않았을 것이다. 하지만 나 자신에게는 그런 특성이나 덕목이 내면적 균열이나 분화를 충분히 겪기 이전의 단순함을 뜻하는 것으로 받아들여졌다. 과도한 윤리의식이나 종교적 자아를 벗어던지려고 애를 썼던 것도 그래서였다. 그 불만의 힘으로 나는 오래도록 빛을 등지고 걸어갔다. 어느 날 길 위에서 나는 무언가 많은 것을 잃어버렸다는 사실을 불현듯 깨달았다.

잃어버렸습니다.
무얼 어디다 잃었는지 몰라
두 손이 주머니를 더듬어
길게 나아갑니다.

돌과 돌과 돌이 끝없이 연달아
길은 돌담을 끼고 갑니다.

담은 쇠문을 굳게 닫아
길 위에 긴 그림자를 드리우고

길은 아침에서 저녁으로

저녁에서 아침으로 통했습니다.

돌담을 더듬어 눈물짓다
쳐다보면 하늘은 부끄럽게 푸릅니다.

풀 한포기 없는 이 길을 걷는 것은
담 저쪽에 내가 남아 있는 까닭이고,

내가 사는 것은, 다만,
잃은 것을 찾는 까닭입니다.

—「길」 전문

    돌담길을 걸으며 시적 화자는 알 수 없는 상실감에 눈물짓다가 하늘을 바라본다. '하늘'이라는 거울에 비친 자신의 모습에서 느끼는 '부끄러움'은 윤동주 시의 대표적인 감정이다. 이 부끄러움은 어디서 오는가. 그것은 무언가 잃어버렸다는 사실에서 비롯된 것이지만, 더 근본적으로는 "무얼 어디다 잃었는지 몰라" 생겨난 것이다. '나'는 다만 "담 저쪽에 내가 남아 있"다는 사실을 알 뿐이며 "잃은 것을 찾"기 위해 계속 이 길을 걸어가야 한다.

    그러나 "담은 쇠문을 굳게 닫아/길 위에 긴 그림자를 드리우고" 있고, 담 저쪽으로 가는 길은 막혀 있다. 이러한 공간적 단절뿐 아니라 시간 역시 어떤 회로에 갇힌 채 무의미한 반복이 이어질 뿐이다. "길은 아침에서 저녁으로/저녁에서 아침으로 통했습니다"는 '통한' 것이 아니라 실은 유폐된 시간 속에 '갇힌' 상태에 가깝다. 윤동주에게 식민지시대가 긴 그림자를 드리운 담처럼 여겨졌다면, 내가 시를 쓰면서 청년기를 보낸 1980년대 역시 "풀 한포기 없는 이 길"과 크게 다르지 않았다. 세상에 무언가 조금씩 내주면서도, 정작 무엇을 잃어버렸는지 알지 못한 채 "담 저쪽에 내가 남아 있"다고 믿고 싶은 나날이었다.

거울과 우물

내가 윤동주에게 받은 시적 유산이 있다면, 그것은 끊임없는 '자기응시'의 태도와 '부끄러움'이라는 감정이다. 「자화상」과 「참회록」에 등장하는 '우물'과 '거울'은 모두 스스로의 내면을 비추어보는 반성적 매개체에 해당한다. 이 둘은 어떤 형상을 투영한다는 점에서 거울의 역할을 하지만, 인공미가 느껴지는 근대적 거울 이미지는 아니다.

예를 들어, 이상의 「거울」에서 투명하고 명료한 거울을 통해 '나'와 '거울 속의 나'가 뚜렷하게 분할되고 단절되는 것에 비해, 윤동주의 「참회록」에 등장하는 거울은 "파란 녹이 낀 구리거울"이다. '구리거울'은 구체적 형상을 뚜렷하게 반영하는 역할보다는 암울한 식민지시대를 대변하는 "어느 왕조의 유물"로서의 상징성이 강하다. 그리고 거기에 비친 자신의 모습보다는 "밤이면 밤마다 나의 거울을/손바닥으로 발바닥으로 닦아보자"는 행위에 무게가 실려 있다. 구리거울을 열심히 닦은 결과 역시 "어느 운석(隕石) 밑으로 홀로 걸어가는/슬픈 사람의 뒷모양"이다. 이처럼 윤동주에게 '거울'은 분열된 자기반영의 도구가 아니라, 부끄러운 자아의 모습을 넘어 자기완성을 향해 나아가기 위한 반성적 도구에 가깝다.

산모퉁이를 돌아 논가 외딴 우물을 홀로 찾아가선
가만히 들여다봅니다.

우물 속에는 달이 밝고 구름이 흐르고

하늘이 펼치고 파아란 바람이 불고 가을이 있습니다.

그리고 한 사나이가 있습니다.
어쩐지 그 사나이가 미워져 돌아갑니다.

돌아가다 생각하니 그 사나이가 가엾어집니다.
도로 가 들여다보니 사나이는 그대로 있습니다.

다시 그 사나이가 미워져 돌아갑니다.
돌아가다 생각하니 그 사나이가 그리워집니다.

우물 속에는 달이 밝고 구름이 흐르고 하늘이 펼치고
파아란 바람이 불고 가을이 있고
추억처럼 사나이가 있습니다.

―「자화상」 전문

　이 시에서는 '거울'보다 자연적이고 농경적인 이미지에 가까운 '우물'
이 자아성찰의 매개체가 된다. 우선, 1연에 제시된 우물의 위치와 우물을
들여다보는 태도를 보자. "산모퉁이를 돌아 논가 외딴 우물"을 '나'는 "홀
로 찾아가" "가만히" 들여다본다. 이처럼 윤동주의 시에서 자신을 들여다
보는 장소와 시간은 외딴 우물이나 어둔 방이며, 늦은 밤이나 새벽녘이다.
2연과 3연에서는 '우물'이라는 자연적 거울에 비친 모습이 그려지는데,
'나'는 단독자가 아니라 자연 풍경의 일부로 등장하면서 '한 사나이'라
는 표현으로 객체화된다. '한 사나이'에 대한 '나'의 감정은 '미움'과 '연
민' 사이를 오가다가 마침내 '그리움'과 '추억'의 대상이 된다. 이 과정에
서 중요한 것은 5연의 '다시'라는 부사어다. '다시'를 몇번이고 반복하는

자기응시를 통해 '나'는 자신과 화해하고 자연과의 단절을 극복해나간다. 그리하여 마지막 연에서 "우물 속에는 달이 밝고 구름이 흐르고 하늘이 펼치고/파아란 바람이 불고 가을이 있고/추억처럼 사나이가 있습니다" 와 같은 다소 낭만적인 자기화해의 풍경에 이른다.

그림자와의 조우

그런가 하면, 윤동주의 후기 시에는 「또다른 고향」을 비롯해 「무서운 시간」 「간(肝)」 「흰 그림자」 등 무의식의 투영이 엿보이는 몇편의 시들이 있다. 그의 시에 출몰하는 죽음의 예감과 자기분열의 양상은 좀더 섬세한 해명이 요구된다. 그런 점에서 윤동주의 내면적 갈등을 굳이 의식의 차원에 한정할 필요는 없다. 자기를 성찰하는 내향적 자아에게 의식과 무의식의 교접은 자연스럽게 일어나며, 그 무의식의 소리들에 주목하는 것은 윤동주에 대한 새로운 이해를 여는 길이 될 수도 있다. 이제 자기응시의 의지로 가득 찬 나르키소스가 죽음을 향해 걸어간 무의식의 발소리에 귀를 기울여보자.

고향에 돌아온 날 밤에
내 백골이 따라와 한방에 누웠다.

어둔 방은 우주로 통하고
하늘에선가 소리처럼 바람이 불어온다.

어둠 속에서 곱게 풍화작용하는
백골을 들여다보며

눈물짓는 것이 내가 우는 것이냐
백골이 우는 것이냐
아름다운 혼이 우는 것이냐

지조 높은 개는
밤을 새워 어둠을 짖는다.

어둠을 짖는 개는
나를 쫓는 것일 게다.

가자 가자
쫓기우는 사람처럼 가자
백골 몰래
아름다운 또다른 고향에 가자.

—「또다른 고향」 전문

고향에 돌아온 날 밤 나를 따라와 한방에 누워 있는 '백골'은 어둠 속
에서 풍화작용을 하고 있는 존재다. 그래서 백골에 대한 나의 심리상태가
변화하는 것이 아니라 백골 자체가 마치 살아 움직이는 것 같은 능동성을
발휘한다. 심지어는 "백골 몰래/아름다운 또다른 고향에 가자"고 할 만큼
백골은 시적 자아를 집요하게 바라보고 있는 또 하나의 타자다.

여기서 '백골'을 어떻게 볼 것인가는 간단치 않다. 자신의 일부이면서
동시에 분리된 실체로서 백골이 감지되고 있는 공간은 "어둔 방"이다. 자
기분열의 양상이 매개적 상황 없이 직접적으로 전개되고 있고, 그것이
'백골'이라는 비현실적인 상징을 통해 드러나고 있다는 점은 의미심장하
다. 특히 1연에서 3연까지의 몽환적인 분위기를 보면 "눈물 짓는 것이 내

가 우는 것이냐/백골이 우는 것이냐/아름다운 혼이 우는 것이냐" 물어야
할 정도로 무의식으로의 진입을 짐작케 한다. "어둔 방은 우주로 통하고/
하늘에선가 소리처럼 바람이 불어온다"는 것은 시인의 무의식이 우주적
질서와 내면적 결속을 맺게 된 상태를 말한다.

심리학자 융(C. G. Jung)은 개성화 과정의 첫 단계로 자아의 이면(裏
面), 곧 영혼의 '검은 형제'(dark brother)인 그림자와의 조우(遭遇)를 들었
다. 그림자란 우리 속에 억압되어 있거나 미분화된 어둠을 말하지만, 부정
적인 의미만을 갖지는 않는다. 옆에 나란히 누운 백골의 존재는 자기 안
에 사는 또 하나의 타자이면서 존재의 그림자와도 같다.

> 황혼이 짙어지는 길모금에서
> 하루 종일 시든 귀를 가만히 기울이면
> 땅거미 옮겨지는 발자취 소리,
>
> 발자취 소리를 들을 수 있도록
> 나는 총명했던가요.
>
> 이제 어리석게도 모든 것을 깨달은 다음
> 오래 마음 깊은 속에
> 괴로워하던 수많은 나를
> 하나, 둘, 제 고장으로 돌려보내면
> 거리 모퉁이 어둠 속으로
> 소리없이 사라지는 흰 그림자,
>
> 흰 그림자들
> 연연히 사랑하던 흰 그림자들,

내 모든 것을 돌려보낸 뒤
허전히 뒷골목을 돌아
황혼처럼 물드는 내 방으로 돌아오면

신념이 깊은 으젓한 양(羊)처럼
하루 종일 시름없이 풀포기나 뜯자.

—「흰 그림자」 전문

　이 시에는 '백골' 대신 '흰 그림자'가 등장하는데, 흥미로운 것은 그것이 복수형으로 나타나고 있다는 점이다. 여기서 "흰 그림자들"이란 "오래 마음 깊은 속에/괴로워하던 수많은 나"를 가리킨다. 그들의 존재를 느끼고 제 고장으로 보내는 것은 "모든 것을 깨달은 다음"의 일이다. 여기서 깨달음이란 자기 속에 존재하는 수많은 타자들을 인식하게 되었다는 의미일 것이다. 황혼이 짙어지는 길목에서 "연연히 사랑하던 흰 그림자들"을 모두 돌려보낸 뒤, '나'는 "황혼처럼 물드는 내 방"으로 돌아온다. 「또 다른 고향」에서 '나'는 백골 몰래 또다른 고향을 찾아 떠나지만, 「흰 그림자」에서는 흰 그림자들을 제 고장으로 돌려보내고 "내 방으로 돌아"온다.

　자신 속의 그림자들을 발견하고 그것을 다시 떠나보내는(넘어서는) 과정이란 자기이해를 심화시키는 동시에 좀더 완전한 자아로 성장하는 일종의 통과제의라고 할 수 있다. "신념이 깊은 으젓한 양(羊)처럼/하루 종일 시름없이 풀포기나 뜯자"는 것은 홀로 남은 자의 외로움이나 체념이라기보다는 깨달은 자의 의연함에 가까운 것이다. 그리고 "내 방"은 더이상 외부와 단절된 채 나를 가두는 공간이 아니라, 황혼처럼 물들며 세계에 동화되는 존재의 터전이 된다.

　이렇게 몇몇 시들에서 의식과 무의식의 접합이 이루어졌다고는 해도 윤동주의 시에는 대부분 윤리적 초자아나 의식의 통제가 강하게 드러난다. 「또 다른 고향」에서도 4연에 오면 "지조 높은 개"의 울음을 통해 시가 전환됨으로써 다시 의식의 차원으로 귀환하는 느낌이다. 우주로 통하던 어둔 방과 그 속에 자기분열의 실체로서 놓여 있던 백골의 울음은 시대적 어둠을 환기하는 "지조 높은 개"의 울음에 의해 쫓김을 당한다. "가자 가자/쫓기우는 사람처럼 가자"고 스스로 재촉하는 모습에서 우리는 시대적 절망에 동참하려는 의지를 읽어낼 수 있다. 그는 스스로를 너무 많이 들여다보았기 때문에, 또는 너무 일찍 보아버렸기 때문에, '또다른 고향'으로 쫓기는 사람처럼 가버린 것은 아니었을까.

최후의 나와 최초의 악수

윤동주를 단순한 항일시인으로 규정하는 시각도, 시대적인 상황을 누락한 채 윤리적 고뇌에만 주목하는 시각도 윤동주에 대한 온전한 이해라고 보기는 어렵다. 그런 점에서 윤동주의 시에 나타난 의식의 분화와 통합의 과정에 주목해보았다. 윤동주의 내면적 갈등 속에는 매우 복잡한 자기발견의 심리적 드라마가 전개되고 있었다. 그가 정직한 자기응시를 통해 넘어서려고 했던 것은 시대의 어둠일 뿐 아니라 존재의 심연이기도 했다. 이 짧은 글로 윤동주의 시에 나타난 자아의 개성화 과정을 충분히 설명하기는 어렵다. 다만 그가 남긴 마지막 시 「쉽게 씌어진 시」를 통해 그 미완의 결말을 확인해볼 수는 있겠다.

육첩방은 남의 나라
창밖에 밤비가 속살거리는데,

등불을 밝혀 어둠을 조금 내몰고,
시대처럼 올 아침을 기다리는 최후의 나,

나는 나에게 적은 손을 내밀어
눈물과 위안으로 잡는 최초의 악수.

—「쉽게 씌어진 시」 부분

　윤동주는 자기응시를 통해 윤리적 자기성찰에서 더 들어가 무의식의
국면으로까지 접어들었지만, 시대의 어둠에서 한시도 자유로울 수 없었
기에 끊임없이 현실과 역사로 귀환하는 모습을 보여주었다. 바로 이 점이
윤동주의 시를 메시지 중심의 저항시로부터 벗어날 수 있게 해주는 동시
에 내면적 독백으로만 흐르지 않는 균형감을 유지하게 한 비결인지도 모
른다. "등불을 밝혀 어둠을 조금 내몰고,/시대처럼 올 아침을 기다리는 최
후의 나". 마침내 "나는 나에게 적은 손을 내밀어/눈물과 위안으로 잡는
최초의 악수"를 청한다. 최후의 나와 최초의 악수. 그는 이렇게 어둠 속에
서 대면했던 무수한 그림자들을 거쳐 '자기 자신'과 만났다.

현대시와 공동체

왜 공동체를 말하는가

　왜 공동체를 말하는가. 이 질문에 바타유(G. Bataille)는 "모든 인간 존재의 근본에 어떤 결핍의 원리가 있기 때문"이라고 대답한다. 결핍에 대한 인식은 자기 자신에 대한 문제의식에서 시작되어 결국 타자를 필요로 하고 공동체를 찾게 한다는 것이다. 모리스 블랑쇼(Maurice Blanchot)는 『밝힐 수 없는 공동체/마주한 공동체』(박준상 옮김, 문학과지성사 2005)에서 바타유의 이 말을 인용하면서 "공동체에 대한 이해마저 사라져버린 시대에 그 요구에 관련된 공동체의 가능성 또는 불가능성이라는 물음"을 던진다.

　그런데 블랑쇼가 말하는 공동체는 완전하고 단일한 연합체가 아니다. 오히려 인간존재의 유한성을 드러내며 그들이 죽을 수밖에 없는 존재임을 가르쳐준다. 문학적 공동체도 마찬가지다. 개체적 생명에게 죽음이 언도된 것처럼 모든 글쓰기는 말할 수 없음에서 출발하며 지워짐이라는 운명으로부터 자유로울 수 없기 때문이다. 또한 작가는 자신이 누구를 위해서 쓰고 있는지 알 수 없고, 독자는 텍스트를 읽는 순간 그것의 문을 열고 빠져나온다. 바타유는 문학의 소통을 둘러싼 그러한 익명성을 "부정의 공동체, 어떤 공동체도 이루지 못한 자들의 공동체"라고 부른다.

바타유의 이 말은 오랫동안 군림해온 근대적 주체와 언어의 유용성에 종언을 고하는 것처럼 보인다. 그러나 그와 동시에 세계의 불가능성 속에서 새로운 공동체를 이룰 수 있는 희미한 가능성을 타진하는 목소리로 들리기도 한다. 공통된 이념이나 신념이 없이도 공동체는 가능하며, 오히려 공동체의 전체주의적인 속성을 극복할 때라야 비로소 나와 타자의 새로운 관계가 열린다는 것이다. 그것은 나와 타자가 동일성의 원리에 기대지 않고 제3의 영역으로 무한히 열려 있는 소통의 공간을 형성할 때 가능한 일이다.

문학 중에서도 시는 이러한 공동체의 정의에 가장 가까운 장르가 아닐까 싶다. 말할 수 없음을 말하려 한다는 점에서, 단일한 해석을 거부하고 다양한 소통의 가능성을 열어두고 있다는 점에서, 스스로의 부재를 통해 다른 존재를 드러낸다는 점에서 그러하다. 시의 목표는 더이상 주체와 세계의 합일을 유려하게 표현함으로써 독자적인 언어의 왕국을 건설하는 데 있지 않다. 시인은 시를 쓰는 동안 스스로의 한계에 대면하면서 어디에 존재하는지 알 수 없는 목소리들을 받아 적는다. 바타유가 『문학과 악』(최윤정 옮김, 민음사 1995)에서 블레이크의 시에 대해 말했던 것처럼 "시는 부재라는 이름의 불가능에 눈뜨게 하는 종교"인 셈이다.

시와 공동체의 문제를 이야기하면서 어려운 점 중 하나는 우리가 시 또는 공동체를 손에 잡히는 어떤 실체로 상정하고 그에 대한 고정관념을 갖고 있다는 데 있다. 일반적으로 특정한 이념이나 조직을 매개로 하지 않고서는 공동체가 이루어질 수 없다고 여기기 때문이다. 시에 대한 생각 역시 특정한 문학 제도나 형식의 영역 안에서 이루어지는 경우가 많다. 그러다보니 시와 공동체는 서로 무관하거나 때로는 공존하기 어려운 것처럼 여겨지기도 한다. 하지만 시와 공동체를 둘러싼 특정한 개념이나 역사적 범주를 괄호 안에 넣고 보면, 시를 쓰는 일이 공동체의 회복을 위해 기여하는 일이 될 수 있고, 시 자체가 언어적 공동체라는 사실을 받아들이게 된다.

고향 상실과 공동체의 복원

한국 현대시에서 고향 상실이나 공동체의 복원이라는 주제가 두드러지게 나타났던 때는 대체로 삶의 기반이 흔들리고 공동체적 질서가 심각하게 위협받던 시대였다. 이런 시기에는 발화의 주체가 '나'라는 단수에서 '우리'라는 복수로 바뀌면서 시대적 상실감이나 결핍을 상상력으로나마 메꾸어나가려는 시인들의 노력이 두드러진다. 시는 그렇게 현대사 속에서 전체성의 폭력에 응전하는 공동체의 역할을 오랫동안 해왔다.

먼저, 1930년대 식민체제의 수탈로 농촌공동체가 파괴되고 모국어가 훼손되는 상황에 맞서 시를 썼던 이용악, 백석, 정지용 등을 떠올려본다. 이용악이 서사적 방식으로 이농민의 현실을 담담하게 증언했다면, 정지용은 고향 상실의 정서를 절제된 감각으로 노래했다. 백석은 『사슴』(1936)이라는 시집을 통해 고향의 토속적인 문화와 언어를 재현함으로써 공동체의 복원을 꿈꾸었다.

　　새끼오리도 헌신짝도 소똥도 갓신창도 개니빠디도 너울쪽도 짚검불도 가락잎도 머리카락도 헌겊 조각도 막대꼬치도 기왓장도 닭의 깃도 개터럭도 타는 모닥불

　　재당도 초기도 문장(門長) 늙은이도 더부살이 아이도 새사위도 갓사둔도 나그네도 주인도 할아버지도 손자도 붓장사도 땜쟁이도 큰개도 강아지

도 모두 모닥불을 쪼인다

　모닥불은 어려서 우리 할아버지가 어미아비 없는 서러운 아이로 불상하
니도 몽둥발이가 된 슬픈 역사가 있다

—백석 「모닥불」 전문[1]

　이 시에서 모닥불은 공동체적 시공간을 형성하면서 식민지의 슬픈 역
사를 환기한다. 모닥불을 타오르게 하는 존재들을 나열한 1연이 '사물들
의 공동체'라면, 모닥불을 쬐고 있는 존재들을 나열한 2연은 '사람들의 공
동체'라 할 수 있다. 여기에 호명된 사물들과 사람들은 어느 하나가 중심
을 이루는 것이 아니라 나란히 어깨를 맞대고 도란거리고 있다. 크고 작
음, 낡음과 새로움, 탈 수 있는 것과 탈 수 없는 것의 구별도 없고, 남녀노
소 신분고하의 차별이나 사람과 짐승의 구분도 없다. 이처럼 보잘것없는
존재들이 모여 서로 온기를 나누는 오롯한 광경은 전근대적 공동체의 원
형이라 할 만하다.

　공동체에 대한 시적 관심은 1970년대에 와서 다시 두드러지게 나타난
다. 신경림의 『농무』(창작과비평사 1975)는 산업화와 도시화에 의해 농촌 공
동체가 처한 위기를 실감 있는 언어로 보여주었다. 공동체적 공간인 마을
과 장터는 예전의 활기와 웃음을 잃어버렸고, 그 속에서 농민들은 고통
과 소외의 피붙이로서 살아가고 있다. 하지만 "우리의 괴로움을 아는 것
은 우리뿐"(「겨울밤」)이나 "못난 놈들은 서로 얼굴만 봐도 흥겹다"(「파장(罷
場)」) 등의 구절에서 체념과 자조는 특유의 낙천성과 민중적 생명력으로
전환된다. 공동체란 강력한 리더가 이끄는 일사불란한 조직이 아니라 사
회적 약자들이 어쩔 수 없이 몸을 기대고 부비면서 생겨나는 것임을 여기

1 백석 『백석시전집』, 창작과비평사 1987.

서도 확인하게 된다. 그 공감의 연대는 단지 살아 있는 사람들에 국한되
지 않는다.

> 여든까지 살다 죽은 팔자 험한 요령잡이가 묻혀 있다
> 북도가 고향인 어린 인민군 간호군관이 누워 있고
> 다리 하나를 잃은 소년병이 누워 있다
> 등너머 장터에 물거리를 대던 나무꾼이 묻혀 있고 그의
> 말더듬던 처를 꼬여 새벽차를 탄 등짐장수가 묻혀 있다
> 청년단장이 누워 있고 그 손에 죽은 말강구가 묻혀 있다
>
> 생전에는 보지도 알지도 못했던 이들도 있다
> 부드득 이를 갈던 철천지원수였던 이들도 있다
> 지금은 서로 하얀 이마를 맞댄 채 누워
> 묵뫼 위에 쑥부쟁이 비비추 수리취 말나리를 키우지만
> 철 따라 꽃도 피우고 열매도 맺으면서
> 뜸부기 찌르레기 박새 후투새를 불러 모으고
> 함께 숲을 만들고 산을 만들고
>
> 세상을 만들면서 서로 하얀 이마를 맞댄 채 누워
>
> ──신경림 「묵뫼」 부분[2]

　묵뫼란 오랫동안 돌보지 않아 황폐해진 무덤을 말한다. 시골 마을에는
역사의 상처를 간직한 묵뫼 같은 게 하나씩 있기 마련이다. 전쟁과 살육,
사랑과 배신의 흔적도 다 사라지고 이제 흙 속에 묻혀 하나가 된 존재들,

---

2 신경림 『어머니와 할머니의 실루엣』, 창작과비평사 1998.

그들을 품고 있는 묵뫼를 '죽음의 공동체'라고 부를 수도 있지 않을까. 살아 있을 때 서로 알지 못했던 이들도, 철천지원수였던 이들도 "지금은 서로 하얀 이마를 맞댄 채 누워" 있다. 물론 이 죽음의 공동체가 그들의 능동적 의지나 화해를 통해 이루어진 것은 아니다. 누구나 죽을 수밖에 없다는 한계상황이 현실에서는 불가능한 공동체를 묵뫼를 통해서 구현된 것이다.

그런데 이 시에서 주목해볼 것은, 인간의 죽음이 또다른 생명을 키우고 꽃 피운다는 사실이다. 묵뫼 위에 피어난 쑥부쟁이, 비비추, 수리취, 말나리, 그리고 그 꽃과 열매를 찾아 날아든 뜸부기, 찌르레기, 박새, 후투티 등은 인간이 죽음으로 피워낸 '생명공동체'의 구성원들이다. 삶과 죽음은 '우로보로스'처럼 맞물려 순환적 질서 속에 놓여 있다. 「묵뫼」는 1990년대 후반에 펴낸 시집 『어머니와 할머니의 실루엣』에 실려 있는데, 이 시에서처럼 자연과 인간사를 하나의 유기체로 바라보게 된 것은 『농무』에 나타난 사회적 공동체가 생명공동체로 확장된 결과라고 할 수 있다.

이러한 변화는 신경림 시인뿐 아니라 1990년대 시 전반에서 나타났다. 1980년대가 노동시·농민시·교육시 등 계층과 이념의 동질성을 바탕으로 한 집단적 발화가 활발하게 제기된 시대였다면, 1990년대는 집단에서 개인으로, 이념에서 감각으로 중심이 옮겨오면서 사회적 이상이나 공동체적 기반은 약화된 것처럼 보였다. 하지만 이런 변화는 단순히 공동체의 축소나 단절이라기보다 새로운 공동체를 향한 모색의 계기였다고 여겨진다.

생명공동체와 감수성의 혁명

한국 현대시에서 '생명공동체'라는 말이 익숙하게 사용된 것은 1990년대 중반 이후다. 그 무렵 문예지들은 앞다투어 생태문학을 특집으로 다루었고, 생태시가 독립된 장르인 양 인식되기까지 했다. 하지만 2000년대 들어서면서 생태시 논의는 유행처럼 지나가버리고, 생명공동체에 대한 깊이 있는 천착은 이루어지지 못했다. 주제론적인 접근은 어느 정도 이루어졌지만, 감수성의 '제대로 된 혁명'이 이루어진 것은 아니었다.

「제대로 된 혁명」은 원래 로런스(D. H. Lawrence)의 시 제목으로, 이 시는 "돈을 좇는 혁명"이나 "획일을 추구하는 혁명", "노동자계급을 위한 혁명" 대신 "재미를 위한 혁명"을 제안하고 있다. '재미'라는 말이 다소 가볍게 들리기도 하지만, 단순한 흥미나 유희적 차원을 넘어 충일한 자유를 누리는 상태를 의미하는 게 아닐까 싶다. 그리고 사회적 변혁의 필요성을 부정하는 표현도 '우주적 자유'를 위한 모험의 감행을 강조하면서 생겨난 듯하다. 동자꽃, 편도나무, 참나무, 장미꽃, 석류, 모과, 마가목 열매, 반딧불이들, 사슴, 뱀, 모기, 물고기, 박쥐, 남생이, 벌새, 코끼리, 캥거루 등 수많은 동식물들이 등장하는 로런스의 시집 『제대로 된 혁명』은 그 자체가 하나의 생명공동체라고 할 수 있다.

> 나는 희미하게 한번
> 커다란 민물꼬치가 돌진하고
> 작은 물고기가 파편처럼 나는 것을 보았다.
> 그래서 마음속으로 말했다, 마음아 넌
> 한계에 갇혔어
> 그리고 유일하신 분 하느님도.
> 물고기들은 내 세계에서 벗어나 있다.
>
> 내 영역에서 벗어난
> 다른 하느님들, 내 하느님을 능가하는 신들……
> ─D. H. 로런스 「물고기」 부분[3]

로런스는 물고기를 노래하면서도 "물고기들은 내 세계에서 벗어나 있다"고 말한다. 그러면서 마음이 얼마나 좁은 한계에 갇혀 있는지를 깨닫는다. 그 한계에 대한 고백이 로런스로 하여금 거대한 생명공동체의 발견에 이르게 한 힘이었는지 모른다. 만물을 "다른 하느님들"이라고 부를 때, 그것은 묘사의 대상이 아니라 경외의 대상이 된다. 이처럼 시인은 마음의 한계를 무릅쓰고 자기 세계 바깥의 존재를 노래하는 사람이다. "바깥의 인간은 자기동일성 바깥으로, 의식의 능동적인 힘 바깥으로, 결국 문화의 세계 바깥으로 열려 있는 인간이며, 자아로 하여금 자신과 연결되게 하는 능동적인 힘이 무력화되는 가운데, 자기동일성의 말소와 함께 완전한 수동성 가운데 자연으로 향해 가는 존재로 변한다"(『밝힐 수 없는 공동체/마주한 공동체』 옮긴이 해설)는 박준상의 정의처럼, '바깥의 경험'은 인간의 한계를 자각하고 공유하는 데서 나온다. 인간이 자연의 지배자가 아니라 자연이라는 거대한 그물의 한 고리에 불과하다는 인식 역시 그 연장선상에 있다.

그런데 자연이라는 생명공동체의 한 개체를 들여다보면, 그 몸은 또다른 개체들로 이루어진 공동체라는 걸 발견하게 된다. 도킨스(R. Dawkins)는 생명의 역사상 가장 결정적인 사건으로 진핵세포의 탄생을 들었다. 그 후로 두개의 진핵세포가 모여 다세포생물이 등장하는 데 다시 20억년이 걸렸다고 한다. 그런데 단세포생물과 달리 다세포생물의 경우 하나의 세포가 병들어 죽어가기 시작하면 나머지 건강한 세포도 죽음을 향해 움직여가야만 한다. 두개의 세포가 하나의 생명체를 이루고 있는 이상 사는 것도 죽는 것도 함께해야 한다는 협약이 이루어진 것이다. 그래서 어떤 과학자는 "다세포생물의 탄생으로 '죽음'이 발명되었다"고 했다. 250가지가 넘는 다양한 세포들로 이루어진 우리의 몸은 결국 '세포들의 공동체'

---

3 D. H. 로렌스 『제대로 된 혁명』, 류점석 옮김, 아우라 2008.

인 셈이다.

장회익은 개인과 공동체의 관계를 세포와 몸의 관계에 빗대어 설명했다. 한가지 다른 점이 있다면, 세포들이 모여 몸을 이루는 경우 세포 단위에서는 삶이라는 말이 적용될 수 없지만, 개인들이 모여 공동체를 이루는 경우는 공동체와 개인이 각각 독립적인 삶의 주체로서 인정될 수 있다는 것이다. 삶의 주체로서의 '나'는 공동체적 주체인 '우리'와 공존하거나 갈등하면서 그 관계를 형성하고 있다. 자연의 유기체적인 질서가 인간의 공동체에서는 잘 관철되지 않는 것도 이러한 주체의 복합성 때문이 아닐까 싶다. 윤리적 감각이나 감수성이 늘 깨어 있지 않으면 '나'는 이기적 동기나 욕망의 기준에 따라 행동하게 되니까. 특히 시인에게 감수성이란 만물을 만나는 통로이자 방식으로서 부단한 성찰과 혁명을 필요로 한다.

2000년대 시와 부정의 공동체

2000년대 이후 한국시에는 공동체 개념의 확장뿐 아니라 서정적 주체를 둘러싼 반성적 논의가 이어졌다. '미래파'(권혁웅)로 명명된 새로운 감수성의 등장은 '다른 서정'(이장욱), '분열증과 아나키즘'(이광호), '전복을 전복하는 전복'(신형철) 등으로 표현되기도 했다. 신형철의 평론 「시적인 것들의 분광(分光), 코스모스에서 카오스까지」(『문학동네』 2006년 가을호)는 최근 시들의 다양한 스펙트럼을 잘 보여주고 있다. 유기체적 질서에 바탕을 둔 '코스모스'의 세계와 부단히 부정의 변증법을 도모하는 '카오스'의 세계 사이에서 한국시는 진동하고 있다는 것이다. 예를 들어 2000년대 시인 중 문태준·손택수·김선우·박성우 등은 코스모스의 세계를, 이장욱·황병승·김경주·김행숙·진은영 등은 카오스의 세계를 지향한다고 할 수 있다. 이 시인들은 같은 세대지만 전통이나 언어에 대한 태도를 달리하고 공동체를 추구하는 방식도 각기 다르다. 전자의 시인들이 자연친화적 감수성을 바탕으로 재현적 언어에 충실한 편이라면, 후자의 시인들은 인공적 언어들이 생산해내는 시적 혼란에 좀더 주목한다.

이런 차이에도 불구하고 양자를 아우르는 공동의 지점이 있다면, 그것은 현대성의 폭력 앞에서 '찢겨진 존재' 또는 '지워진 얼굴'로서 말하고 있다는 점이다. 전자가 분열된 존재를 치유하고 봉합하는 데 초점을 두는 반면, 후자는 분열의 실상을 언어적으로 드러내는 데 초점을 두기 때문에 두 경향이 아주 다른 것처럼 보일 뿐이다. 따라서 전자는 공동체적 지향이 강하고 후자는 개인적 취향이 강하다고 말해버리는 것은 표피적 관찰일 수 있다. 자연과 인공, 전통과 현대, 실재와 언어 등 수많은 대립항 사이에서 그들은 진자처럼 움직이고 있기 때문이다.

이제 새로운 세대에게 1930년대 백석이나 1970년대 신경림의 시가 지녔던 농경적 상상력이나 공동체의 재현을 기대하기는 어려운 듯하다. 시를 통한 공동체의 추구는 다른 방식으로 이루어지고 있고, 또한 이루어져야 한다. 물론 이 말이 농촌공동체를 노래하는 시들이 필요하지 않다거나 불가능하다는 뜻은 아니다. 다만, 시가 공동체를 구현하는 방식을 소재나 내용에서만 찾을 게 아니라 시인이 시적 대상이나 언어와 관계 맺는 방식에서도 고민해보아야 한다는 것이다.

그런 점에서 최근 서정적 주체에 대한 반성과 낯선 화자들의 출현에 주목하게 된다. 이런 현상은 서정시가 단일한 주체가 만들어낸 언어적 구조물이 아니라 다양한 타자들의 집합체라는 인식에서 나온 것이다. 앞서 언급한 바타유의 정의처럼, 시는 오늘날 "부정의 공동체, 어떤 공동체도 이루지 못한 자들의 공동체"에 가까워져가고 있다. 부정의 공동체 속에서 화자는 명료한 목소리를 들려주거나 단일한 얼굴을 보여주지 않는다. 서정적 주체가 오랫동안 누려온 권위를 내려놓고 비운 자리에서 이질적인 목소리들은 만났다 흩어지며 시의 분산적 리듬을 만들어낸다. 그 목소리들은 더이상 견고한 자아를 구성하지 않는다. 명료한 목표나 지향이 없기 때문에 집단이 개체를, 중심이 주변을 억압하지도 않는다. 그로 인해 새로운 경향의 시들은 난해하거나 산만하다는 비판을 받기도 하지만, 나는 그 우연성이 빚어내는 혼돈의 세계에서 새로운 공동체의 가능성을 발견한다. 단일한 '나'로 존재하는 것을 포기하거나 반납함으로써 새로운 '우리'에 다가가고 있는 것이다.